mtb

Zum Buch:

Jedes Jahr kurz vor Weihnachten kommt die verstreut lebende Familie Adamsen nach Hause – auf die Gezeiteninsel Mandø. Olivia freut sich immer besonders auf diese Zeit, wenn ihre Cousins und ihre Cousine wie die Zugvögel zurückkehren. Sie selbst hat es nie in die Ferne gezogen, viel zu verbunden fühlt sie sich mit dem zu Ribe gehörenden Eiland und dem Familienbetrieb. Zu ihrem Glück fehlt ihr eigentlich nur der perfekte Mann – und auch der scheint in greifbarer Nähe, als sie den gut aussehenden Jesper trifft. Dann jedoch bricht die Hiobsbotschaft von der Unternehmenspleite über sie herein und sie erfährt, welche Rolle Jesper dabei spielt. Muss sie sich von ihrem persönlichen Wintermärchen verabschieden?

Zur Autorin:

Julie Larsen, Jahrgang 1979, liebt ihre Familie, Hunde, Katzen, Vögel, Kinder und das Meer. Sie lebt und arbeitet in der Nähe von München, träumt sich mit ihren romantischen Geschichten aber in den hohen Norden nach Skandinavien, wo sich Himmel und Meer begegnen, die Sommertage lang und die Winternächte unendlich erscheinen.

JULIE LARSEN

Winterglück am Meer

ROMAN

mtb

MIRA® TASCHENBUCH

FSC MIX Papier FSC® C014496

1. Auflage: Dezember 2019
Originalausgabe

Umschlaggestaltung: Nele Schütz Design, München
Umschlagabbildung: R_Pilguj, bannosuke, Woodhouse, T. Markley,
Resul Muslu / Shutterstock
Satz: GGP Media GmbH, Pößneck
Printed in Germany
Dieses Buch wurde auf FSC®-zertifiziertem Papier gedruckt.
ISBN 978-3-7457-0065-7

www.mira-taschenbuch.de

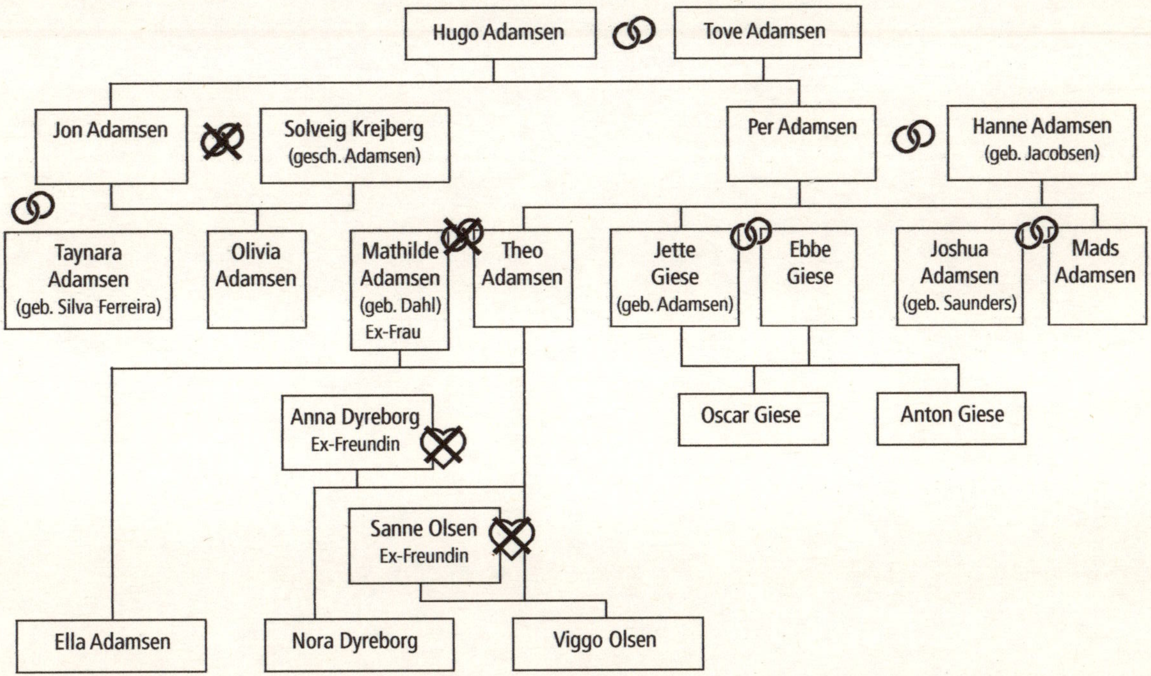

Hugo Adamsen
Tove Adamsen
Jon Adamsen
Solveig Krejberg
(gesch. Adamsen)
Per Adamsen
Hanne Adamsen
(geb. Jacobsen)
Taynara
Adamsen
(geb. Silva Ferreira)
Olivia
Adamsen
Mathilde
Adamsen
(geb. Dahl)
Ex-Frau
Theo
Adamsen
Jette
Giese
(geb. Adamsen)
Ebbe
Giese
Joshua
Adamsen
(geb. Saunders)
Mads
Adamsen
Anna Dyreborg
Ex-Freundin
Oscar Giese
Anton Giese
Sanne Olsen
Ex-Freundin
Ella Adamsen
Nora Dyreborg
Viggo Olsen

1

Das Auto tauchte als kleiner, roter Fleck am Horizont auf. Es waren die Vögel, die sein Ankommen als Erstes ankündigten. Wie riesige dunkle Wolken stiegen sie in den bleigrauen Himmel auf, sobald der Wagen sie aufschreckte. Alpenstrandläufer, schätzte Olivia, die unterm Dach am Fenster des Bed and Breakfast *Hotel Hygge* stand und hinausschaute. Akrobatisch tanzten die Vögel durch die Luft. Die hellen Bäuche, die sich fast blendend vom Novembergrau der Umgebung und den dunkelbraunen Rücken abhoben, verrieten die kleinen Zugvögel.

Wer wie Olivia auf Mandø aufgewachsen war, kannte all die großen und kleinen Geheimnisse der Insel. Die goldglänzenden Lichtstreifen waren ihr vertraut, wo die Sonne durch die Wolkendecke brach und den Meernebel zum Glühen brachte. Der Blick in die Weite, dem sich nichts entgegenstellte. Hier und da ragten kahle Weidenstämmchen aus der Wasseroberfläche, dann näher am Ufer, wo das Meer bei Ebbe zuerst den Boden freigab, wiegten sich dichte Dünengrasbüschel im Wind. Rundgewaschene

Kiesel begrenzten die Straße, und wenn sich Olivia anstrengte, konnte sie fast meinen, das Knirschen der Autoreifen zu hören, das sich mit dem Pfeifen des Windes und dem Geschnatter der Zugvögel mischte, während der Wagen über den aufgeschütteten Schotter des Weges rollte.

Sie ließ die Bettdecke fallen, die sie im Begriff war, frisch zu beziehen, und rannte nach unten.

»Sie kommen«, rief sie zu niemandem im Speziellen. Sicherlich hörte sie irgendwer. Sie wollte wetten, dass Tante Hanne und Onkel Per ebenso aufgeregt auf den Besuch warteten wie sie selbst.

Welcher ihrer Cousins hatte wohl zuerst zurück auf die Insel gefunden? Oder war es ihre Cousine? Olivia hatte nicht sehen können, wer hinter dem Lenkrad des kleinen Wagens saß. Ein Mini Cooper, so viel hatte sie zumindest ausgemacht.

Mads und Joshua planten, mit dem Auto von London nach Jütland zu kommen. Theo und die Kinder reisten aus Kopenhagen natürlich auch mit dem Wagen an, aber Olivia konnte sich kaum vorstellen, dass der hippe rote Mini Cooper ihrem ältesten Cousin gehörte. Der brauchte für sich und die drei Kinder eine Familienkutsche. Dasselbe galt für ihre Cousine Jette und deren Familie. Das hieß, die ersten Besucher waren …

An der Haustür nahm sich Olivia gerade genug Zeit, um in ihre Stiefel zu schlüpfen und einen Parker überzuwerfen, und stürmte nach draußen.

Gleichzeitig mit dem Mini erreichte sie die Parkplätze vor dem Hühnerstall gegenüber dem Haus. Die fedrigen Gesellen pickten munter im schlammigen Gras, immer unter der Aufsicht der drei Ponys der Familie, deren Koppel sich direkt an den Hühnerauslauf anschloss.

Hotel Hygge, wie sich der umgebaute Bauernhof ihrer Familie seit ein paar Jahren etwas großspurig nannte, war das letzte Gebäude auf der Gezeiteninsel. Dahinter erstreckte sich nur noch das Meer. Und der Weg, der Mandø an einigen Stunden pro Tag bei Ebbe mit dem Festland verband.

Die Beifahrertür des Minis öffnete sich, oder eigentlich die Fahrertür, denn jetzt erkannte Olivia auch das britische Autokennzeichen. Ein langes, schlankes Bein schob sich ins Freie, gefolgt vom Rest des Körpers.

Noch bevor er Gelegenheit gehabt hatte, ganz auszusteigen, fiel Olivia Mads um den Hals.

Lachend taumelte ihr Cousin nach hinten. Beinahe wäre er wieder zurück ins Auto gekippt, so ungestüm begrüßte sie ihn. Aus dem Wageninneren untermalte aufgeregtes Hundegebell ihren herzlichen Empfang.

»Hehehe!«, protestierte Mads grinsend. »Lässt du uns erst mal ankommen?«

Sie schüttelte den Kopf. »Keine Chance! Ich habe mich so auf euch gefreut! Wie war die Fahrt? Ich kann nicht glauben, dass ihr nicht geflogen seid. Ich hätte euch vom Flughafen abgeholt, das wäre doch selbstverständlich gewesen!«

»Eins nach dem anderen, Cousinchen, okay?« Sanft, aber energisch löste Mads Olivias Arme von seinem Nacken. Aus dem Augenwinkel bemerkte Olivia, wie nun auch auf der rechten Autoseite die Tür aufging. »Lass mich erst mal Joshua mit den Prinzessinnen helfen, die drehen sonst noch durch.«

Mit den Prinzessinnen waren die beiden Hunde von Mads und seinem Mann Joshua gemeint. Die Vierbeiner waren verwöhnt wie königliche Hoheiten, das wusste Olivia von vorherigen Besuchen. Die Zeit, die Mads und Joshua brauchten, um die beiden Royals aus den Reiseboxen zu holen, gab Olivia die Möglichkeit, ihren Lieblingscousin in aller Ruhe zu betrachten. Er hatte sich kaum verändert, seit sie ihn das letzte Mal getroffen hatte. Das war im Sommer gewesen, bei seiner und Joshuas Hochzeit in London. Wie die meisten Mitglieder der Familie Adamsen, war Mads schlank, groß und hatte schmale Schultern. Was ihn definitiv von allen anderen Familienmitgliedern unterschied, waren seine ausgefallenen Outfits. Heute trug er eine knallenge schwarze Jeans, ein körperbetontes schwarzes Hemd mit Stehkragen, der durch mehrere dünne Silberketten betont wurde, und einen schwarzen Hut. Nur die schweren Stiefel passten auf die Insel, zumindest wenn er sie zugebunden hätte. Sein schillernder Auftritt überraschte Olivia nicht. Sie kannte Mads ihr Leben lang, und er hatte schon immer einen ganz eigenen Kleidungsstil gehabt. Die einzige Überraschung waren die Haare, die ihm in einem dichten Pony unter dem Hut in die Stirn ragten.

»Lila? Echt jetzt?« Sie musste lachen.

»Klar.« Mads, der nun seine Hündin Baby auf dem Arm trug, richtete sich wieder auf. »Immer mal was Neues. Gefällt es dir nicht?«

»Also, ich fand das Neongrün auch nicht schlecht …«

»Oder das Pink«, erklang eine weitere Stimme. Sie gehörte zu Joshua, der mit einem starken englischen Akzent sprach. Der Brite war soeben hinter Mads aufgetaucht und hielt die zweite Hündin Posh im Arm. Umständlich streckte er seinen langen Körper. Dass Joshua extra für Mads Dänisch gelernt hatte, fand Olivia jedes Mal wieder hinreißend. Klar, seine Aussprache war noch nicht perfekt und ab und zu schlichen sich ein paar grammatikalische Fehler ein. Allerdings verstand er alles und bemühte sich. Das allein zeigte, wie verliebt er in Olivias Cousin war.

»Egal mit welcher Haarfarbe, du bist immer mein Darling.« Mit der freien Hand hob Joshua Mads' Hut an und drückte ihm einen Kuss auf den Scheitel. Mads verdrehte die Augen, doch sein Lächeln verriet, wie sehr er die Aufmerksamkeit seines Ehemanns genoss.

»Hej, ihr zwei! Hat hier mal wer Mitleid mit den Dauersingles unter uns? Von euch bekommt man noch Typ II Diabetes, so süß seid ihr zueinander!« Breit grinsend öffnete Olivia den Kofferraum des Minis, um den beiden Neuankömmlingen mit dem Gepäck zu helfen. Dass sie so ein paar Sekunden lang ihr Gesicht verborgen konnte, passte ihr sehr gut. Mads und Joshua mussten nicht sehen, dass in ihrem Scherz ein Funken Wahrheit steckte. Sie gönnte den beiden ihr Liebesglück. Von ganzem Herzen sogar. Aber es erfüllte sie gleichzeitig mit Wehmut, was allerdings ihr Problem war und nicht das von Mads und Joshua. Es war einfach so, dass auch sie gerne hätte, was diese beiden hatten. Aber Amor meinte es nicht gut mit ihr.

»Lasst uns mal reingehen. Deine Mor hat euch mittlerweile sicher schon bemerkt und wartet mit einer Tasse Tee auf uns. Und nicht, dass eine Böe deinen Hut noch wegweht.«

Hintereinander stapften sie die wenigen Schritte vom Parkplatz zum Haus. Das niedrige Holztor, das in den Innenhof des traditionellen Vierkanthofs führte, knarrte leicht beim Öffnen.

Über die Schulter schaute sich Olivia nach den beiden Männern um, nachdem das Tor selbstschließend zugefallen war. »Ihr könnt die Hunde einfach laufen lassen. Aus dem Hof können sie nicht entwischen, und sicher freuen die beiden sich, wenn sie sich nach der Autofahrt ein wenig austoben können.«

Gesagt, getan. Sekunden später hetzten die beiden Winzlinge über das Gelände. Wie die Mähne bei einem Pony in Miniaturformat wehte Poshs Haarschopf dabei im Wind. Ihr kleiner Körper steckte in einem schicken, Strass besetzten Mäntelchen – sicherlich eine von Mads Kreationen. Den Mantel brauchte sie auch, denn außer am Kopf und am Schwanz hatte sie kein Fell. Als Olivia Posh das erste Mal gesehen hatte, dachte sie, die arme Kreatur sei krank. Bis Mads sie voller Entsetzen darüber informiert hatte, dass Posh nicht krank, sondern eine Chinese Crested sei. Eine uralte asiatische Hunderasse, die vor Jahrhunderten ursprünglich von Mönchen gezüchtet worden war. Im Vergleich dazu war die Havaneserhündin Baby mit ihrem dichten, cremefarbenen Lockenfell und dem kompakten Körper geradezu kernig.

Wie ausgelassene Kaninchenbabys jagten die Hunde durch den Innenhof. Dann entdeckte Posh die Papageien und stellte sich interessiert an dem Gitter auf. Der Ara gab einen verärgerten Laut von sich, und Posh zog das Köpfchen ein und trat den Rückzug an. Sie schnupperte an der Feuerschale, ein riesiges Gebilde aus angelaufenem Eisen, markierte einige Blumenkübel und beäugte die Sitzgarnitur, die jetzt im Winter so gut wie nie benutzt wurde.

Unterdessen hatte Baby ein Tau gefunden, das sie inbrünstig hin und her schleuderte. Die kleine Weißwuschelhündin war so vertieft in ihr Spiel, dass Olivia um ein Haar über sie gestolpert wäre, als sie ihr direkt vor die Füße purzelte. Mit einem großen Schritt rettete sich Olivia zum Eingang und öffnete die Tür.

Auf Mandø wurden Haustüren nicht abgeschlossen. Auch die in den Flügel des Hofes nicht, in dem sich die Privatwohnung von Hanne und Per befand und wo Olivia in einem Einliegerappartement unterm Dach lebte. In einem weiteren Seitentrakt des Gebäudes waren die Ferienwohnungen untergebracht, während der letzte eine Scheune und einen sogenannten *Gildesal* beherbergte. Einen Raum, der eigentlich für Veranstaltungen und gesellschaftliche Zusammenkünfte gedacht war, ihrer Familie seit Jahren aber nur noch als Abstell- und Rumpelkammer diente.

Olivia ging hinein, stellte den Koffer in die Garderobe und streifte sich Parka und Schuhe ab.

Wie vermutet, tönte aus Richtung der Küche das Zischen des Wasserkessels. Der Duft nach frisch Gebackenem und Zimt lag in der Luft, der Duft von Zuhause. Zur Feier des Tages machte Hanne ihr berühmtes Wienerbrød. Sofort lief Olivia das Wasser im Mund zusammen.

Sie musste schlucken, ehe sie sprechen konnte. »Hanne, schau mal, wen der Wind dir in die Küche weht!«

Ihre Tante sah auf, und Olivia nutzte die Gelegenheit, sich ein Gebäckstück vom Kuchengitter zu klauen.

Hanne hatte die Blätterteigköstlichkeit in drei verschiedenen Sorten gebacken. Mit Apfelstückchen und Mandeln in der Mitte, wie es Mads am liebsten aß, in Schneckenform mit einer knusprigen Zimtfüllung für Theo und mit Pflaumenmus für Jette. Olivia selbst war eigentlich egal, welche Sorte sie in die Finger bekam. Sie mochte jede. Selbst gegen die klebrigen Finger hatte sie nichts. Die gehörten zu Wienerbrød dazu, und nie schmeckte der Zuckerguss, mit dem die Naschereien überstrichen wurden, so gut, wie wenn man ihn sich direkt von den Fingerspitzen leckte.

Bis Hanne, Mads und Joshua mit der Begrüßung fertig waren, hatte Olivia ihr Teilchen schon zur Hälfte verspeist. Der Blätterteig war immer noch leicht warm und zerging buttrig auf der Zunge. Die Äpfel der Füllung waren wunderbar sämig, mit genau dem richtigen Biss, um nicht matschig zu schmecken. Olivia unterdrückte ein wohliges Stöhnen. Hanne war eine begnadete Bäckerin.

Als Hanne bemerkte, dass Olivia sich an den Kuchen bedient hatte, drohte ihre Tante ihr spielerisch mit dem Finger. »Hatten wir nicht gesagt, wir essen die zusammen? Mads, Joshua, wollt ihr euch setzen? Joshua, du trinkst deinen Tee mit Milch und Zucker, wenn ich mich richtig erinnere?«

Joshua nickte. Wie selbstverständlich machte sich Olivia daran, den Tisch zu decken.

»Kommt Onkel Per auch?«

»Nein, der musste die Ebbe nutzen, damit er noch einen Termin wahrnehmen kann. Aber sicher ist er vor der Flut zurück. Keine Chance, dass er die Ankunft von diesen beiden Verrückten«, liebevoll nickte sie Mads und Joshua zu, »Jette, Theo und den Kindern verpasst.«

Sofort fielen sie in eine angeregte Unterhaltung. Bei einer guten Tasse Tee, Wienerbrød und in der Gesellschaft von Menschen, die man liebte, flossen Worte ungehindert.

Auf ein Kratzen an der Tür hin ließ Mads die Hunde ins Haus. Wie eine Königin platzierte sich Posh zu seinen Füßen, während Baby sich mitten in der Küche zu einem Ball zusammenrollte und lautstark anfing zu schnarchen.

Hanne fragte ihren Jüngsten nach dem Leben in London und der Arbeit, woraufhin Mads sein Handy zückte und Bilder seiner neuen Hundemodekollektion herumzeigte. In seiner Beziehung war Mads eindeutig der quirligere. Er konnte reden wie ein Wasserfall, untermalte alles mit ausgreifenden Gesten und einem dramatischen Augenaufschlag. Joshua, mit seinen mindestens eins neunzig, dem kurz geschorenen Haar und den riesigen, durchtrainierten Oberarmen wirkte dagegen wie ein sanfter Riese. Er hörte hauptsächlich zu. Sobald er meinte, niemand schaute hin, ließ er unauffällig ein Stückchen Gebäck unter den Tisch fallen. Aus dem altmodischen Radio über der Küchenzeile drang leise Musik. So leise, dass sie kaum mehr als ein Hintergrundrauschen war. Olivia lauschte gespannt, als Mads von ihren Flitterwochen erzählte. Joshua und er hatten die Hundemodeboutique im Herzen Londons in den Händen von guten Freunden gelassen und sich zwei Wochen in einem All-inclusive-Resort in Mexiko gegönnt. Begeistert erzählte er von weißen Sandstränden, Palmen und sexy Barkeepern, die die Gäste des Resorts Tag und Nacht mit außergewöhnlichen Drinks verwöhnten. Für den Kommentar mit den sexy Barkeepern erntete er von Joshua einen tadelnden Blick.

»Ach, du Spielverderber.« Theatralisch rollte Mads mit den Augen und stieß seinen Mann mit dem Ellenbogen in die Seite. »Gib zu, du hast auch hingeguckt. Der Ring an meinem Finger macht mich zu einem verheirateten Mann, aber nicht blind.«

»Stimmt«, gab Joshua zu. »Wenn das heißt, dass ich mir auch überall ungestraft Appetit holen darf …«

»Auf keinen Fall. Du gehörst nur mir, Mister.«

Sie alle lachten. Das, dachte Olivia, das war Familie. Egal, wie lange sie sich nicht mehr gesehen hatten, wann immer sie zusammenkamen, gelang es ihnen, wieder dort anzuknüpfen, wo sie zuletzt aufgehört hatten. Sie waren wie die Zugvögel, die sich jedes Jahr in der Marsch versammelten, ehe sie weiterzogen. Kein Wunder, dass die zwei Wochen im November, wenn die Touristensaison hinter ihnen lag und sich die ganze Familie zu ihrem traditionellen Vor-Weihnachtstreffen auf ihrer kleinen, ruhigen Insel traf, Olivia die liebsten im ganzen Jahr waren.

Das Telefon klingelte, und Olivia wollte sich erheben, um das Gespräch anzunehmen, aber Hanne winkte ab.

Schon im Aufstehen wischte sie sich die Hände an der Kochschürze ab, die sie immer um die Taille gebunden hatte. »Lass nur«, meinte sie. »Ich mach das schon. Ihr jungen Leute habt sicher auch was ohne mich altes Huhn zu bequatschen. Das Zimmer für den einen Gast, den wir noch erwarten, ist schon gerichtet, aber ich habe eine Ladung Wäsche in der Maschine.«

Olivia lachte. Hanne hörte sich an, als wären Mads und sie noch dieselben Teenager, die schon vor Jahren an diesem Tisch gesessen und sich nach dem Naschen von ihrem berühmten Plundergebäck die Finger abgeschleckt hatten. Innerlich seufzte sie. Das waren die Zeiten gewesen, in denen Mads, Jette und Theo auch noch auf Mandø gelebt hatten. Als Olivia nicht die letzte von ihnen gewesen war, die nicht die Flügel ausgebreitet und flügge geworden war.

Bevor die Sentimentalität sie überwältigte, drehte sich Mads so weit auf seinem Stuhl, dass er ihr direkt ins Gesicht schauen konnte.

»Aaaalso«, sagte er, die Stimme langgezogen und die perfekt gezupften Augenbrauen gehoben. »Was hat das mit dem Dauersinglesein auf sich, das du vorhin erwähnt hast? Erzähl mir bloß nicht, es gibt immer noch keinen Mann in deinem Leben.«

»Es kann schließlich nicht jeder so ein Glück in der Liebe haben wie Jette mit ihrem Ebbe oder ihr beiden Turteltauben hier. Frag Theo, der weiß, wovon ich rede.« Nur mit Mühe konnte sie sich davon abhalten, defensiv die Arme vor der Brust zu verschränken.

»Oh, sei dir sicher, meinen lieben großen Bruder frage ich auch noch nach seinen Liebeskatastrophen. Doch jetzt geht es um dich. Was ist mit diesem Kerl, von dem du letztens geschrieben hast? Diesem …« Er machte eine Bewegung mit seinem Handgelenk, als wollte er Olivia einladen, den Satz für ihn zu Ende zu führen. Den Gefallen tat sie ihm nicht.

Schließlich fiel es ihm selbst wieder ein. »Kartoffellieferanten, das war's. Der Typ, der das Pub mit Kartoffeln und Karotten und so versorgt.«

Olivia seufzte. »Ole«, erwiderte sie. »Und nein. Daraus ist nichts geworden. Kaum war die Saison zu Ende, ist er weitergeflattert.« Sie winkte mit den Händen, als wären sie Flügel. »Zu ruhig hier, hat er mir erklärt. Er wollte sich nach einer Stelle in Kopenhagen umsehen oder wenigstens Odense oder Nyborg. Irgendwo, wo sie nicht nur vom Tourismus leben.« Das Grinsen, das sie ihm schenkte, fühlte sich gekünstelt an. Sie konnte nur hoffen, dass Mads sie nicht durchschaute. Einen halben Sommer lang hatte sie gehofft, das mit Ole könnte was Ernstes werden. »Es ist, wie es ist. Hier sind eben alle nur auf der Durchreise.«

»Und der davor? Der aus Holland. Wolltet ihr es nicht mit einer Fernbeziehung probieren?«

Olivia schnaubte. »Ja. Das hatte ich auch geglaubt. Blöd, dass die Handynummer, die er mir gegeben hat, nicht mal seine richtige gewesen ist. Seit ich seinen Rücklichtern hinterhergewunken habe, hab ich kein einziges Lebenszeichen mehr von ihm erhalten.«

»Puh«, machte Mads, und Olivia konnte ihm nur zustimmen. An fehlendem Bemühen ihrerseits lag es sicher nicht, dass keine ihrer Beziehungen länger als ein paar Wochen gedauert hatte. Doch irgendwas war immer, und eins hatten all ihre unglücklichen Liebesgeschichten gemeinsam. Am Ende zogen die Männer weiter und sie blieb allein zurück. Sie hatte es so satt.

Mads ergriff zuerst wieder das Wort. »Es muss ja nicht immer gleich die große Liebe sein«, gab er zu bedenken.

»Was ist mit einem Abenteuer? Ein bisschen Spaß. Wenn du von vornherein gar keine Erwartungen an eine Beziehung hast, kannst du auch nicht enttäuscht werden.« Er zwinkerte ihr zu. »Aber Sex ist gut für den Teint. Und Himmel, Olivia, du bist sechsundzwanzig, nicht sechsundneunzig. Du musst auch mal ein bisschen leben!«

»Und wo soll ich diese Abenteuer auftreiben, bitte schön?« Resignierend warf sie die Hände in die Höhe. »Auf dieser verdammten Insel wohnen dreiunddreißig Menschen, Mads, hast du das vergessen? Dreiunddreißig! Und ich kenne jeden Einzelnen davon seit meiner Geburt.«

»In der Stadt wohnen mehr.«

»Ribe, falls du das meinst, wird doch nur Stadt genannt, weil es irgendwann einmal in grauer Vorzeit immens wichtig war. Überall sonst auf der Welt wäre ein Ort mit den paar Straßen gerade mal ein Dorf. Du weißt selbst, dass in der Nachsaison hier die Bürgersteige hochgeklappt sind.«

»Und im Sommer?«

Olivia atmete laut ein. »Ich soll mich irgendeinem Touristen an den Hals werfen? Schon wieder?« Wütend strich sie sich eine Haarsträhne hinters Ohr. »Ich bitte dich, darüber sind wir hinweg, seit wir Teenager waren. Damals war es vielleicht noch cool, sich alle zwei Wochen auf einen neuen Kerl einzulassen, aber ein bisschen mehr Beständigkeit wäre schon schön. Und wir alle hier wissen nur zu gut, wie es endet, wenn man versucht, einen Ferienflirt als eine Fernbeziehung am Laufen zu halten.« Sie schüttelte den Kopf. Leiser sprach sie weiter. »Es muss nicht die große Liebe sein, da hast du schon recht. Aber zumindest so anfühlen, als ob sie es werden könnte, sollte es sich. Alles andere ist doch nur Fake.«

»Ich glaube immer noch, es ist alles nur eine Frage der Motivation.« War ja klar, dass Mads ihre Argumente beiseite wischte. Wenn ihr Lieblingscousin sich einmal was in den Kopf gesetzt hatte, ließ er nicht mehr locker. »Du bist so überzeugt, für immer Single bleiben zu müssen, dass du dich nun gar nicht mehr richtig bemühst.«

»Mads …«

»Nein, ehrlich. Was ist mit Online-Portalen?«

»Ich suche einen Freund, keinen neuen Autoanhänger.«

»Oder mit diesen Singlepartys?«

»Die einzige Singleparty, die ich hier kenne, wird im Altenheim veranstaltet. Das sagt wohl alles.«

»Speed-Dating?«

»Wo ich mich in der ersten Stunde gegen sechs andere Frauen durchsetzen muss, damit einer der anwesenden Typen mich auswählt? So was nenne ich einen Wettbewerb, kein Date.«

Im Hintergrund schnaubte Joshua amüsiert. »Ihr solltet eine Wette draus machen.«

Mads verdrehte die Augen. »Echt jetzt? Ihr Engländer wieder. Müsst auf alles wetten.« Dann fügte er an Olivia gerichtet hinzu: »Wusstest du, dass in der Regency-Zeit die englischen Gentlemen in ihren Clubs sogar darauf gewettet haben, welcher Regentropfen am schnellsten die Scheibe hinunterrinnt?«

Sie lachte. »Nein, das ist mir neu. Aber man lernt nie aus.«

»Well«, mischte Joshua sich wieder ein, »hier geht es um

mehr als Regentropfen. Immerhin steht Olivias Liebesglück auf dem Spiel. Wenn es so einfach ist, besorg du ihr doch einen Mann.«

Eine Falte erschien auf Mads Stirn. Auf einmal wirkte er sehr konzentriert. »Okay, eine Wette also.«

Olivia verkniff sich ein Lachen. Mads war so durchschaubar. Einer Herausforderung konnte er nur selten widerstehen.

»Und wie genau soll diese Wette aussehen?«, fragte sie.

»Ich wette mit dir, dass ich innerhalb der nächsten vierundzwanzig Stunden ein passables Date für dich finde. Wenn ich gewinne, musst du versprechen, dass du offen an die Sache herangehst und meinem Kandidaten eine Chance gibst.«

»Innerhalb von vierundzwanzig Stunden? Bist du wahnsinnig? Wie willst du so schnell hier jemanden auftreiben, mit dem wir nicht verwandt sind?«

»Das lass meine Sorge sein. Ich lebe schließlich in London, nicht auf dem Mars.« Er zog sein Handy aus der Hosentasche und wedelte damit in Olivias Richtung. »Nichts geht über ein gut gefülltes Adressbuch.«

»Und wofür genau muss ich deinem Typen eine Chance geben, sobald du ihn zu mir schickst?« Misstrauen klang in Olivias Stimme.

Mads zuckte mit den Schultern. »Was auch immer. Einen Flirt, ein Abenteuer, die große Liebe. Egal, was es ist, du musst es mit ganzem Herzen machen. Keine halben Sachen, okay?«

Kurz überlegte Olivia. »Mit passabel meinst du: ungefähr in meinem Alter, ja?«

Mads nickte.

»Und ein normaler Typ. Also einer, der nicht verrückt ist und ganz passabel aussieht und alles. Kein Model oder so, aber halt einer, mit dem man sich unterhalten kann und den man sich auch ganz gerne anschaut.«

»Schätzchen, meinst du, *ich* würde einen Mann aussuchen, der nicht mindestens besser als passabel aussieht?«

»Auch wieder wahr.« Sie ließ sich den Vorschlag durch den Kopf gehen. Was hatte sie zu verlieren? Und überhaupt, hatte sie nicht vorhin noch gedacht, wie sehr sie sich wünschte, was Mads und Joshua hatten? Nur Mr. Right würde nicht einfach an ihrer Tür klopfen, und wer nicht wagte, der konnte auch nicht gewinnen, richtig? Außerdem: Wie wahrscheinlich war es schon, dass Mads diese Wette gewann? Schließlich hatte sie nicht gelogen, als sie meinte, dass der Grund für ihr marodes Liebesleben nicht fehlender Wille, sondern mangelnde Gelegenheit war. Kein Mann in ihrem Leben blieb lang genug, damit sie überhaupt die Möglichkeit hatte, sich ernsthaft zu verlieben. Und aus dem Hut zaubern – ganz egal, wie hip dieser Hut auch sein mochte – konnte nicht einmal ihr Cousin den perfekten Kandidaten.

»Okay«, meinte sie schließlich. »Die Wette gilt. Von jetzt ab vierundzwanzig Stunden. Das heißt, bis morgen zehn Uhr dreißig fällt für mich ein interessanter, attraktiver, nicht zu alter, spannender Mann vom Himmel, oder du hast die Wette verloren.« Sie streckte die Hand aus, um den Deal mit Mads zu besiegeln. »Da bin ich doch mal gespannt, wie du das bewerkstelligen willst.«

»Und was muss der Verlierer machen? Keine Wette

ohne den richtigen Wetteinsatz.« Joshua nahm die ganze Sache anscheinend sehr ernst.

Sie kamen nicht mehr dazu, ihre genauen Wetteinsätze zu besprechen, denn in diesem Moment kam Hanne zurück in die Küche. Um ein Haar stolperte sie über die zusammengekugelte Baby auf dem Fußboden.

»Himmel!« Im letzten Moment fand Hanne das Gleichgewicht wieder. Sie presste sich eine Hand aufs Herz. »Ich hab sie gar nicht bemerkt! Dieser Hund sieht aus wie ein Flokati.«

»Mit der Zeit gewöhnt man sich dran«, versprach Mads. »Wer war das denn am Telefon?«

»Hach, frag lieber nicht.« Sie schüttelte den Kopf. »Das war Stine. Die Studentin aus Esbjerg, die im *Klostergården* aushilft.«

»Euer Pub?«, fragte Joshua.

Hanne nickte. »Stine hat sich den Knöchel verstaucht und kann nicht arbeiten. Dabei fängt ihre Schicht schon um zwölf an. Wie soll ich so kurzfristig einen Ersatz auftreiben? Die ganzen Saisonkräfte sind doch schon längst weitergezogen.« Das stimmte. Im November öffnete das Pub in Ribe, das ein Teil des Familienbetriebs der Adamsens war, im Grunde nur für die wenigen Einheimischen.

Olivia hob die Hand. »Ich kann einspringen.«

Hanne warf einen skeptischen Blick auf die Uhr, die über dem Türsturz an der Wand hing. »Stine war von zwölf bis zur Sperrstunde eingeteilt. Wenn du für sie einspringst, kommst du nicht mehr nach Hause.« Das war das ewige Leidwesen, wenn man auf einer Gezeiteninsel lebte.

Je nach Wetter und Jahreszeit konnte es passieren, dass man stunden- oder sogar tagelang vom Rest der Welt abgeschnitten war.

Olivia zuckte mit den Schultern. »Ich nehme den Traktor.« Mit dem alten Gefährt brauchte sie zwar deutlich länger, um aufs Festland zu gelangen, dafür würde ihr der hohe Radstand des Traktors die Rückfahrt auch bei deutlich höherem Wasserstand ermöglichen.

»Wenn du sicher bist …« Hanne schien nicht überzeugt. »Du hast dich doch so auf die anderen gefreut.«

»Na, Theo und Jette bleiben ja ein paar Tage. Ich werde schon Gelegenheit haben, Zeit mit ihnen und den Kindern zu verbringen. Aber irgendwer muss ja im *Klostergården* aushelfen.« Ohne sich auf eine weitere Diskussion einzulassen, stand Olivia auf. Wie Mads, Theo, Jette oder Olivias Onkel und seine Frau war auch das *Klostergården* ein Teil von Olivia. Familie, das war mehr als ein Wort für sie. Im Gegensatz zu den meisten jungen Leuten hatte sie nie an einem anderen Ort sein wollen als dort, wo ihre Familie seit Jahrhunderten hingehörte. Durch Olivias Adern floss Salzwasser und ihr Puls schlug im Takt der Gezeiten. Die kleine Stadt Ribe, die noch kleinere Insel Mandø, die winzigen Dörfer und charmanten Weiler dazwischen, das alles war ihr Zuhause, und sie konnte sich nicht vorstellen, irgendwo anders glücklich zu sein.

»Ach, du bist die Beste.« Mit zwei Schritten überwand Hanne die Distanz zu Olivia und schloss die Jüngere in die Arme. »Was würden wir nur ohne dich machen?«

Ungeniert grinste Olivia. »Mehr Leute für ihre Arbeit bezahlen.« Sie löste sich aus Hannes Umarmung. »Dann lass ich euch mal alleine, ihr drei. Gebt Jette, Theo und den Kindern einen Kuss von mir, wenn sie da sind.«

»Wird erledigt«, versprach Hanne.

»Und denk an unsere Wette.« Mads zwinkerte ihr zu. Wenn es auch nur für zwei Wochen war, nichts ging über das Gefühl, ihren Lieblingscousin wieder bei sich zu haben.

2

Die Straße endete im Nichts – und das war nicht metaphorisch gemeint. Die Warnschilder hätten Jesper darauf vorbereiten sollen. Dreisprachig wiesen sie Reisende darauf hin, dem Weg nur bei sicherer Kenntnis der Gezeiten weiter zu folgen.

Er hatte den Warnhinweis ignoriert. Himmel, natürlich hatte er gelesen, dass Mandø eine Gezeiteninsel war – die einzige Dänemarks, um genau zu sein –, aber er war der Meinung gewesen, das Ausdrucken des Gezeitenkalenders würde als Vorbereitung genügen, um ihn trockenen Fußes auf das Eiland zu bringen. Außerdem war er dem Irrglauben aufgesessen, dass er alternativ eine Fähre nehmen könnte, wenn er sein Ziel zu einer ungünstigen Zeit erreichte.

Tja, so war das, wenn man seine Reise nicht selbst akribisch plante. An einer Haltestelle im letzten Dorf hatte er ein schiefes und leicht rostiges Schild mit der Aufschrift *Mandø Traktorbus* gesehen, doch das war's schon mit öffentlichen Transportmitteln. Es gab keinen Plan mit Abfahrtszeiten oder irgendeinen Hinweis, wie man sonst die

Insel erreichen konnte. Einfach gar nichts. Nicht einmal einen anderen Menschen hatte er gesehen.

Er warf einen anklagenden Blick auf den Bildschirm des Navis. Als kleiner weißer Punkt wurde sein Standort mitten im Meer angezeigt. Oder da, wo eigentlich Meer sein sollte. Momentan trennten ihn noch ungefähr zehn Schritte bis zur Grenze, wo der Asphalt der Straße von einem Meter auf den nächsten unter die Wasseroberfläche führte. Als hätte Jesper den Weg nach Atlantis gefunden. Oder wahrscheinlicher ins sagenumwobene Vineta, das passte zumindest geografisch eher.

»Verdammt!« Mit einer Hand schlug er aufs Lenkrad. Ein durchdringender Hupton durchschnitt die Stille um ihn her. Irgendwo nicht weit entfernt flatterte eine Gruppe Vögel auf. Enten vielleicht, womöglich auch Gänse. Er war eine Stadtpflanze und kannte sich mit diesen ganzen Natur-Dingen nicht so sonderlich gut aus. Schnell zog er die Hand wieder vom Lenkrad. Nicht, dass er aus Versehen mit dem Lärm Killer-Wattwürmer oder – noch schlimmer – irgendeine vom Aussterben bedrohte Kleinnagerspezies aufschreckte, die sich nur im November bei absoluter Ruhe fortpflanzte. *Jesper Høgh, alleiniger Verantwortlicher für die Ausrottung des Blaufuß-Sumpf-Hamsters* würde dann die Anklageschrift vor Gericht heißen, und er könnte sich ein für alle Mal die Beförderung zum Partner in der Firma aus dem Kopf schlagen.

Er seufzte. Wie auch immer, hier kam er nicht weiter. Hätte ihm seine Assistentin mal lieber ein Amphibienfahrzeug bei der Autovermietung am Flughafen in Billund reserviert. Aber Manuela war eine gute Freundin von

Annkathrin, seiner frisch gebackenen Ex und größten Konkurrenz bei *Windfall*. Es würde ihn nicht wundern, wenn sie ihn mit voller Absicht in diese Sackgasse geleitet hätte. Um ihm eins auszuwischen. Gemeinsam gegen den Super-Idioten, der sein Gewissen über die Liebe stellte. Doch Manuela war nicht da, Annkathrin genauso wenig, und so musste er sich alleine durchschlagen.

Das Beste würde sein, wenn er zurück nach Ribe fuhr. Das Pub der Familie Adamsen anzusehen, stand ohnehin auf seiner To-do-Liste, und da ihn heute niemand erwartete, würde er Gelegenheit haben, die Location ganz in Ruhe unter die Lupe zu nehmen.

Er griff nach seiner Aktentasche und suchte nach dem richtigen Ausdruck in den Unterlagen.

Da, das war es. *Klostergården* stand auf dem Formular, und dazu die Adresse: Torvet 5 in 6760 Ribe. Zur Abwechslung schien das Schicksal es ausnahmsweise gut mit ihm zu meinen, denn das Navigationssystem akzeptierte die Adresse sofort.

Seine Glückssträhne, die eigentlich mehr ein Glücksmoment gewesen war, hörte auf, als er rund eine Viertelstunde später zum zweiten Mal an diesem Tag in einer Sackgasse landete. Diesmal endete die Straße zumindest nicht im Meer, sondern in einer Fußgängerzone. Hinter seinen Schläfen pochte es. Dieser Tag hatte schlecht begonnen, und seither ging es stetig bergab. Sein Wecker hatte bereits um halb sechs in der Früh geklingelt, weil Jesper befürchtet hatte, zu spät am Flughafen zu sein. Gegen seine stark ausgeprägte Reisekrankheit und Flugangst hatte seine Hausärztin ihm Tabletten verschrieben. Die hatte er geschluckt, während er am Gate aufs Einchecken wartete. Mit dem Erfolg, dass ihn seither bleierne Müdigkeit quälte. Doch statt den kurzen Flug zu verschlafen, hatte er das zweifelhafte Vergnügen gehabt, direkt vor einer Familie mit einem zahnenden Kleinkind und einem Teenager mit riesigen Kopfhörern auf den Ohren zu sitzen. Das Mädchen um die dreizehn Jahre hörte so laut Musik, dass Jesper es selbst über das Schreien des Kleinkindes hatte mithören müssen. Kein Mann von zweiunddreißig Jahren sollte hundert Minuten lang Hits aus einer argentinischen Disney-Serie ausgesetzt werden. Dann, nachdem die Autovermittlung am Zielflughafen seine Buchung nicht finden konnte, bot ihm der sichtlich überforderte Angestellte am Schalter als einzigen vorhandenen Ersatz einen tiefergelegten Sportwagen an. Theoretisch war das ein Upgrade, aber Jesper fühlte sich in dem zweisitzigen Porsche Carrera wie der letzte Vollidiot. Wer kam in einem tiefergelegten Sportwagen in eine Gegend, in der Schotterstraßen im Meer verschwanden? Und bestimmt war das nicht die letzte Katastrophe, die ihm heute noch bevorstand, ehe dieser Tag endlich, endlich ein Ende nahm.

Statt das Navigationssystem nach einer Parkmöglichkeit in der Nähe zu befragen, folgte er den Hinweisschildern auf den Straßen. Neben einem Spielplatz fand er einen öffentlichen Parkplatz, wo er bis zur vier Stunden sein Auto abstellen konnte – vorausgesetzt, er hatte eine Parkscheibe. Dass er nirgends im Wagen eines von diesen Plastikdrehdingern entdeckte, auf dem er seine Ankunftszeit festhalten konnte, verwunderte ihn kaum noch. Es passte einfach zu diesem Tag. Sollte er doch ein Knöllchen kriegen. Er würde die Kosten auf seine Spesenrechnung setzen und den Kampf mit Ulrich aufnehmen, der auch nach zwanzig Jahren als Geschäftsführer der *Windfall Investment Group* immer noch darauf bestand, jede einzelne Reisekostenabrechnung seiner Mitarbeiter eigenhändig zu überprüfen. Wenn er ehrlich war, schätzte Jesper diese Angewohnheit seines Chefs und Mentors sogar. Nur Gewissenhaftigkeit und Nachhaltigkeit führten ans Ziel. Wer mit der Zeit nachlässig wurde, hatte schon verloren.

Natürlich fing es prompt an zu regnen, kaum dass Jesper aus dem Porsche stieg. Und selbstverständlich gelang es ihm auch noch, sich in einer Stadt mit gerade einmal einer Handvoll Straßen zu verlaufen, ehe er das *Klostergården* fand. Zu dem Zeitpunkt, als er endlich das Pub betrat, war er so genervt, dass er kein Auge für die Schönheit des Gebäudes hatte. Alles, was er wollte, waren ein trockenes Plätzchen, ein Drink und eine Unterkunft für die Nacht. Selbst ein wackliges Zelt irgendwo in den Dünen wäre ihm lieber als eine Nacht im Carrera.

Er zog den Wollmantel aus und schaute sich nach einer Garderobe um. Was er erspähte, war ein altmodischer Holzständer direkt hinter der Tür. Die Menge an Kleidungsstücken über dem Teil ließ darauf schließen, dass das Pub zumindest nicht verwaist war. Dazu passte auch das Stimmengewirr, das aus dem Hauptgastraum drang.

Er spürte Blicke auf sich, während er versuchte, seinen Mantel irgendwie auf dem Ständer zu platzieren. Aber das Ding wackelte und schwankte gefährlich, weil es bereits zu voll beladen war. Irgendwann verlor Jesper die Geduld. Kurzerhand ignorierte er das Wanken, stopfte seinen Mantel genervt zwischen die anderen Garderobenstücke und wandte sich zur Bar.

Er kam nicht mal zwei Schritte weit, da traf ihn ein heftiger Schlag am Hinterkopf.

»Au!« Er fuhr herum. Für eine Sekunde wurde ihm schwarz vor Augen. Durch die dunklen Nebelschwaden erhaschte er gerade noch einen Blick auf den Übeltäter. Es war der verdammte Kleiderständer, der umgekippt und ihm mit einem der hölzernen Arme einen übergebraten hatte. Zu allem Übel hatte das blöde Ding bei seinem Sturz fast seine gesamte Ladung abgeworfen. Jetzt lagen mindestens zwanzig Kleidungsstücke am Fußboden.

»Verdammt!« Jesper ging in die Hocke und begann mit der Schadensbegrenzung. Leises Lachen aus Richtung der Theke und den Tischen begleitete seine ungeschickten Bemühungen. Jedes Mal, wenn er den Garderobenständer aufstellen wollte, verfing das Ding sich in einem Kleidungsstück. Bei manchen Mänteln hatte Jesper keine Ahnung, wo oben und unten war, und sobald er versuchte, einen Aufhänger zu finden, wurde er von Stoffmassen erschlagen. Wo der Ständer ihm am Kopf getroffen hatte, breitete sich ein pochender Schmerz aus. Zusätzlich erschwert wurde die ganze Operation, weil ständig seine Brille beschlug. Vom Freien in einen warmen Raum zu kommen, vor allem wenn es draußen regnete, bedeutete nichts Gutes für Brillenträger.

Jaja, dachte er, schön, dass ihr euch wenigstens amüsiert, als ein weiteres Kichern bis zu ihm durchdrang. Es war das alte Spiel. Wer den Schaden hatte, brauchte für den Spott nicht zu sorgen. Sein Magen verkrampfte sich. Kalter Schweiß sammelte sich in seinem Nacken.

Sein Kampf mit den Regen- und Wintermänteln konnte nicht länger als ein paar Sekunden dauern. Für ihn fühlte es sich an wie eine Ewigkeit. Seine Bewegungen wurden immer fahriger, da spürte er eine warme Hand auf dem Handrücken.

»Warte«, hörte er eine Frau freundlich auf Dänisch sagen. »Ich helfe dir.«

Er sah hoch. Von dem Punkt, wo die Fremde ihn berührte, den Arm entlang, zu ihrem Gesicht, und für die Dauer eines Atemzugs schien sein Herz auszusetzen. Nicht nur sein Herz. Alles um ihn herum schien still zu stehen. Vergessen waren die lachenden Zuschauer, vergessen waren der anstrengende Tag und die lange Reise. Vergessen waren das ganze Chaos, das er in Berlin hinter sich gelassen hatte, und der Druck, der ihm seit Wochen förmlich die Brust zerquetschte. Vergessen waren Annkathrin und ihre ständigen Vorwürfe ihm gegenüber und Ulrich, der für ihn immer so etwas wie ein Vaterersatz gewesen war und der jetzt keinen Hehl daraus machte, dass dieser Auftrag in Jütland Jespers letzte Chance war.

All das, was ihm seit Wochen den Schlaf raubte, verblasste, sowie er seine Retterin anschaute.

Die vollen, sinnlichen Lippen standen in einem seltsamen Gegensatz zu den leicht schräg stehenden Augen, die ihrem Ausdruck etwas Geheimnisvolles verliehen. Ihre Augenbrauen waren so hell, dass sie sich kaum abzeichneten. Doch das Auffälligste an ihr waren die Haare. In wilden, fast silbrig schimmernden Locken reichten sie ihr bis zur Taille. Er öffnete den Mund. Wollte etwas sagen, doch sein Hirn versagte ihm den Dienst, also schloss er ihn wieder. Von wegen, leichte Schläge auf den Hinterkopf verbessern das Denkvermögen. Ihm fiel nichts ein, was er dieser Frau sagen konnte. Gar nichts. Wobei das natürlich auch daran liegen konnte, dass der Schlag alles andere als leicht gewesen war. Er spürte jetzt schon, wo an der Stelle an seinem Schädel eine Beule wuchs. Nur mit Mühe konnte er sich davon abhalten, wie ein kleiner Junge jammernd die Wunde zu reiben. Großartig. Das war genau der erste Eindruck, den ein Mann in Gegenwart einer Frau wie ihr hinterlassen wollte. Nach dem dritten vergeblichen Versuch, eine Antwort zu finden, hatte sie Erbarmen mit ihm.

Sie lachte. »Hvordan går det?« Ihr Lachen machte es nicht besser. Es klang wie eine wunderschöne Melodie.

Er räusperte sich. »Ja … ja … jeg er okay.« Gott, er klang, als hätte er seit Jahren kein Dänisch mehr gesprochen, was genau genommen stimmte. Dennoch hatte er gehofft, dass ihm etwas Simples, wie die Antwort auf die Frage, ob bei ihm alles in Ordnung war, deutlich souveräner über die Lippen kommen würde. Er schüttelte den Kopf. So konnte das nicht weitergehen. Um seinen Händen etwas zu tun zu geben, beschäftigte er sich mit dem umgekippten Kleiderständer. Zum gefühlt zweihundertsten Mal richtete er ihn auf. Diesmal, Wunder über Wunder, blieb das Teil tatsächlich stehen.

»Endlich.« Beim zweiten Anlauf klappte es mit dem Dänisch schon viel besser. »Das muss an dir liegen. Kaum legst du Hand an, steht der Ständer wie eine Eins.«

Olivia grinste. Hatte er das wirklich gesagt? Verdammt, ja, er hatte das gesagt. Wo auch immer Mads diesen Typen aufgegabelt hatte, ihr Cousin hatte volle Arbeit geleistet. Nicht nur, dass Mads nicht einmal vierundzwanzig Stunden gebraucht hatte, er lieferte ihr das Date sogar frei Haus in die Arbeit. Und als Bonus bewies Mads einmal mehr seinen guten Männergeschmack. Nur selten gelang es Typen, Olivia direkt mit dem ersten Satz zum Lachen zu bringen. Aber wer bitte schön brachte es fertig, einen derart idiotischen Anmachspruch von sich zu geben und dabei auszusehen wie ein unglücklicher Physikprofessor? Der Gegensatz war so extrem, dass Olivia gar nicht anders konnte als zu kichern.

Dass sie die Wette gegen Mads verloren hatte, wusste sie seit der Sekunde, in der der Fremde das *Klostergården* betreten hatte. Schon als er in der Tür stand, nassgeregnet wie ein begossener Pudel, hatte sie ihn bemerkt. Er war süß, attraktiv und vollkommen anders als all die anderen Pubgäste. Hinter den Gläsern einer Brille mit auffälligem Horngestell funkelten helle Augen. Er trug einen Dreitagebart, der irgendwo zwischen modisch und verwegen lag. Sein verwuscheltes Haar wirkte unordentlich, doch der graue Designer-Wollmantel und die Lederschuhe sprachen eine andere Sprache. Bestimmt war er früher einer dieser Nerds gewesen, über die sich jeder lustig machte. Als erwachsener Mann blitzte in seiner Ungeschicklichkeit genau die richtige Dosis selbstironischer Humor, was ihn sympathisch wirken ließ, während seine Kleidung für beruflichen Erfolg stand. Es war ein Mann voller Widersprüche, und das faszinierte sie sofort.

Grinsend ließ sie sich auf seinen Flirt ein. Sie hob die Hände und wackelte mit den Fingern. »Magische Hände, ganz genau.«

Erst nun schien dem Fremden die Zweideutigkeit seiner Worte aufzufallen. Seine rechte Hand landete auf seinem Hinterkopf. Er strich sich durch die Haare, sichtlich verlegen und so heftig, dass er feinen Nieselregen verteilte. »Oh Gott! So habe ich das nicht gemeint. Ich, oh, Himmel, mein Dänisch ist eingerostet und … du musst denken, ich …« Er stockte.

Sie winkte ab. »Schon in Ordnung. Ich weiß, wie du es gemeint hast. Komm, wir beseitigen das Mantelchaos gemeinsam, und danach spendiere ich dir einen Drink. Zur Beruhigung.« Sie zwinkerte ihm zu.

Zu zweit ging das Aufräumen viel einfacher. Olivia mit ihren magischen Händen hielt den Ständer fest, während er ein Kleidungsstück nach dem anderen über die Bögen drapierte.

»Ich bin übrigens Olivia«, stellte sie vor sich, nachdem sie fertig waren. Mit dem Daumen deutete sie zur Bar. »Ich arbeite hier. Aber das weißt du ja sicher schon. Was willst du trinken?«

»Ich … ähm …« Erneut griff er sich an den Hinterkopf und verzog dabei schmerzhaft das Gesicht.

»Bist du sicher, dass es dir gut geht? Lass mich das mal anschauen. Das war ein ziemlicher Schlag, den du da abgekriegt hast.« Sie zupfte an seinem Hemdsärmel, um ihn dazu zu bewegen, sich zu ihr herunterzubeugen, doch aus dem Augenwinkel konnte sie erkennen, wie an der Theke die Gäste langsam ungeduldig wurden. Mist. Im Leben nicht hätte sie damit gerechnet, dass ausgerechnet an dem Tag, als ein sympathischer, attraktiver Fremder in ihr Pub stolperte, das *Klostergården* nahezu voll besetzt war. Und das ganz ohne Quiznacht, Bingo oder sonst eine Veranstaltung, die sich vor allem Hanne einfallen ließ, um Besucher in das Lokal zu locken.

Sie schob ihre Finger in den Haarschopf des Fremden und erspürte sofort eine Beule. Mitfühlend schaute sie ihn an. »Ui, das wird ein ganz schönes Ei. Tut das nicht schrecklich weh?«

»Es geht schon.« Er richtete sich auf. Nur ungern zog sie ihre Finger zurück. Seine Haare fühlten sich weich an und verströmten einen herrlichen Duft. Nichts Übertriebenes. Sie rochen nicht nach irgendwelchen Blumen oder irgendwas aufgesetzt Maskulinem wie Moschus oder Sandelholz, sondern verströmten eine natürliche Note nach Seife und Salz.

»Meine Ex würde wahrscheinlich sagen, ich habe es nicht anders verdient.« Er grinste schief, und ein seltsamer Impuls regte sich in Olivia. Er hatte eine Ex. Natürlich hatte er eine Ex. Er war ein Mann in seinen Zwanzigern, schätzte Olivia, sah gut aus, und im Gegensatz zu ihr lebten die meisten Menschen ihres Alters nicht auf einem verlassenen Eiland in der Nordsee. Was hatte sie denn geglaubt? Trotzdem, etwas an dem Gedanken, dass es dort draußen eine Frau gab, die einen Grund hatte, ihm etwas Böses an den Hals zu wünschen, gefiel ihr nicht.

Ehe ihre in Aufruhr geratenen Emotionen sie dazu verleiten konnten, sich total zur Idiotin zu machen, rettete sie ein Ruf von der Theke. »Können wir bitte bestellen?«

Der erste Gast wurde ungeduldig, weil Olivia sich lieber mit ihrem Überraschungsdate beschäftigte, anstatt zu arbeiten.

Kurzentschlossen ergriff sie die Hand des Fremden. Wenn Mads diesen Mann in seinem Wunder-Adressbuch gefunden und ihr geschickt hatte, wollte sie ihn nicht mehr loslassen. Ihr Cousin hatte recht. Sie war nur einmal jung und ihre Zeit auf Erden zu begrenzt, um immer mit angezogener Handbremse zu leben. Gegen einen Flirt war nun wirklich nichts einzuwenden.

»Komm mit«, forderte sie ihn auf. »Ich such dir einen ruhigen Platz und bring dir etwas zum Kühlen für die Beule am Kopf.«

»Das …« Seine Hand zuckte, als wollte er sie zurückziehen, aber dann schlossen sich seine Finger um ihre. In ihrem Bauch flatterte ein Schwarm Schmetterlinge auf, der viel zu lang und tief geschlafen hatte.

»Das ist sehr nett.« Er grinste wieder. Es war das schönste Lächeln, das Olivia seit Langem gesehen hatte.

Sie war … süß. Und hübsch. Unerwartet. An einem Tag, der mit einer schlechten Überraschung nach der anderen aufwartete, war sie der Silberstreifen am Horizont.

Sie trug enge schwarze Jeans und dazu einen weit geschnittenen grauen Pullover, der ihre nackte rechte Schulter enthüllte. Unvermittelt fragte sich Jesper, wie es sich anfühlen würde, wenn er langsam mit dem Finger von dort zu ihrem Hals streichen würde.

»Hier sind wir.« Sie stieß eine Tür auf, die vom Gastraum in die Küche führte.

»Bist du sicher, dass das in Ordnung ist?« Er schaute sich um. Die Küche hatte definitiv schon einmal bessere Zeiten erlebt. Die Arbeitsfläche aus Alu und auch alle anderen Einbauten schienen sauber, allerdings hatte der Linoleumfußboden an mehreren Stellen Löcher, und sämtliche Möbel schienen abgenutzt. Hinter einem Gasherd mit vier Flammen stand ein fassbauchiger Koch.

Mit dem grauen Rauschebart, dem wettergegerbten Gesicht und so, wie der da hantierte, könnte er geradewegs aus einer Schiffskombüse gekommen sein.

»Hey Bent. Das hier ist …« Sie stockte.

Erst da fiel Jesper auf, dass er noch nicht einmal seinen Namen gesagt hatte. Dieser Schlag auf den Kopf musste doch heftiger gewesen sein als zuerst angenommen.

»Jesper«, half er deshalb aus. »Jesper Høgh.«

Olivia lächelte. »Schön, dich kennenzulernen, Jesper Høgh.« Mit sanfter Gewalt drückte sie ihn auf einen wackligen Stuhl, der in einer Nische zwischen der Spüle und einem Regal mit Konservendosen, Gewürzen und Geschirr stand.

»Das hier ist also Jesper«, erklärte sie dann Bent. »Er hat sich am Kopf verletzt. Kannst du ihm ein Kühlpack geben? Ich muss wieder raus. Die Gäste warten.«

»Wird gemacht, Liebes.« Mit dem Zeigefinger tippte sich der Koch an die Stirn.

»Ich bin gleich wieder da.« Diesmal galten Olivias Worte wieder Jesper. »Ich …« Sie verhaspelte sich.

Zum ersten Mal hatte er das Gefühl, dass er nicht der Einzige war, dem Verlegenheit die Zunge an den Gaumen klebte.

»Ich würde mich wirklich gerne noch länger mit dir unterhalten. Bleibst du ein bisschen?«, fragte sie.

Er hob die Schultern. »Ich habe keinen anderen Ort, an den ich gehen kann.«

Kurz wirkte es, als wollte sie nachfragen, doch dann ertönte ein ungeduldiges Glockenläuten durch die Durchreiche vom Gastraum und sie eilte aus der Küche.

Jasper sah ihr nach, bis ein amüsiertes Räuspern ihn aus seiner Trance riss.

»Sie ist ein ziemlicher Wirbelwind, was?« Bent war wieder neben ihm aufgetaucht und hielt ihm ein mit blauem Gel gefülltes Kühlpack unter die Nase.

»Danke.« Jesper griff nach dem Pack und presste es an die schmerzende Stelle am Kopf. Zunächst fühlte die Kälte sich unangenehm an. Doch schnell nahm das unangenehme Pochen ab. Kurz schloss Jesper die Augen.

»Ist eine ziemliche Schande, dass das Mädchen hier festsitzt.« Offenbar hatte Bent nicht die Absicht, zurück an die Arbeit zu gehen. »Ich meine, versteh mich nicht falsch. Keiner von uns würde unsere Olivia freiwillig hergeben. Aber für sie …« Er zuckte die Achseln, plötzlich scheinbar unsicher, ob er weitersprechen sollte. Mehr zu sich selbst als zu Jesper, fuhr er schließlich fort. »Küken müssen flügge werden, das ist die Natur. Sie können nicht ewig unter dem Flügel der Glucke bleiben. Und wer nicht von selbst das Nest verlässt, der braucht vielleicht mal einen kleinen Schubs.« Er schüttelte den Kopf. »Na, mich geht das nichts an. Außerdem habe ich zu tun. Wenn du etwas brauchst, sag einfach Bescheid.«

Jesper nickte. Aber ehe er überhaupt die Chance hatte, irgendetwas zu vermissen, kam Olivia zurück. Sie brachte ihm ein Glas mit einer kühlen rötlichen Flüssigkeit.

»Ich wusste nicht, was du trinken willst, also habe ich dir unseren Blaubeer-Cider gebracht.« Sie zwinkerte ihm zu. »Der ist unsere Spezialität. Wir mosten den selber.«

Das wusste er von den Vorbereitungen auf diesen Businesstrip.

Er lächelte und griff nach dem Glas. »Cider klingt gut. Danke.« Angenehm kühl rann die süße Flüssigkeit seine Kehle hinunter. Beinah wäre ihm ein wohliges Stöhnen entschlüpft, so köstlich war der Fruchtwein. Womöglich lag es aber auch einfach nur an diesem Ort. Es tat gut, endlich irgendwo angekommen zu sein, nachdem er den ganzen Tag, die ganzen letzten Wochen, wenn er ehrlich war, nur unterwegs gewesen war.

»Was meintest du vorhin, als du sagtest, du hast keinen anderen Ort, an den du gehen kannst?«

Er räusperte sich. »Ähm. Ich, also, meine Übernachtungsmöglichkeit hat sich zerschlagen.« Dass er zu blöd gewesen war, den Gezeitenkalender zu studieren, wollte er vor dieser Frau nicht zugeben. Ein Mann sollte sich wenigstens ein bisschen Stolz bewahren. »Ich stehe für heute Nacht also sozusagen auf der Straße.«

Mit in die Hüften gestemmten Fäusten sah sie ihn an. »Auf der Straße, soso. Ist das etwa eine ganz erbärmliche Anmache?«

»Nein!« Seine Zunge verknotete sich beinah, so sehr beeilte er sich mit dem Widerspruch. Schnell trank er noch einen Schluck Cider.

Olivias Lachen wirkte in diesem Fall allerdings tausendmal besser als der beste Fruchtwein. »Ich zieh dich doch nur auf.« Spielerisch zwinkerte sie ihm zu. »Wie ein Schwerenöter wirkst du wirklich nicht.«

»Gut – glaube ich zumindest.«

Bevor das folgende Schweigen unangenehm werden konnte, ergriff Olivia wieder das Wort. »Hast du das ernst gemeint?«, fragte sie ernst. »Dass du kein Zimmer für die Nacht hast.«

»Bierernst.« Verlegen nickte er.

»Na, was für ein Glück. Wie es der Zufall will, wohne ich nämlich in einem Bed & Breakfast. *Hotel Hygge* auf Mandø. Wenn du nichts dagegen hast, die Nacht auf einer winzigen Gezeiteninsel zu verbringen, kann ich für dich die Glücksfee spielen.«

Na super. Das bedeutete dann wohl, dass Olivia nicht nur im *Klostergården* arbeitete, sondern auch irgendwie mit dem *Hotel Hygge*, einem weiteren Geschäftszweig der *Adamsen ApS*, des Familienunternehmens der Adamsens, verbandelt war. Da müsste es schon ein sehr großer Zufall sein, würde sie nicht zur Familie gehören, die den Betrieb ihr Eigen nannte, dessen Prüfung der Grund seiner Jütland-Reise war.

Das Lächeln, das er aufsetzte, wirkte mit Sicherheit gekünstelt. Es lag auf der Hand, was Olivias Verwicklung in den Familienbetrieb für ihn und sie bedeutete. Wenn Jesper mit seiner Vermutung richtiglag, wären Olivia und er natürliche Feinde. Damit *Windfall* Investoren für das

Unternehmen an Land ziehen konnte, würde sich einiges bei den Adamsens ändern müssen. Aus dem traditionsreichen Familienbetrieb mit drei mehr oder weniger erfolgreichen Zweigen – Hotel, Pub, Kelterei – musste eine Firma der Zukunft werden. Um sich eine Strategie zu überlegen, wie sie das erreichen konnten, war Jesper nach Dänemark geschickt worden. Er musste entscheiden, welche Sparten unter welchen Bedingungen weitergeführt und welche abgestoßen werden sollten. Erfahrungsgemäß hatten Firmeneigner wie die Adamsens nichts gegen das Geld, das ein Venture Capitalist wie die *Windfall Investment Group* ihnen einbringen konnte. Weniger begeistert waren sie in der Regel, sobald sie begriffen, dass sie mit der Unterschrift nicht nur Unternehmensanteile verkauften, sondern auch ein Stück ihrer Seele. Für Firmen wie *Windfall* ging es nicht um Tradition oder Zusammenhalt. Für sie drehte sich alles nur ums Vermögen. Ein Konzept, das Jesper durchaus verstand. Nur heute wollte er für ein paar Stunden länger einfach nur ein Kerl sein, dem eine Frau in engen Jeans und weitem Pullover gefiel. Eine Frau mit unglaublichen Haaren, langen Beinen und einem süßen Lachen.

Er verdrängte seine Vermutung und konzentrierte sich auf die eher praktischen Aspekte der Unterhaltung. Dass er eine Unterkunft für die Nacht brauchte, war schließlich eine Tatsache. Wenn Olivia ihm anbot, ihn mit nach Mandø zu nehmen, umso besser. Tricky wurde es erst dadurch, dass er Per Adamsen, dem Geschäftsführer der *Adamsen ApS*, versprochen hatte, nichts über den Grund seiner Anwesenheit in Jütland zu verraten, ehe dieser mit den anderen Familienmitgliedern und seinen Mitarbeitern gesprochen hätte. Keiner von ihnen wusste, wie es um das Unternehmen stand. »Eine Glücksfee könnte ich heute wirklich gut gebrauchen.« Er sah sie zerknirscht an.

»Na, dann ist es gut, dass wir uns ganz zufällig hier getroffen haben.« Das Wort *zufällig* betonte sie, als wollte sie ihn damit aufziehen. »Woher kennst du eigentlich Mads?«

»Mads?« Er kramte in seinem Gedächtnis. Den Namen hatte er noch nie gehört. »Ich kenne keinen Mads. Wer soll das sein?«

»Ist schon gut.« Grinsend winkte sie ab. »Wahrscheinlich hat er dir gesagt, du sollst ihn nicht verraten. Ist ja auch egal. Auf jeden Fall kann ich dich nach meiner Schicht mit zur Insel nehmen. Ich bin mit dem Traktor da und im *Hotel Hygge* finden wir schon ein Zimmer für dich. Schlimmstenfalls musst du das Bett selber beziehen.« Und schon verschwand sie zurück in den Gastraum. Gott sei Dank. Denn er hatte keine Ahnung, wie er ihr, ohne sein Versprechen gegenüber Per Adamsen zu brechen, erklären sollte, dass bereits ein Zimmer für ihn im *Hotel Hygge* reserviert war.

Unangenehme Wahrheiten und die Entwirrung dieses ganzen Kuddelmuddels mussten bis morgen warten, beschloss er. Für heute hatte er gründlich genug. Ein paar Stunden lang den Job zu vergessen und einfach nur er selbst zu sein, müsste auch für ihn drin sein.

Kaum hatte er diesen Entschluss gefasst, vergingen die kommenden Stunden wie im Fluge. Immer wieder kam Olivia in die Küche geschneit und sie sprachen über alles Mögliche.

Er erzählte ihr, dass sein Vater Däne sei, er selbst bisher aber noch nie einen Fuß auf dänischen Boden gesetzt habe. Er berichtete von seiner katastrophalen Anreise und wie verwundert er von der geraden Straßenführung in Dänemark gewesen war. Alle Straßen wirkten wie auf dem Schachbrett gezogen. Sie lachte und neckte ihn, was für ein Glück er habe, dass ausgerechnet sein erster Weg im Land der Vorfahren ihn zu ihr geführt hatte. Immer wieder, wenn sie in die Küche kam, berührte sie ihn wie zufällig. Eine Hand auf seiner Schulter, ein Streifen ihres Arms an seinem. Ein Finger, der über seinen Handrücken strich, wenn sie ihm ein neues Kühlpack reichte. Manchmal mischte sich Bent in ihre Unterhaltung mit ein. Obwohl das Pub gut besucht schien, hatte der Koch nicht übermäßig viel zu tun. Die meisten Gäste waren wohl nicht zum Essen hier, sondern wollten nur einen Abend in netter Gesellschaft verbringen und etwas trinken. Wenn Bent kochte, bot das Zischen der Speisen auf dem Herd eine heimelige Hintergrundmusik. Es roch nach Kartoffeln, würzig nach Ketchup, Röstzwiebeln und Essig. Hausmannskost, sinnierte Jesper. Die Art von Essen, die einem nicht nur den Bauch wärmte, sondern auch die Seele. Als ob er etwas von Seelenfutter verstand. Ausgerechnet er. Beinahe hätte er laut aufgelacht. Ulrich hätte niemanden schicken können, der noch weniger geeignet war zu beurteilen, was diesen Ort besonders machte. Auf Jesper wirkte der ganze Abend so fremd, als wäre er durch eine Zaubertür in eine andere Welt gestürzt. Er mochte es geregelt und strukturiert. Menschen machten ihn nervös und am meisten liebte er absolute Ruhe. So war er aufgewachsen, so war er es gewöhnt.

Im *Klostergården* hüllte ihn wohlige Wärme ein. Von der Bar mit ihren Gästen, dem Lachen und all den prüfenden Blicken trennte ihn nicht mehr als eine einzige Schwingtür. Dennoch fühlte er sich komischerweise nicht bedrängt oder überrannt, sondern zufrieden mit sich und der Welt. Was umso erstaunlicher war, bedachte man, wie katastrophal sein Tag begonnen hatte.

Aufgeschreckt wurde Jesper immer dann, wenn Olivia wieder an seiner Seite auftauchte. Anscheinend sah sie es als ihre Aufgabe an, ihn alle Sorten des hauseigenen Ciders kosten zu lassen. Blaubeere und Holunderblüte, Birne, Apfel, Schlehe und einige andere Obstsorten standen auf der Speisekarte. Nach dem dritten Glas schmeckte Jesper keinen Unterschied mehr, doch das machte nichts. Wichtig war nur, dass sie es war, die ihm die Getränke servierte. Olivia. Selbst ihr Name gefiel ihm. Er klang bodenständig und frech. Nach einem Mädchen, das mit beiden Beinen fest im Leben stand und doch nicht aufgehört hatte, mit den Händen nach den Sternen zu greifen.

»Und welcher Geschmack ist es diesmal?« Der Cider, den Olivia ihm reichte, besaß einen hellen Pinkton. »Sieht nach Prinzessinnenkaugummi aus.« Vorsichtig schnupperte er an der Flüssigkeit. Die aufsteigenden Kohlensäurebläschen kitzelten in der Nase. Er schob die Brille nach oben und hielt sich die Nasenwurzel, um ein Niesen zu verhindern. Zurück blieb ein wattiges Gefühl im Kopf. Nicht unangenehm, ganz und gar nicht. Nur irgendwie … fremd.

Genauso fremd wie die Leichtigkeit, mit der Olivia ihn um den Finger wickelte. Das war nicht er. Nicht der Jesper Høgh, den er kannte. Er war ein Mann der Zahlen und

Fakten. In seinem spartanisch eingerichteten Loft in Berlin-Mitte lenkte ihn nichts und niemand von seinen Gedanken und der Arbeit ab. Er mochte es noch nicht einmal, auf Partys zu gehen. Sich stundenlang freiwillig in eine chaotische Pub-Küche zu setzen? Undenkbar.

»Keine Angst.« Olivia grinste. »Für unseren Cider müssen keine Einhorn-Prinzessinnen ausbluten. Das hier ist *Pink Apple*. Ein ganz traditioneller Apfelcider.«

»Ich kann mich nicht erinnern, dass traditioneller Apfelcider pink ist.«

»Nein. Aber unser Cider ist eben besonders gut. Trink!«

Noch einmal roch er an dem Getränk. »Ich glaube, du willst mich betrunken machen. Mir steigt das Zeug schon zu Kopf.«

»Das ist dein viertes Glas.« Sie musterte ihn skeptisch. Ihre Augen erinnerten ihn an Seenebel.

»Du bist toll, weißt du das? Ich glaube, das ist gar kein Apfelwein, sondern ein Zaubertrank und du willst mich verhexen.« Hatte er das wirklich gesagt? Er hatte. Ihr fassungsloser Blick, halb Unglaube, halb Belustigung, sprach Bände.

Nun denn. Offenbar gab es keinen Grund mehr, jetzt mit dem Trinken aufzuhören. Er führte das Getränk zum Mund, aber diesmal war Olivia schneller.

Sie schnappte es sich aus seiner Hand. »Du bist ja wirklich schon angeschickert«, meinte sie und leerte den Cider in einem Zug.

Als sie das Glas absetzte, glänzten ihre Lippen feucht. In seiner Hose herrschte plötzlich Enge. Ein Problem, das sich verstärkte, da Olivia ihm zuzwinkerte.

»Sicher ist sicher.« Sehr langsam leckte sie sich die letzten Tropfen Apfelwein aus dem Mundwinkel. »Wir wollen doch nicht, dass es heißt, wir füllen unsere Gäste absichtlich ab.«

»Aggh.« Ächzend schüttelte er den Kopf und strich sich mit der Hand durchs Haar. Nicht einmal die Beule am Hinterkopf tat noch weh. Verrückt. Wie alles hier. Wie dieser ganze Abend. »Was machst du mit mir?«

Sie zuckte die Achseln. »Nichts. Ich sorg nur dafür, dass sich dein Weg hierher auch lohnt.«

Ein schmerzhafter Stich fuhr ihm in den Magen. Wusste sie doch, wer er war? War das ihr Weg, ihn auf die Seite der Adamsens zu ziehen? Aber nein, das konnte er sich nicht vorstellen.

»Bent?«

»Ja?« Der Koch rieb sich die Hände an seiner Schürze ab und schaute Olivia fragend an.

»Zaubere unserem Gast hier eine Portion Süßkartoffelpommes, okay? Das saugt den Alkohol im Bauch auf«, bat sie grinsend.

»Aye, aye, Ma'am.« Spielerisch deutete Bent einen Salut an.

Olivia lachte und legte eine Hand auf Jespers Schulter, ehe sie sich zu ihm hinabbeugte und vorgab, ihm ins Ohr zu flüstern. In Wahrheit sprach sie laut genug, damit auch Bent sie verstehen konnte. »Er tut nur so fügsam. In Wahrheit macht er, was er will.«

Jesper hörte kaum, was sie sagte. Zu beschäftigt war er damit, seine Reaktion, die Olivias Berührung auf ihn hatte, zu verbergen.

Noch einmal zwinkerte sie ihm zu, dann verschwand sie einmal mehr und hinterließ ein Gefühl von Wärme hinter Jespers Brust und ein Ziehen in weiter südlicheren Regionen.

Laut räusperte sich Bent. »Darauf kannst du dir was einbilden.« Routiniert bereitete er den Snack für Jesper zu. »Das ist die letzte Portion, ehe die neue Lieferung kommt. Und ihre Süßkartoffelpommes teilt Olivia sonst mit niemandem.« Der Koch ließ die Pommes auf einen Teller gleiten, streute eine Prise Salz darauf und ein Gewürz, das Jesper nicht zuordnen konnte, und reichte Jesper die Speise.

Erst jetzt merkte er, wie hungrig er gewesen war. Er griff nach einem Süßkartoffelstäbchen und verbrannte sich prompt die Finger.

»Langsam, junger Mann.« Bent schüttelte den Kopf. »Die laufen dir doch nicht weg.«

Vorsichtig steckte sich Jesper den ersten Bissen in den Mund. Die Pommes waren eine Offenbarung. Sämig und knusprig und würzig und herrlich. Sie passten hervorragend zu dem Fruchtwein. Und während er dasaß, der Cider alle Sorgen in seinem Kopf mit Watte umhüllte, er immer wieder einen Blick auf Olivia erhaschte und die Süßkartoffelpommes auf seiner Zunge zergingen, passierte etwas Seltsames.

Für eine kurze Weile war er fast so etwas wie glücklich.

Der Wind hatte die Wolken vom Himmel gepustet. Unzählige Sterne erhellten das Firmament. Kein einziges Fenster war mehr erleuchtet in den wenigen Häusern, an denen sie vorbeifuhren. Mensch und Tier schliefen, und selbst das Dünengras und Weidengesträuch in der Marsch waren nicht mehr als schwarze Schatten in schwarzer Nacht.

Es war bitterkalt auf dem Bock des Traktors. Zum Glück hatte Olivia heute Vormittag beim Aufbruch von Mandø daran gedacht, eine gewalkte Wolldecke mitzunehmen. Die hielt nicht nur die Kälte ab, sondern auch die Feuchtigkeit. Zwar hing in dem Gewebe stets der Hauch des Geruchs nach nassem Schaf, aber irgendwie gehörte das dazu. Manche Dinge durften nicht zu perfekt sein, sonst verloren sie ihren Zauber. Ganz so wie diese Nacht. Nur weil sie wusste, dass sie bald vorbei war, konnte Olivia sie genießen. Sie hatte keine Ahnung, wie es Mads gelungen war, Jesper an ihre Seite zu zaubern. Bestimmt hatte es irgendwas mit Mads' Job zu tun. Seine Hundemodekollektion hatte Fans überall auf der Welt, und Mads hatte es sich zur Aufgabe gemacht, zu seinen Kunden auch ein persönliches Verhältnis aufzubauen. Er war ein Profi in den sozialen Netzwerken, Baby und Posh hatten einen eigenen Instagram-Account mit mehr Fans als der Rest der Familie Adamsen zusammengerechnet. Spielte es denn wirklich eine Rolle, woher Jesper kam? Vielleicht war er auch ein alter Kumpel aus Studienzeiten in London, der zufällig zur selben Zeit in Dänemark Urlaub machte wie Mads und seine Reise schon seit Ewigkeiten geplant hatte. Solange sie nicht zu viele Fragen stellte, konnte sie schlicht die Anwesenheit eines charmanten Mannes in ihrem Leben genießen. Ein paar Stunden lang konnte sie tun als ob und sich einreden, dass mehr hinter Jespers Bemühungen steckte als ein Gefallen für einen Freund.

Sie kamen nicht schnell voran, doch das störte sie nicht. Für sie könnte dieser Abend ewig dauern. Das Tuckern der Dieselmaschine war das einzige Geräusch in der Nacht. Sie sollte Mads danken, dachte sie. Für ein paar wunderbare Stunden, in denen die Arbeit leichter von der Hand ging als sonst, weil in Bents Küche ein Mann saß, den sie gerne anschaute. Der sie zum Lachen brachte und ihr Herz wild schlagen ließ.

Jesper saß neben ihr und hatte die Hände unter seinen Mantel geschoben. Unter der Decke, die Olivia ihnen beiden über die Beine gelegt hatte, spürte sie die Wärme seines Körpers. Sie sprachen nicht, sondern schwiegen miteinander, und es fühlte sich kein bisschen seltsam an. In einer Nacht wie dieser brauchten sie keine Worte, um einander zu verstehen.

Nach etwa einer halben Stunde erreichten sie die Stelle, wo die Straße im Meer verschwand.

Neben sich hörte sie, wie Jesper scharf die Luft einsog. Sanft stieß sie ihn mit dem Ellenbogen in die Seite. »Du vertraust mir doch, oder?« Geradeaus hielt sie auf die Wasserkante zu.

»Schon. Aber …«

»Kein Aber. Mein Handy kennt den Weg.« Mit einer Hand zückte sie ihr Mobiltelefon und öffnete die Karten-App. »Siehst du die Straße?« Sie hielt das Display so, dass auch Jesper einen Blick darauf werfen konnte. »Die ist auf zehn Zentimeter genau eingezeichnet. Ich hab das schon oft genug getestet.«

»Aber was ist mit dem Wasser? Du willst einfach so durchs Meer fahren.«

»Streng genommen durchs Watt. Der *Låningsvejen* ist auf einem Deich gebaut. Der Weg wird nur zweimal täglich von der Flut überspült. Und das ist jetzt nicht der Fall, der Traktor schafft das mit links. Kritisch wird es nur, wenn der Wind zu heftig bläst.« Sie nickte gen Himmel. »Aber wie es scheint, hat Petrus heute ein Einsehen mit uns.«

»Wenn du meinst.« In Jespers Stimme hörte sie Zweifel. Innerlich lachte sie. Was glaubte er denn? Sie war ein Inselkind. Das Meer richtig einzuschätzen, lag ihr im Blut.

Nach einer Weile entspannte sich Jesper wieder. Seine Schultern sanken herab, immer öfter betrachtete er die Umgebung. Ziemlich genau auf der Hälfte der Strecke griff er nach ihrem Ellenbogen.

»Halt an«, bat er sie. »Ich möchte … Ich möchte mir das einmal richtig angucken.«

Liebend gern erfüllte Olivia seine Bitte. Sie trat auf die Bremse und brachte den Traktor zum Stehen. Mit einem leisen Tucktucktuck verklang der Motor. Sie schaltete die Scheinwerfer aus. Ein paar Augenblicke lang surrte die Lüftung nach, dann herrschte absolute Stille. Als wären sie die einzigen Menschen auf der Welt. Nicht einmal der Mond beschien die Umgebung und raubte den Sternen ihren Glanz.

»Kannst du Sternbilder erkennen?« Sie deutete mit dem Kopf hinauf zum Lichtermeer, das sie umgab. Es hatte sie immer fasziniert, was andere in den Sternbildern sahen.

»Hmmm«, machte er und folgte ihrem Blick in den Himmel. Unter der Decke rutschte er näher an sie heran, bis sein Oberschenkel ihren berührte, ihre Schulter an seine geschmiegt. Hier draußen, mit nur den Sternen als Zeugen, nahm sie seinen Duft nach Salz und Seife noch viel intensiver wahr.

»Siehst du diese Sterne da?« Mit dem Zeigefinger wies er auf einen Lichterknäul direkt über ihnen.

Olivia folgte seiner Geste mit dem Blick. Sie erkannte nichts. Im Deuten von Sternbildern war sie schon immer eine Niete gewesen.

»Das ist der große Tollpatsch.« Obwohl Jesper flüsterte, hörte sie den neckenden Tonfall in seiner Stimme. »Der scheint heute besonders hell. Deshalb hab ich mich so zum Affen gemacht. Mit dem Kleiderständer und all dem.«

Olivia lachte. »Verstehe.«

»Und das hier …« Sein Finger wanderte weiter. »Das ist der große Zauberer. Wenn der am Nachthimmel steht, passieren die wunderbarsten Dinge.«

Sie wollte erneut lachen, aber der Laut blieb ihr in der Kehle stecken. Was auch immer Jesper nach Mandø getrieben hatte, er würde nicht bleiben. Und sie hatte gemeint, was sie Mads am Vormittag gesagt hatte. Wenn sie sich noch einmal auf einen Mann einließ, sollte das Für-immer zumindest in greifbarer Nähe sein. Und dennoch fühlte sich das hier nicht nur wie ein kleiner Flirt an. Wie war es möglich, dass sie nach nur einem Abend schon so viel empfand? Nicht nur das Kribbeln im Bauch und die Wärme, die ihren Körper einhüllte. Es fühlte sich alles magisch und so richtig an. Für eine funktionierende Beziehung brauchte es zwei Menschen, die gemeinsame Ziele verfolgten und bereit waren, auch holprige Wegstrecken Seite an Seite zu überwinden.

Es brauchte Vertrauen und Loyalität, und um das aufzubauen, brauchte es vor allem Zeit. Ein einziger gemeinsamer Abend war dafür bei Weitem nicht genug. Aber nun, hier? Mit Jesper so nah, mit seinen wundervollen Worten war sie geneigt, all das, wovon sie überzeugt war, über Bord zu werfen. Was, wenn es die eine, wahre Liebe gab? Den einen Menschen, den das Herz erkannte, ehe der Verstand die Gelegenheit hatte zu protestieren?

Ach, sei's drum. Zu viele Gedanken würden nur zerstören, was sie hatte. Sie wollte sich nicht mehr die Sterne ansehen. Sie wollte ihr Leben leben. Hier und jetzt.

Sie legte die Hände um seine Wangen, zog ihn zu einem Kuss an ihren Mund.

Er schmeckte süß, nach dem Cider, den er getrunken hatte. Sein Mund war weich und fest.

Ganz kurz schien er überrascht von ihrer Forschheit, dann erwiderte er leidenschaftlich den Kuss. Jesper schlang die Arme um sie, drückte sie noch enger an sich. Sein Atem wärmte ihre Haut. Das war er, der Moment, der sich wie die Ewigkeit anfühlte. Sie kostete ihn aus, bemühte sich, jedes winzige Detail für immer in ihrem Gedächtnis zu bewahren. Die Art, wie seine Lippen sich bewegten, den Duft seines Körpers, der Klang seines Atems, der sie ein wenig an das Rauschen des Meeres erinnerte.

Ein paar Sekunden gab sie sich noch, während er mit der Zunge über ihren Mundwinkel strich und sie zu einem sinnlichen Tanz einlud.

Statt die Einladung anzunehmen, unterbrach Olivia den Kuss. Die Augen hielt sie geschlossen.

»Auf Dauer wird es kalt hier.« Was sie im Begriff war zu sagen, kostete sie allen Mut. So war sie nicht. Das war nicht sie. Doch das hier war auch nicht eine Nacht wie jede andere. »Aber in meinem Zimmer ist es warm. Sicher viel wärmer als in dem ungemachten Bett in einem der Gästezimmer.« Scheu lächelte sie zu ihm auf. Ihre Lippen zitterten ein wenig, und das kam nicht von der Kälte.

»Olivia …«, gab er gequält von sich.

»Psst.« Sie legte ihm den Zeigefinger auf den Mund. »Nicht. Sag nichts. Ich weiß, dass das nur ein Spiel ist. Eine blöde Wette. Aber ich will jetzt nicht aufhören. Ich weiß nicht, was Mads dir erzählt hat, doch wir können einfach tun als ob. Ist es nicht im Grunde egal, wie wir uns getroffen haben?« Sie stockte, schluckte, erst dann redete sie weiter. »Normalerweise bin ich kein Typ für ein schnelles Abenteuer, das hier allerdings, mit dir, das will ich wirklich. Und sei es nur für diese Nacht.«

»Wer ist Mads? Du hast ihn schon im Pub erwähnt. Was meinst du mit Spiel? Welche Wette …« Er rückte von ihr ab. In seiner Stimme schwang echte Verwirrung mit, doch alles, was sie wahrnahm, war die Abfuhr.

Oh Gott. Er … Er wies sie wirklich ab! Sie warf sich ihm quasi an den Hals, und er wollte sie nicht. Während sie von echter Liebe, Vorbestimmung und Romantik geträumt hatte, erwies er Mads einfach nur einen Freundschaftsdienst. Was für eine Idiotin sie war. Was für eine erbärmliche Idiotin!

Mit zitternden Fingern startete sie den Traktor. Ihr Herz schlug so heftig gegen die Rippen, dass es wehtat.

»Olivia. Ich wollte dir keine falschen Hoffnungen …«

»Ist gut, Jesper.« Sie unterbrach ihn. Ein Wort mehr von ihm und sie würde vor Scham sterben. Wortwörtlich. »Es war ein schöner Abend, ja? Mach es nicht kaputt. Ich fahre uns jetzt auf die Insel. Es war für uns beide ein langer Tag.«

3

Sie hatte blonde Haare und blaue Augen. Ihre Schultern waren schmal und versanken beinah in der steifen Öljacke. Sie saß auf dem Bock des Traktors, wie eine Märchenprinzessin auf dem Rücken eines Einhorns sitzen würde.

Ping.

Ein nerviges Klingen ließ den Traum langsam zerfasern. Er wollte das Bild festhalten und dem Gefühl von Lippen nachspüren, die ein wenig rau und aufgeplatzt waren und trotzdem so köstlich. Er wollte auf sein Herz lauschen, das das Blut rauschend durch die Adern trieb, weil er sie küsste. Einfach nur küsste. Wann hatte sich zum letzten Mal ein Kuss so angefühlt? Nicht nach dem ersten Schritt auf dem Weg zum Gipfel, sondern wie die Hauptattraktion. Wie etwas, das für sich existieren konnte, ohne Absicht, ohne Plan und Berechnung.

Ping. Ping.

Er stöhnte und rollte sich auf den Rücken. Die Ellenbeuge seines linken Arms legte er über die Augen, mit der rechten Hand tastete er auf dem Nachttisch erst nach seiner Brille, dann nach dem Handy. Auch mit Brille blieb seine Umgebung verschwommen.

Ping. Ping. Ping.

Himmel, da war einer hartnäckig. Was war heute überhaupt für ein Tag? Und wie spät war es? In Schattierungen aus Anthrazit und Schwarz zeichneten sich die Umrisse seiner Umgebung ab. Ah, das eilig in der Nacht bezogene Gästezimmer im *Hotel Hygge*. Großartig. Wenn es einen Ort gab, an dem er momentan noch weniger sein wollte als hier, dann fiel er Jesper nicht ein. Hatte er wirklich seinen Auftrag auf Mandø fast damit begonnen, mit einer Adamsen zu schlafen? Noch idiotischer ging es kaum. Aber halt, doch! Es ging noch idiotischer. Zum Beispiel, indem man sich von eben jener Adamsen unter verschleierten Tatsachen in der eigenen Pension einquartieren ließ, in der schon ein Zimmer für ihn reserviert war. Wie um alles in der Welt sollte er erklären, wer er war, ohne ins Schleudern zu geraten? Er rieb sich die Augen. Dieses Problem würde er nach der Stadtführung lösen, die Per Adamsen für ihn arrangiert hatte. Bei all den Fettnäpfchen, in denen er in den letzten vierundzwanzig Stunden ein Bad genommen hatte, wusste Jesper nicht einmal, was die größere Katastrophe war. Dass er dem Drängen seines Körpers gestern Abend fast nachgegeben hätte oder dass er Olivia abgewiesen hatte.

Er knipste das Licht an.

Hoch über dem Bett baumelte eine Lampe von einer erstaunlich hohen Decke. Er schaute sich um. Direkt hinter dem Bett befand sich ein Fenster. Es blickte auf den

Innenhof hinaus, durch den Olivia ihn gestern geführt hatte.

Olivia. Sein Magen zog sich schmerzhaft zusammen. Wie hatte ein Abend, der so angenehm begonnen hatte, zu einem solchen Reinfall werden können?

Fragen über Fragen. Hinter seinen Schläfen pochte es, doch am ärgsten war der Schmerz an der Stelle an seinem Hinterkopf, wo ihn gestern der Garderobenständer erwischt hatte. Gott, er hasste Tage, die mit lauter Fragen begannen. Was er brauchte, waren Antworten. Und um die zu bekommen, musste er aufstehen. Langsam richtete er sich auf. Bedauerlicherweise hielt sein Magen nicht viel davon. Verdammt! Normalerweise trank er nicht viel und eher selten. Sein letzter Rausch war mindestens sieben Jahre her. Damals auf einer Studentenfete im Wohnheim hatte er sich mit der *Kalten Ente* verschätzt. Das Gesöff war so süß und süffig gewesen wie der Cider, den Olivia ihm serviert hatte.

Olivia. Schon wieder. Zum Teufel, er sollte sie vergessen. Und zwar schleunigst. Das lästige Geklingel kam von der Kalender-App und erinnerte ihn daran, dass er in .... oh, Shit! In genau zweiundzwanzig Minuten einen Termin mit einem Repräsentanten der Familie Adamsen hatte, der ihm eine Einführung in das Unternehmen und die Umgebung geben sollte. In seinen Jahren bei *Windfall* hatte Jesper begriffen, dass der einzige Weg zu einer praktikablen Zielstrategie eine umfassende Analyse der Ausgangssituation war. An diesem Morgen plante er, die Makroumwelt des Unternehmens in Augenschein zu nehmen. Wie gestaltete sich das Kaufverhalten der Kunden, wie stellte sich die Wettbewerbssituation dar, wie war das Verhältnis zu Lieferanten und Geschäftspartnern? War der Markt überhaupt groß genug, damit *Windfall* weitere Investoren an Land ziehen konnte? Natürlich könnte Jesper sich den Antworten auf diese Fragen ausschließlich vom Rechner aus nähern. Aber nichts ging über einen persönlichen Eindruck. Für die digitale Recherche hatte er seinen Laptop dabei.

Wobei ... Mist! Der Laptop zusammen mit seinem Gepäck war noch immer in dem unsäglichen Porsche. Und der stand nach wie vor in Ribe, auf irgendeinem Parkplatz, auf dem man maximal vier Stunden parken durfte. Ohne Parkscheibe!

Ihm gingen die Schimpfworte aus, die er sich selbst an den Kopf werfen wollte. Das hatte er jetzt davon, dass er sich von seinem kleinen Intermezzo mit Olivia hatte ablenken lassen. Ulrich würde Jesper umbringen, wenn das Notebook, auf dem sich vertrauliche Firmendaten befanden, gestohlen worden war.

Er schaute noch einmal auf sein Handy. Jetzt blieben ihm nur noch siebzehn Minuten bis zu dem Termin. Siebzehn Minuten, und er hatte zwölf ungelesene Mails im Posteingang, drei davon mit einem roten Ausrufezeichen für hohe Priorität versehen. Die natürlich von Ulrich stammten. Sein Boss wollte wissen, ob er schon Ansatzpunkte für eine gewinnbringende Investitionsstrategie sah. Haha. Alles, was Jesper bisher sah, war einen Idioten, der die größte berufliche Chance seiner Karriere in einem Cider-Glas ertränkte. Großartig! Wenn wenigstens die unsichtbaren Kobolde aufhören würden, von innen gegen seine Schläfen zu hämmern, vielleicht würde Jesper dann auch seine Würde wiederfinden. Nie wieder verschreibungspflichtige Medikamente und Alkohol auf leeren Magen. Das schwor er sich!

Alles Jammern half nichts. Etwas klarer im Kopf jetzt, schaute er sich im Zimmer um. Selbst in seiner miesen Stimmung musste er zugeben, dass es gemütlich wirkte. Weniger wie ein Hotelzimmer, eher wie … keine Ahnung. Zuhause war das erste Wort, das ihm in den Sinn kam, doch das stimmte auch nicht. Warum kamen ihm in letzter Zeit ständig solche untypischen Gedanken? Erst im Pub mit dem Seelenfutter und jetzt ausgerechnet hier? Im Leben nicht hätte es bei seinen Eltern diese Mischung aus bunt zusammengewürfelten Möbeln gegeben, die alle nicht zusammenpassten und dennoch ein harmonisches Gesamtbild gaben. Da war der weiße Zweisitzer, über den eine Häkeldecke in allen Regenbogenfarben gebreitet war. Ein Ohrenbackensessel mit Blümchenmuster und einem Lammfell auf der Sitzfläche lud ein, es sich darauf gemütlich zu machen. Auf einem Regalbrett an der Wand standen eine Reihe Bücher neben einer Buddha-Figur und einer Winkekatze. Überall lagen prall gefüllte Dekokissen in verschiedenen Farben und Größen. Ein Druck von Franz Marcs *Turm der blauen Pferde* hing an der Wand neben der gerahmten Bleistiftzeichnung eines bärtigen Mannes auf einem Pferd.

Als Nachttisch diente ein Tischchen in Nierenform, und statt mit einem Kleiderschrank war das Zimmer mit einer weißen Apothekerkommode ausgestattet, die einen angenehmen Kontrast zu den dunklen Bodenfliesen bot.

Sein Blick wanderte weiter zur Decke. Das Zimmer nahm die gesamte Höhe des Hauses ein. Dicke Balken stützten den Giebel und verliehen dem Raum noch mehr Gemütlichkeit. In der Nacht hatte er das Appartement durch die Tür, die sich rechts des Sofas befand, betreten. Durch eine kleine Küche mit winzigem Esstisch, Arbeitsfläche und Spülbecken war er ins Schlafzimmer gegangen. Eine zweite Tür, die in ein Badezimmer führen konnte, hatte er nicht gesehen.

Ahh, Shit. Das bedeutete dann wohl, ihm stand ein Walk of Shame bevor. Die Zeit, um sich auf die Suche nach einer Dusche zu machen, fehlte ihm. Ihm blieb nur eine Katzenwäsche an der Küchenspüle übrig. Wenigstens würde Ulrich ihn so nicht zu Gesicht bekommen. Ansonsten hätte Jesper das Rennen direkt an Annkathrin abtreten und seine Beförderung in den Wind schreiben können. Und er hatte geglaubt, der gestrige Tag sei bereits eine Katastrophe gewesen.

Sechs Minuten später – der Countdown war auf elf Minuten geschrumpft – folgte Jesper dem Duft nach frisch gebrühtem Kaffee durch einen langen, engen Flur im Erdgeschoss in eine heimelige Küche.

Im ersten Moment erschlug ihn die Szene vor seinen Augen mit einer Häuslichkeit, die Jesper bisher nur aus Margarine-Werbung im Fernsehen kannte. Um einen großen Esstisch versammelt, saßen mindestens drei Generationen. Eine Frau um die fünfzig mit kurzen braunen Haaren und einem freundlichen, runden Gesicht fütterte ein Baby in einem Hochstuhl. Ihr gegenüber saß eine junge Blondine in auffälliger Hippie-Kleidung und unterhielt sich mit einem Mann, der etwa in Jespers Alter war. Die Gegensätzlichkeit der beiden könnte kaum größer sein. Während die Frau eine ruhige Offenherzigkeit ausstrahlte, wirkte der Mann irgendwie steif und zurückgenommen. Seine Kleidung erinnerte mehr an einen Bankangestellten als an den Gast eines familiengeführten Bed and Breakfast. Verteilt zwischen den Erwachsenen tummelten sich allerhand Kinder. Zwei Mädchen und zwei Jungs, alle noch im Kindergartenalter, wenn Jesper das richtig einschätzte. Dazu das Baby im Hochstuhl.

Jesper räusperte sich. »Entschuldigung.«

Ein Typ mit lilafarbenen Haaren und auffälligen Tunnels in den Ohren drehte sich als Erstes zu ihm um. »Ja?«

»Ich bin …« Er stockte. Würde er seine Abmachung mit Per Adamsen brechen, wenn er seinen Namen nannte? Besser, er blieb so vage wie möglich, bis er sich mit seinem Kontakt ausgesprochen hatte. »Ich bin gestern Abend spät angekommen. Leider finde ich keine Rezeption oder so. Ich bräuchte Ihre Hilfe.«

»Ey, Mann, dein Dänisch ist gut, aber die Höflichkeitsformel nutzt niemand mehr. Wir sagen alle du. Ich bin Mads.« Eifriges Nicken, wo auch immer Jesper hinsah. Gott, wie viele Leute waren das in dieser Küche? Den Mann mit kurz geschorenem Haar hatte Jesper zuvor noch nicht bemerkt, und dann war da noch einer, dessen Haare in puncto Unordentlichkeit seinen Konkurrenz machten und von dem Jesper schätzte, er gehöre zu der Hippie-

Blondine. Im Hintergrund lief leise das Radio, auf dem Esstisch standen mehrere Teller und Schüsseln mit frischem Obst, Müsli und Cornflakes. Dazu zwei Packungen, die wie Milch und Joghurt aussahen, auf deren Verpackung jedoch Ymer und Koldskål stand. Jespers Magen knurrte.

Er machte einen Schritt nach vorne. Und trat prompt auf etwas Weiches, Nachgiebiges, das – ohrenbetäubend quietschend – von ihm wegstob, kaum dass die Sohle seiner Budapester es berührt hatte.

»Oh, mein Gott, das tut mir leid.« War das Ding ein Hund? Es klang wie ein Hund. Aber auch bei näherer Begutachtung wirkte es eher wie ein lebendiger Flokatiteppich. Schutzsuchend rannte der Flokati zu Kurzhaar, der das Wuschelgebilde auf den Schoß nahm und begann, tröstend auf es einzureden. Auf Englisch.

»Ich …« Jesper atmete durch. Immer mehr hatte er das Gefühl, sich vollkommen außerhalb seiner gewohnten Welt zu befinden. Dass er hier in den zerknitterten Klamotten des Vortags stand, vergrößerte sein Unbehagen nur. Und wenn er sich im Porsche umziehen musste, er konnte gar nicht erwarten, endlich in frische Sachen zu schlüpfen.

»Hab ich nicht gesagt, irgendwer stolpert noch einmal über diesen Hund?« Der Typ in Polo-Hemd und Bundfaltenhose musterte ihn skeptisch. »Gerade wenn hier Gäste ein- und ausgehen, solltest du besser auf deine Hunde aufpassen, Mads.«

Der junge Mann namens Mads verdrehte die Augen und schob sich eine Erdbeere in den Mund. Irgendwas hatte in

Jespers Oberstübchen bereits bei der ersten Erwähnung des Namens geklingelt, und jetzt fiel es ihm auch wieder ein. Olivia hatte Mads gestern erwähnt und schien davon auszugehen, dass Jesper ihn kannte. Warum war sie eigentlich nicht bei diesem Familienfrühstück anwesend? Gehörte sie womöglich doch nicht zur Familie und war nur eine Freundin von Mads? Etwas, das sich verdächtig nach Hoffnung anfühlte, glomm in ihm auf.

Er schob das Gefühl zur Seite. Sein Blick fiel auf den Hund, der mittlerweile mit erstaunlicher Hingabe die Hand seines Herrchens ableckte.

Jesper wollte versichern, dass ihn der Hund nicht störte, aber die Älteste der Runde kam ihm zuvor, indem sie das Wort an ihn richtete.

»Möchtest du einen Kaffee?« Sie legte den Löffel, mit dem sie gerade noch das Baby gefüttert hatte, zur Seite und machte sich daran aufzustehen. Für einen kurzen Moment meinte Jesper etwas wie Misstrauen oder Verwirrung in ihrem Blick zu erkennen. Ahnte sie, wer er war? Wusste außer Per Adamsen doch noch jemand davon, warum sie einen Gast im *Hotel Hygge* erwarteten? Der Ausdruck verschwand, ehe sich Jesper den Kopf darüber zerbrechen konnte, wie er sich durch diese neue Untiefe navigieren sollte. Er beschloss, ganz einfach mit der Strömung zu schwimmen. Vorerst zumindest.

Die ältere Dame sprach weiter. »Ich bin Hanne Adamsen. Wenn du etwas brauchst, kannst du dich immer an mich wenden. Normalerweise gibt es Frühstück nur gegen Voranmeldung, aber der Gast, den wir gestern erwartet haben, ist nicht aufgetaucht. Du hast also Glück und kannst seine Portion haben.« Sie zwinkerte. »So spät im Jahr kommen nur noch wenige Touristen. Auf Überraschungsgäste sind wir nicht immer eingestellt. Olivia hat dich gestern Nacht einquartiert, richtig? Sie hat einen Zettel geschrieben.«

Jesper nickte abwesend. Wenn er der einzige Gast war, was waren dann die ganzen anderen hier in der Küche? Eine Hippie-Kommune auf Schulausflug? Dagegen sprach das Polohemd. »Ich, ähm, nein danke. Ich habe keine Zeit für einen Kaffee. Ich …«

»Sehr vernünftig.« Diesmal unterbrach ihn die Blondine. Wenn das so weiterging, würde er niemals einen Satz zu Ende sprechen können. »Wusstet ihr, dass bis zu zwanzig Prozent der westlichen Bevölkerung an Koffeinismus leiden? Das ist krankhafte Koffein-Abhängigkeit. Mor kann dir sicher auch einen Tee aufgießen.«

Mor? Dann war Hanne also die Mutter der Hippie-Frau? Noch mehr Adamsens? Jesper rieb sich den Hinterkopf. »Das ist wirklich alles sehr nett. Doch ich muss dringend aufs Festland. Ich habe einen Termin.«

Hanne winkte ab. »Das ist kein Problem. Wir haben fast Tiedentiefstand. Du kannst unbesorgt rüberfahren. Bis kurz nach drei ist die Straße heute sicherlich passierbar.« Sie deutete zu einer Tafel neben der Tür, in der Jesper stand. »Dort hänge ich immer den aktuellen Gezeitenkalender hin. Bei einem Wasserstand von dreißig Zentimeter oder weniger kannst du mit einem normalen PKW die Straße benutzen.«

»Das Problem ist nur …« In seinem Geiste tickte eine Uhr. Gott, hörten diese Menschen nie auf zu reden? Jesper hasste es, unpünktlich zu sein, aber wenn sich hier nicht ganz schnell etwas tat, würde er es im Leben nicht mehr rechtzeitig zu seinem Termin in die Stadt schaffen. Er war vor dem Eingang zum Pub verabredet. Wie lange hatten sie gestern gebraucht von Ribe hierher? Er hatte keine Ahnung. »Mein Mietwagen steht noch in Ribe. Was ich eigentlich bräuchte, ist die Nummer eines Taxiunternehmens oder …«

»Taxi?« Mads sah ihn mit einer Mischung aus Mitleid und Belustigung an. »Hast du dich gar nicht informiert, wo du deinen Urlaub verbringst? Das müssten wir wer weiß wo anfordern.« Das Baby in dem Hochstuhl gluckste, als er die Hände vor dessen Nase tanzen ließ und dabei seine zahlreichen Armbänder aneinanderklimperten. »Aber Theo, wie schaut's aus? Wolltest du nicht ohnehin in die Stadt?«

Das Baby griff nach den Armbändern. Die beiden Mädchen am Tisch flüsterten und kicherten. »Dürfen wir dann an den Strand gehen?«, fragte die Ältere der beiden. »Wenn Far in die Stadt fährt, wollen wir an den Strand gehen. Bitte, Farmor, wir wollen unbedingt an den Strand.«

Wenn Hanne die Großmutter der beiden war, gehörten wohl auch die zur Familie. Und das Polohemd, Theo, schien ihr Vater zu sein. Farmor – so sagte man auf Dänisch zu der Großmutter väterlicherseits.

Seufzend stand Theo, Mr. Polohemd, auf. »Wenn es wirklich kein Problem ist, dass ich die Kurzen hierlasse? Ich habe es Far versprochen, bei ihm vorbeizugucken.«

»Ach was.« Die Hippieblondine winkte ab. »Die haben doch viel mehr Spaß hier. Und Oscar und Anton freuen sich über die Gesellschaft. Je mehr, desto lustiger. Stimmt's, Mädchen?«

Noch mehr Namen. Oh Gott. Jesper schwirrte schon der Kopf.

Die beiden grinsten zur Antwort. Beide hatten Schokoladenbärte um die Münder. »Stimmt, Tante Jette«, erwiderte die kleinere der beiden piepsend. Ihre Stimme klang wie das Tschilpen eines Kükens.

»Na gut.« Theo zückte einen Schlüssel aus seiner Hosentasche. »Dann wollen wir mal. Ich kann dich am Rand der Fußgängerzone rauslassen. So groß ist ja Ribe nicht, von dort aus kommst du überallhin zu Fuß. Weißt du, wohin du genau musst?« Theo musterte Jesper skeptisch. Offenbar hielt er ihn nicht für besonders helle in seinem zerknitterten Outfit und mit seinem Gestotter. Und da sollte noch einmal jemand sagen, Kleider machen keine Leute. Bestimmt wäre unter normalen Umständen in dieser Runde ausgerechnet Theo derjenige, der dachte, am meisten mit Jesper gemeinsam zu haben.

Er straffte die Schultern und beeilte sich, mit Theo Schritt zu halten. »In die Fußgängerzone. Ich war schon gestern dort und finde mich zurecht.«

Im Innenhof, den sie durchquerten, spielten zwei Jungen Fußball. Ein blauer Papagei machte ihr Lachen nach, jedes Mal, wenn einer der Jungen den Ball traf. Ein Hund, nein, ein Etwas, ungefähr wadenhoch, mit langen Beinen und einem verrückten weißen Haarschopf, dessen Körper in einem rosa Glitzerplüschmantel steckte, umkreiste die Kicker munter kläffend.

Jesper versuchte krampfhaft zu begreifen, was genau er

da sah und rannte so fast gegen das Gartentor, durch das sie das Gelände verlassen mussten.

Theo lachte. »Ganz schön viel auf einmal, was? Wir halten unser großes Familientreffen immer extra Ende November ab, weil da normalerweise keine Touristen mehr vor Ort sind. Die geistige Gesundheit unserer Gäste liegt uns sehr am Herzen.«

Falls das ein Witz sein sollte, fand Jesper ihn nicht lustig. Selten hatte er sich so fehl am Platz gefühlt. Er selbst war in einem Haus aufgewachsen, in dem Ruhe das oberste Gebot war. Seine Eltern waren fast immer unterwegs gewesen und hatten ihn sich und seinen Büchern überlassen. Große, laute Familien jagten ihm Angst ein.

Theo wies auf einen großen Volvo SUV. »Das ist meiner. Steig ein.«

Jesper folgte der Aufforderung. Seufzend ließ er sich auf den beigen Ledersitz sinken. Das war etwas, womit er was anfangen konnte. Ledersitze in Luxuskarossen kannte er. Erleichtert atmete er auf. »Danke fürs Mitnehmen.«

»Keine Ursache. Ich fahre ja ohnehin.« Theo parkte aus und steuerte direkt auf die Straße zu, die Mandø mit dem Festland verband. Jetzt wirkte der Weg wie eine ganz normale Schotterstraße. Niemand würde auf die Idee kommen, dass noch vor ein paar Stunden hier Meer gewesen war.

Auch nach mehreren Minuten wusste Jesper nicht, wie er ein Gespräch beginnen sollte. Zum Glück ergriff schließlich Theo das Wort.

»Nebenbei bemerkt: Das vorhin war ein Witz. In Wahrheit muss niemand um seinen Verstand bangen, wenn er bei uns Urlaub macht. Wir treffen uns immer im November hier, weil meine Älteste dann noch mal Schulferien hat. Sie geht auf eine Privatschule. Ihre Sonderferien nutzen wir aus, um die große Familienzusammenkunft zu zelebrieren, ehe der ganze Vorweihnachtstrubel so richtig ausbricht. Die Kleinen besuchen alle noch den Kindergarten. Die dürfen noch kommen und gehen, wie sie wollen.«

»Verstehe.« In Wahrheit hatte er nicht einmal richtig zugehört. Schulferien und Kindergartenzeiten waren ihm so fremd wie die Hochzeitsrituale der polynesischen Ureinwohner. Etwas anderes fiel ihm aber sehr wohl auf. Mit seinen Erklärungen öffnete Theo die Möglichkeit für weitere Fragen.

Er wandte sich im Sitz so, dass er Theo besser ansehen konnte. »Dann ist das also ein Familienurlaub hier?«

»Wenn man unser jährliches Treffen so nennen mag.«

»Wow. Alle diese Menschen gehören wirklich zu einer Familie? Das müssen doch mindestens zehn gewesen sein.«

Theo lachte. »Dreizehn, wenn man die Hunde von Mads und Joshua nicht mitzählt. Und glaube mir, die haben mehr Eigenheiten und Persönlichkeit als so manches Kind.«

»Ja, das glaube ich gerne.« Er dachte an den lebenden Flokati in der Küche und das tierische Etwas mit pinkfarbenem Plüschmantel im Innenhof. »Aber, puh, könnt ihr selbst da überhaupt den Überblick behalten?«

»So schwer ist es ja nun auch wieder nicht. Schließlich sind wir in das Chaos hineingewachsen. Die Adamsens machen gut ein Drittel der Inselbevölkerung von Mandø aus.«

»Doch jetzt lebt ihr nicht mehr alle hier, oder?« Er schaute hinaus zum Fenster, wo eine Gruppe Gänse ganz nah an der Straße stand und dem Auto neugierig entgegenblickte. Als wüssten sie, dass sie von dem Volvo nichts zu befürchten hatten, ließen sie sich kein bisschen aus der Ruhe bringen.

»Oh nein.« Aus dem Augenwinkel bemerkte Jesper, wie Theo den Kopf schüttelte. »Ich bin schon zum Studium nach Kopenhagen gezogen. Jette, das ist meine nächstjüngere Schwester – du hast sie gerade kennengelernt –, ist ihrem Mann Ebbe nach Samsø gefolgt. Sie betreiben dort eine Bio-Obstplantage. Die beiden Jungs, die im Hof Fußball gespielt haben, sind ihre Söhne Oscar und Anton.«

Jesper hatte keine Ahnung, wo Samsø genau lag, nahm allerdings an, dass es eine weitere winzige Insel irgendwo in der Ost- oder Nordsee war. Damit lag man in Dänemark fast nie verkehrt.

»Unser jüngster Bruder war der Hipster-Punk in der Küche. Mads. Der mit den lilafarbenen Haaren.«

»Dem die Hunde gehören?« Langsam fielen in Jespers Kopf einige der vielen Puzzlestücke zusammen.

Theo nickte. »Genau. Unsere Eltern – Hanne und Per – haben ihn ohne Frage unterstützt, als er nach der Schule Design in London studieren wollte. Nur dass er dort für immer bleiben würde, damit haben sie wohl nicht gerechnet.«

»Dann hat ihn das ganze Hin und Her um den Brexit wahrscheinlich ziemlich hart getroffen.«

»Das kannst du laut sagen. Er hat mittlerweile eine Hundemodenboutique in London und verkauft dort seine eigenen Kreationen.« Das erklärte den Hundeplüschmantel. »Aus Angst, dass er vielleicht aufgrund der politischen Lage alles verlieren könnte, was er sich aufgebaut hat, haben Joshua und er im Sommer geheiratet. Nicht, dass sie nicht auch sonst irgendwann diesen Schritt gewagt hätten. Die Politiker haben ihnen sozusagen nur noch den letzten Schubs gegeben. Sich etwas mit Herz und Seele zu verschreiben, was einem dann entrissen wird, wäre wohl für jeden von uns der größte Albtraum. Wir Adamsens sind nicht besonders gut darin, halbe Dinge zu machen.« Der Wagen holperte über eine Bodenwelle, und Jesper verkrampfte sich der Magen. Auch Oliva war bereit gewesen, ein paar Stunden lang alles auf eine Karte zu setzen und keine halben Sachen zu machen. Verdammt. Da war sie schon wieder in seinen Gedanken. Seit wann fiel es Jesper schwer, sich auf seine Arbeit zu konzentrieren, weil ihm eine Frau im Kopf herumspukte?

Er vertrieb den Gedanken und konzentrierte sich lieber darauf, was er mittlerweile von der Familie Adamsen wusste. Da war also das Ehepaar Hanne und Per Adamsen. Per Adamsen hatte mit *Windfall* Kontakt aufgenommen. Er war der Einzige, den Jesper bisher namentlich gekannt hatte. Seine Frau Hanne und Per hatten dann wohl drei Kinder. Theo, der gerade Chauffeur für ihn spielte und in Kopenhagen lebte, Jette, die Bio-Bäuerin, und Mads, der Hundemodendesigner aus London. Die beiden Jungs im Innenhof gehörten zu Jette und ihrem Mann Ebbe. Dass Theo Olivia mit keinem Wort erwähnte, hätte Jesper gar nicht auffallen sollen. Wie sehr es ihm auffiel, machte mehr als deutlich, wie tief das Schlamassel war, in das er sich manövriert hatte.

Er räusperte sich. »Dann waren das alles deine Kinder in der Küche?«

»Ja, alle meine.« Theo nickte. »Ella ist die Älteste. Nora ist fünf, und der kleine Mann, den du gesehen hast, ist Viggo. Er ist erst dreizehn Monate alt.« Ein kleines Lächeln lag auf Theos Gesicht, als er den Namen seines Sohnes erwähnte.

»Wahrscheinlich ist deine Frau ziemlich froh, dass sie mal ausschlafen kann, wenn ihr hier seid. An Babysittern mangelt es euch bei den ganzen Onkeln, Tanten und Großeltern zumindest nicht.«

»Nun …« Theo nahm eine Hand vom Lenkrad und kratzte sich am Kinn. War das eine Geste der Verlegenheit? »Eine Frau gibt es sozusagen nicht. Von Ellas Mutter Mathilde habe ich mich scheiden lassen, da war Ella zweieinhalb. Zweimal habe ich es danach noch mal probiert. Mit Liebe und Familie und so, aber funktionieren will es nicht. Die Trennung von Viggos Mutter ist noch ziemlich frisch. Doch zum Glück habe ich mit allen drei Frauen ein gutes Verhältnis.« Er grinste ein wenig schief. »Im Sich-Trennen bin ich viel besser als im Miteinander-Leben.«

Wow. Damit hatte Jesper nicht gerechnet. Er war doppelt verwundert. Nicht nur, dass Theo auf ihn nicht wie einer wirkte, der drei Kinder von drei verschiedenen Müttern hatte, sondern auch, wie offen er darüber sprach, warf Jesper aus der Bahn. Es war, als wäre Theo absolut im Reinen mit sich. Obwohl seine Lebenssituation nicht so war, wie er sich gewünscht hatte, beschönigte er nichts, um sich besser dastehen zu lassen. Jesper brannte es auf der Zunge, sich bei Theo nach Olivia zu erkundigen. Sicher würde er von Theo eine ungefilterte Meinung erhalten, allerdings gab Jesper diesem Drang nicht nach. Sein Abend mit Olivia gehörte nicht hierher.

Sie erreichten das Festland. Zeit, den alten Jesper Høgh auszupacken. Schließlich war er zum Arbeiten hier.

Zum wiederholten Male warf Olivia einen Blick auf ihre Armbanduhr. Seit genau siebzehn Minuten war der Typ, den sie hier treffen sollte, überfällig. Onkel Per hatte ihr nicht einmal den Namen gesagt. Warum auch? Kein vernünftiger Mensch stand sich Mitte November an einem regnerischen Tag mitten in der Altstadt von Ribe freiwillig die Beine in den Bauch. Weit und breit war keine Menschenseele auf der Straße – bloß sie. Natürlich würde der große Unbekannte sie erkennen. Wenn er denn endlich auftauchen würde. Bisher sah es so aus, als hätte sie für nichts und wieder nichts das Familienfrühstück vor allen anderen verlassen. Nur Onkel Per war auch schon unterwegs. Doch den trieb es ohnehin jeden Tag, sobald die Tore öffneten, in die Kelterei.

Sie zupfte sich die Kapuze der Regenjacke zurecht. Fünf Minuten, schwor sie sich. Fünf Minuten und keine Sekunde länger, dann würde sie sich vom Acker machen. Auf der Insel warteten ihre Cousins und Jette auf sie. Und die Kinder. Den kleinen Viggo sah sie zum ersten Mal. Theos Jüngster war gerade einmal dreizehn Monate alt, und da die Trennung von Theo und seiner letzten Beziehung Sanne ziemlich viel Staub aufgewirbelt hatte, war dies

Viggos erster Besuch auf Mandø. Theos Töchter Ella und Nora kannten *Hotel Hygge* und liebten es, dort zu sein. Sie betonten immer wieder, dass sie Schwestern waren, auch wenn sie unterschiedliche Mütter hatten und sich immer nur sahen, wenn Theo sie mit in den Urlaub oder nach Mandø nahm. Wie viel lieber würde Olivia ihre Zeit mit den Kleinen verbringen, als jetzt darauf zu warten, irgendeinem Geschäftsfreund ihres Onkels eine Stadtführung zu geben, auf die der wohl ohnehin nur wenig Lust hatte. Sie könnten den alten Lenkdrachen aus dem Schuppen holen und versuchen, ihn steigen zu lassen. Oder einfach am Strand Bernstein suchen gehen. Doch was tat sie stattdessen? Ließ sich mal wieder von Per vor seinen Karren spannen.

Aber nein. Das war gemein. Ihr Onkel hatte in der Kelterei zu tun. Die war seine Leidenschaft, und schließlich war es nicht Pers Fehler, dass Olivias Vater Jon sich aus dem Staub gemacht hatte. Wo die Liebe hinfällt, von wegen. Das war, was passierte, wenn Menschen vergaßen, wo ihr Platz war und auf Teufel komm raus versuchten, eine Liebelei, die nur auf Zeit gedacht war, zu etwas Ernstem zu machen. Menschen, die sich immer auf einen verlassen hatten, wurden verletzt und enttäuscht. Jetzt lag es an Olivia, den Platz ihres Vaters zu füllen. Jon war immer gut darin gewesen, Menschen für Ribe und all das zu begeistern, was diese Stadt mit der Familie Adamsen verband. Etwas, das Olivia von ihrem Vater geerbt hatte. Aus diesem Grund traf es stets sie, wenn Per einem seiner Geschäftspartner zeigen wollte, aus was für einem besonderen Ort der Adamsen Cider stammte.

Aber wie auch immer. Sie hatte lang genug auf Pers Kontakt gewartet. Olivia verschränkte die Arme vor der Brust, zog den Kopf gegen den Nieselregen ein und machte sich auf den Weg zu ihrem Auto.

Zwei Schritt weit kam sie, dann stieß sie gegen ein Hindernis.

»Au!«

»Scheiße, Mist, autsch, 'tschuldigung!« Im selben Moment mit ihrem Schrei, der eher der Überraschung als echten Schmerzen geschuldet war, prasselte ein Schauer Flüche auf sie nieder.

Es war ihr Körper, der die Stimme, die die Schimpftirade aussprach, als Erstes erkannte. In ihrem Bauch kribbelte es, und ihr Herz klopfte schneller.

Fast gleichzeitig erinnerte ihr Verstand sie daran, warum sie nicht geplant hatte, Jesper wiederzutreffen. Er hatte sie abgewiesen. Und selbst wenn er das nicht getan hätte: Ein Abenteuer für eine Nacht sollte nur eine Nacht lang dauern, weil alles andere die Sache viel zu sehr verkomplizierte. Dann kamen Gefühle ins Spiel, Erwartungen, Hoffnungen und später – unausweichlich – Enttäuschung. Das wollte sie nicht riskieren. Sie leckte immer noch ihre Wunden von den letzten Malen, dass jemand aus ihrem Leben verschwunden war, und Jesper hatte sie gestern schon von sich gestoßen. Eigentlich sollte man meinen, dass Abschiede leichter wurden, wenn man Übung darin hatte, Menschen zu verlieren. In Wahrheit war das Gegenteil der Fall. Mit jedem, der ihr den Rücken kehrte, wurde es schwerer, Lebewohl zu sagen. Jedes Mal, wenn sie sich entfernenden Rücklichtern hinterherblickte, schwoll der

Schmerz weiter an. Es war nur eine Frage der Zeit, bis er sie überrollen würde wie eine Sturmflut.

Entsprechend anklagend hörte sie sich an, als sie sich an Jesper wandte. »Was willst du denn hier?«

»Ich, sorry, ich hab dich nicht gesehen.«

Klar, weil sie ja auch so unsichtbar war.

»Ich habe einen Termin in der Stadt. Hier, um genau zu sein. Und ich war in Eile. Der Treffpunkt war vor der Tür des *Klostergården*. Hast du …?«

»Du bist der Geschäftsfreund von Onkel Per, dem ich die Stadt zeigen soll?«, unterbrach Olivia ihn. Was? Er kannte also nicht nur Mads, sondern auch Per? Wie passte das zusammen? Per hatte ihr nicht gesagt, wer der Bekannte war, dem sie eine Stadtführung geben sollte, und Olivia hatte nicht weiter nachgefragt. Schließlich war es nicht das erste Mal, dass ihr Onkel sie um diesen Gefallen bat.

»Per Adamsen ist also dein Onkel.« Als wäre das eine Beleidigung, trat Jesper einen halben Schritt von ihr zurück.

»Ja.« Olivia seufzte. »Was dachtest du denn? Hast du mit jemandem vom Fremdenverkehrsamt gerechnet? Ich kann dir versichern, was die wissen, weiß ich allemal. Die haben die alten Geschichten nur auswendig gelernt. Ich bin damit aufgewachsen.«

»Das ist es nicht. Ich …« Er stockte. An den Gläsern seiner Brille sammelte sich Feuchtigkeit. Er rieb sich mit der Hand den Hinterkopf. Die Geste erinnerte sie so sehr an den Mann, den sie gestern kennengelernt hatte, dass es ihr einen Stich ins Herz versetzte.

»Ich dachte, ich wäre mit einem Profi verabredet.«

»Tja.« Sie warf die Hände in die Luft. Ihre Brust zog sich zusammen, sowie er einen Schritt nach hinten trat. Neuer Tag, selbes Spiel. Im Gegensatz zu letzter Nacht konnte sie ihn heute nur leider nicht einfach ignorieren, um seine Abfuhr abzumildern. Sie hatte Per ein Versprechen gegeben. »Aber ich bin die, die du kriegst. Also? Kommst du mit oder nicht?«

»Ich … Olivia, bitte, ich wollte dich nicht …« Sie hörte ihm nicht zu. Ohne darauf zu achten, ob er ihr folgte oder nicht, ging sie die ersten Schritte zu der Stelle, an der sie gewöhnlich ihre Führung begann.

»Ribe ist die älteste Stadt Dänemarks.« Ihre Stimme klang mehr als frostig. Jesper verschränkte die Arme vor der Brust. Vielleicht lag es nur an den winzigen Regentropfen, die das Kopfsteinpflaster der Straße glänzen ließen, dass er plötzlich fror. Die ganze Stadt wirkte ausgestorben. Als wären Olivia und er in ein Gemälde von Michael Ancher oder Peder Severin Krøyer gefallen. Die Skagener Impressionisten hatte Jesper immer gemocht. Kein Auto weit und breit, kein Strommast, kein Zeichen von Fortschritt. Nur putzige Fachwerkhäuser, aufgereiht wie Perlen an einer Kette, glänzendes Pflaster und ein Versprechen von Schnee in der Luft. Selbst die Straßenlaternen mit ihren schwarzen, verschnörkelten Säulenfüßen und den vieleckigen Schirmen sahen aus wie aus einer anderen Zeit.

Er wünschte, er könnte zurücknehmen, was er zu Olivia gesagt hatte, und noch einmal von vorn beginnen. Sie machte jedoch keine Anstalten, ihn auch mal was sagen zu lassen. Verübeln konnte er es ihr nicht. Niemand bekam gerne einen Korb. Das Ding war nur: Er konnte ihr nicht erklären, dass seine Abfuhr mit Sicherheit nicht an fehlendem Interesse gelegen hatte, ohne zu verraten, was der Grund für seine Anwesenheit in Ribe war, und das würde gegen die Absprache mit Per Adamsen verstoßen. Es war wie verhext.

»Bereits in der Wikingerzeit befand sich hier ein bedeutendes Handelszentrum. Aber das lag auf der anderen Seite des Flusses. Wir stehen jetzt auf dem *Torvet*, dem Marktplatz der neuzeitlichen Stadt.« Mit dem Zeigefinger deutete sie auf die große Sandsteinkirche nur ein paar Häuser weiter. »Die *Ribe Domkirke* bildete das natürliche Zentrum der mittelalterlichen Stadt und ist die älteste Domkirche Dänemarks. Vom Marktplatz aus ist die historische Stadt gewachsen. Die *Vor Frue Kirke*, wie du sie heute siehst, besteht ungefähr seit dem späten achtzehnten Jahrhundert. Zu der Zeit wurde das Gotteshaus noch einmal grundlegend restauriert und umgebaut.«

Mit dem Blick folgte Jesper ihrem Finger. Er konnte gar nicht anders. Sie sprach mit der routinierten Professionalität eines Fremdenführers. Die Verwandlung war vernichtend. Das Feenmädchen von gestern, das ihn mit seiner geheimnisvollen Leichtigkeit verzaubert hatte, war kaum noch zu erkennen unter der dicken Regenjacke und der Distanz, die sie zwischen ihnen aufbaute.

Nun denn. Schließlich war er auch nicht nach Ribe gekommen, um eine Affäre zu beginnen, sondern um sich gegen Annkathrin zu beweisen, damit er endlich diese Beförderung erhielt, die schon seit Monaten ihm gehören müsste. Dabei konnte er nicht einmal sagen, welche Vorstellung ihn mehr kränkte. Gegen Annkathrin zu verlieren oder Ulrich zu enttäuschen. Den Mann, der ihn vom ersten Tag im Business an unter seine Fittiche genommen hatte.

Er richtete seine Aufmerksamkeit zurück auf das, was Olivia erzählte.

Von der gegenüberliegenden Straßenseite aus zeigte sie auf das Pub ihrer Familie.

»Das *Klostergården* wurde wahrscheinlich ungefähr im Jahr 1600 erbaut. Siehst du den schwarzen Stein dort?«

An der Ecke des alten Fachwerkhauses glänzte ein unförmiger, schwarzer Felsbrocken im Nieselregen. Hätte Jesper mehr Zeit gehabt, hätte er sich womöglich gefragt, warum jemand das Ding dorthin platziert hatte. Es besaß weder eine bestimmte Form, noch diente es einem auffallenden Zweck. Es war einfach nur ein Stein, der Passanten im Weg lag.

»Ein Gedenkstein?«

Olivia schüttelte den Kopf. »Nein. Die Familie Adamsen betreibt seit 1620 das *Klostergården*. Deshalb gab es schon immer viel Verkehr hier an der Ecke. Gäste, Lieferanten, Handelstreibende. Viele von ihnen kamen in früheren Zeiten mit Pferdegespannen oder Kutschen. Der Stein sollte das Gebäude vor Schäden schützen, wenn Kutscher ihre Gespanne nicht im Griff hatten und die Ecken zu eng nahmen.«

»Deine Familie betreibt das Pub schon seit mehreren Jahrhunderten?«

»Mehr oder weniger.« Der Stolz in Olivias Miene ließ ihr Gesicht erstrahlen. Zum ersten Mal an diesem Morgen ließ sie ihre Schutzmauern herunter.

Sein Herz machte einen kleinen Hüpfer.

Langsam, Seite an Seite, liefen sie die Straße hinab. »Mal war das *Klostergården* mehr eine Herberge, mal nur ein Ausschank, dann wieder so etwas wie ein Handelskontor. Je nachdem, was der jeweilige Adamsen gut konnte. Aber spätestens, seit die Kelterei dazukam, ergab es Sinn, sich auf das Gastgewerbe zu konzentrieren.« Sie lächelte ein wenig. Endlich erkannte er wieder das Funkeln in ihren Augen, das ihn schon am vergangenen Abend fasziniert hatte. Gestern im künstlichen Licht der Küche des *Klostergården* hatte er geglaubt, sie hätte blaue Augen. Nun erkannte er, dass er falschgelegen hatte. Ihre Augen waren grau. Grau wie der Himmel an diesem Tag. Derselbe Himmel, an dem in der letzten Nacht noch zigtausend Sterne geleuchtet hatten.

»Du bist nicht der Erste, dem unser Cider zu Kopf gestiegen ist, weißt du? Selbst König Friedrich V. ist mal bei uns eingekehrt. Das war im Jahr 1752.« Ihre Stimme klang nun sanfter.

»Hat er auch so schlimme Kopfschmerzen davongetragen wie ich?«

»Keine Ahnung. Ich glaube aber nicht.«

»Wie willst du das wissen?«

»Weil er uns sonst kaum zum dänisch-norwegischen Hoflieferanten bestellt hätte. Es gibt einen Erlass, der besagt, die Familie Adamsen hätte das alleinige Recht, Fruchtwein an Gäste auszuschenken, im Umkreis von 5,5 Kilometern um die Kelterei.«

»Tatsächlich?« Erstaunt sah Jesper sich um. Seit sie losgegangen waren, hatten sie bestimmt drei weitere Bars oder Restaurants passiert. »In keinem der anderen Lokale darf Cider ausgeschenkt werden?« Warum hatte er davon nichts in seinen Vorab-Recherchen gelesen? Ein Monopol in der Gegend würde einiges ändern für die Adamsens.

Olivia seufzte. »Mittlerweile schon. Dieses Dekret ließ sich auf Dauer nicht durchsetzen, als immer mehr Brauereien sich zusammengeschlossen haben und Lieferanten darauf bestanden, dass sich Wirte exklusiv an sie binden.« Sie zuckte mit den Schultern. »Doch eigentlich ist es auch egal. Wir brauchen kein königliches Monopolrecht, damit wir stolz auf unser Familienerbe sein können.«

»Das merkt man dir an. Du weißt eine Menge über die Stadt.«

»Natürlich!« Sie lachte. »Das hier ist mein Zuhause. Ich liebe Ribe. Kannst du dir vorstellen, dass wir gerade in diesem Moment über Kopfsteinpflaster laufen, über das schon Bischöfe, Kardinäle, Könige, Hansekaufleute und große Dichter geschritten sind? Über Jahrhunderte hinweg war Ribe eine richtige Metropole. Die Menschen nannten sie das Tor nach Skandinavien. In puncto Ansehen und Reichtum stand sie den großen Hansestädten in nichts nach.«

Und jetzt war es tot. Er sprach es nicht laut aus, und wahrscheinlich stimmte es auch gar nicht. Durch seine zahlreichen Recherchen hatte er herausgefunden, dass vor allem im Sommer zahlreiche Touristen hierherströmten. Doch alles, wovon Ribe heute lebte, war die Vergangenheit. Menschen wie Olivia, Menschen, die hier aufgewachsen waren, die die Geschichte kannten und liebten, die mit Herz und Leib in dieser Stadt verwurzelt waren, gab es immer weniger. Auf der Fahrt nach Ribe hatte Theo ihm erzählt, dass es nicht nur ihn, sondern auch seine Geschwister in die Ferne gezogen hatte. Wenn Olivia Per Adamsens Nichte war, schien sie die Einzige der jüngeren Generation sein, die ihren Wurzeln treu geblieben war. Das war das Schicksal einer Zeit, in der immer alles wachsen und effizienter werden musste. Wenn Jesper alles richtig anstellte, würde er Wege finden, wie das auch auf die Unternehmensbereiche der Adamsens zutreffen würde. Dann würde aus kleinen Firmenzweigen mit Geschichte und Persönlichkeit ein gut geöltes Unternehmensuhrwerk werden. Ohne Charakter, dafür mit einem schicken Firmenlogo, das sich gut in Werbebroschüren machte, und einem Slogan, der hip und spritzig klang. Um sich den auszudenken, würden Werbetexter Unsummen bezahlt bekommen. Texter, die Ribe und das *Klostergården* nur vom Papier her kannten, die noch nie einen Schluck Adamsen-Cider gekostet oder den Duft der Kissen im *Hotel Hygge* eingeatmet hatten.

Auf einmal tat ihm der Magen weh. Verdammt. Seit Bents Süßkartoffelpommes hatte er nichts mehr gegessen. Kein Wunder, wenn er nun unter Sodbrennen litt.

Er drückte sich die Hand auf den Oberbauch. Ein paar Schritte von ihnen entfernt rauschte ein Bach durch eine Schleuse.

»König Christopher der Erste hat den Damm gebaut, damit das Flusswasser auch in der Stadt genutzt werden kann. Herausgekommen sind dabei drei Bäche, die genug Wasser führen, um damit Mühlen anzutreiben.« Olivia deutete auf das schäumende Wasser unter ihnen.

Jetzt erkannte Jesper etwas seitlich auch das Mühlrad. Es bewegte sich nicht. Trauerweiden standen rechts des Ufers und tauchten ihre kahlen Äste ins tosende Wasser. Im Sommer, wenn die Bäume Blätter trugen und die Sonne silberne Glitzerpunkte auf das Gewässer malte, mochte es alles anders aussehen. In diesem Moment wirkte die fensterlose Wand des angrenzenden Gebäudes auf Jesper einfach nur trostlos und abweisend. Er hätte niemals hierherkommen dürfen.

Er steuerte auf das Brückengeländer zu. Als würde ihm das helfen, seine Fassung zurückzugewinnen, klammerte er sich an das eiskalte Metall. Nun bereute er es, dass er in einem Vorgespräch darum gebeten hatte, sich während seines Aufenthalts vor Ort die Stadt anzuschauen. Er wünschte, Per Adamsen hätte ihm jemand anderen geschickt. Niemand hatte Olivia darüber aufgeklärt, wer er war und warum er Jütland besuchte. Gestern hatte sie geglaubt, er wäre irgendwie mit Mads verbandelt. Wie viel schlimmer würde der Schlag für sie werden, sobald sie erfuhr, dass alles noch viel fataler war?

»Sind wir fertig?«, fragte er. Er zeigte auf die Grünfläche, die sich rechts vom Bach ausbreitete. »Sieht aus, als würde nach der Schleuse hier nicht mehr viel sein.«

Weiter hinten, als dunkle Silhouette, zeichnete sich eine Kirche vom bleigrauen Himmel ab. Nicht die *Ribe*

Domkirke unweit des Pubs, dennoch kam ihm das Gebäude bekannt vor.

»Ich dachte, du wolltest dir noch die Kelterei anschauen? Hat mein Onkel gemeint. Zu Fuß ist es eine ganze Ecke bis dorthin, aber ich bin mit dem Auto hier.« Aus dem Augenwinkel sah er, wie sie ihm zuzwinkerte. »Das ist auch schneller als der Traktor.«

»Nicht nötig.« Er schüttelte den Kopf. Jetzt fiel ihm auch wieder ein, woher er die Kirche kannte. Sie stand neben dem Parkplatz, auf dem er den Porsche abgestellt hatte. »Mein Mietwagen steht dort drüben auf dem Parkplatz beim Spielplatz. Ich muss ohnehin los. Ich hab schon bald den nächsten Termin.«

»Du hast beim Spielplatz geparkt? Gestern Abend?« Sie schaute ihn fassungslos und amüsiert zugleich an. »Bist du Krösus? Da darf man doch nur vier Stunden parken! Hast du eine Ahnung, was das kostet, wenn du erwischt wirst, wie du die Parkzeit überschreitest?«

»Ich nehme an, ich werde es gleich herausfinden.«

»Das kostet 3500 Kronen! Das sind fast 500 Euro!«

»Und wenn schon.« Er zuckte mit den Schultern. Er wollte weg hier. Je ungezwungener ihr Umgang wieder mit ihm wurde, desto miserabler fühlte er sich. Er spielte ein falsches Spiel. Er saugte auf, was sie ihm geben konnte, um die Informationen später gegen sie zu verwenden. Was für ein erbärmlicher Arsch tat so etwas?

Aber, nein. Das war falsch. Er würde das Gelernte nicht *gegen* sie verwenden, sondern *für* sein Projekt. Um Ulrich ein Konzept vorlegen zu können, das Annkathrin aus dem Rennen warf und Jesper dabei half, sein Ziel zu erreichen.

Er wollte den Respekt des Mannes zurückgewinnen, der in den letzten zehn Jahren fast so etwas wie ein Vater für ihn gewesen war. Warum nur fühlte es sich dann an wie Betrug? Er trat einen Schritt von Olivia zurück. Ging auf Abstand, was er schon viel früher hätte tun sollen. »Danke, Olivia, wirklich. Die Stadtführung war höchst informativ. Doch ich muss jetzt los. Alles Gute.«

Wie Nadelstiche spürte er ihre Blicke im Nacken, während er sich umdrehte und davoneilte.

4

»Das ist mal wieder so typisch für Fader. Da erzählt er groß und breit, dass er uns etwas Wichtiges zu sagen hat, und dann ist er nicht mal beim Frühstück dabei. Jetzt dürfen wir hier Wurzeln schlagen, während wir darauf warten, dass er zurück vom Festland kommt.« Olivia und Jette saßen auf der Bank, die sie seit der gemeinsamen Kindheit zu ihrem geheimen Lieblingsplatz auf der Insel erkoren hatten. Auf dem höchsten Punkt des Deichs gelegen, hatten sie von hier freien Blick auf den *Låningsvejen* auf der einen und das Eilandinnere von Mandø auf der anderen Seite. Das Wasser zu dieser Tageszeit stieg schnell genug, um dabei zuschauen zu können, wie es immer mehr von der Straße aufs Festland verschluckte.

Salziger Meeresduft lag in der Luft. Ein feines Prickeln in der Nase, wie Olivia es nur von Tagen kannte, wenn der erste Schnee nicht mehr fern war. Um sie herum raschelte Dünengras. Wind zerrte an der Kleidung und trug jedes Wort fort, kaum dass es ausgesprochen war. Eine Gruppe Schafe weidete unweit von ihnen auf dem Damm und kaute an ein paar sommermüden Büscheln Gras. Rund und plüschig von dicker Winterwolle, ließen sich die Tiere weder von den Gezeiten noch vom Wetter beeindrucken. Sie wussten, wo ihr Platz im Leben war und begegneten allen Widerständen mit stoischem Gleichmut.

Olivia strich sich eine Haarsträhne aus dem Gesicht. Manchmal wünschte sie sich, in ihr würde ein bisschen mehr von diesen Schafen stecken. »Hast du denn eine Vermutung, worum es bei dieser ominösen Familienkonferenz gehen soll?«

»Was weiß ich!« Jette zuckte mit den Schultern. »Vielleicht will er uns wieder mal überreden, dass wir alle zurück nach Hause kehren. Ich frage mich ja immer: Wie stellt er sich das vor? Wir sind seine Kinder, aber wir haben ein eigenes Leben! Er kann doch nicht erwarten, dass wir ein Leben lang hier festsitzen und dabei zusehen, wie die Welt an uns vorbeizieht. Sicher, Familie ist Familie und all das. Allerdings kann das doch nicht heißen, auf alles andere verzichten zu müssen.«

Olivia kaute auf der Innenseite ihrer Unterlippe herum, damit sie bloß nichts Unangebrachtes sagen konnte. Jette hatte recht. Nicht jeder konnte auf einem kleinen Eiland in der Nordsee sein Glück finden. Nicht jeder war so gestrickt wie sie und wollte gar nirgends anders hin. Wer sagte denn, dass das Gras auf der anderen Seite des Deichs immer grüner war? Und sie liebte es auf ihrer Insel. Nur manchmal … Manchmal fühlte es sich an wie ein Gefängnis.

»Oh, Liebes!« Jette legte einen Arm um Olivias Schulter und zog die Jüngere an sich heran. »So habe ich das nicht gemeint. Ich wollte damit nicht sagen, dass du dein Leben verschwendest, weil du Mandø nicht verlässt. Das ist …«

»Schon gut«, unterbrach Olivia ihre Cousine. Sie fuhr sich mit der Zunge über die Stelle, wo sie sich zuvor gebissen hatte. Vom ewigen Wind auf dem Eiland war die Haut ihrer Lippen immer spröde und ein wenig aufgerissen. Sie hatte zig verschiedene Pflegestifte ausprobiert, doch nichts half. »Ich …« Sie stockte. Nicht einmal vor Jette fiel es ihr leicht zuzugeben, was ihr in letzter Zeit immer mehr bewusst wurde. »Ich bin gerne hier. Ich wollte nie woanders sein. Das hat nicht nur was mit Fader zu tun. Aber manchmal …«

»Ist es einsam«, beendete Jette den Satz für sie.

»Idiotisch, oder?«, erwiderte sie freudlos lachend. Selbst sie hörte den sehnsüchtigen Unterton in ihrer Stimme. »Ich meine, ich bin ja nun alles andere als allein. Ich habe Tante Hanne und Onkel Per und Bent und im Sommer die Gäste. Ich liebe meine Aufgaben hier und habe ein echtes Zuhause, und trotzdem …« Wieder fehlten ihr die richtigen Worte. »Fehlt irgendwas.«

»Die Liebe.« Jette sagte es nicht als Frage, dennoch nickte Olivia.

Auf einmal sah sie Jespers Gesicht vor sich. Ausgerechnet. Deutlicher als dadurch, dass er jedes Mal, wenn sie sich begegneten, vor ihr Reißaus nahm, konnte er nicht zeigen, dass er kein Interesse an ihr hatte. Es war so typisch für Olivia, dass sie die Begegnung mit ihm dennoch nicht einfach vergessen konnte. Anscheinend war genau das ihr Schicksal: Mehr an den Menschen in ihrem Leben zu hängen als diese an ihr. »Ich habe jemanden kennengelernt. Das heißt, eigentlich hat Mads ihn mir geschickt.« Erneut strich sie sich eine Haarsträhne aus dem Gesicht. »Ich meine, ich glaube nicht, dass daraus etwas wird. Er ist Deutscher, spricht aber echt gut Dänisch. Onkel Per scheint ihn auch zu kennen und irgendwelche Geschäftskontakte zu ihm zu haben. Ich sollte ihm heute eine Stadtführung geben. So ganz habe ich die Zusammenhänge nicht begriffen.« Sie sog die Unterlippe zwischen die Zähne und kaute an einer Stelle herum, wo die Haut von Wind und Wetter aufgesprungen war. »Aber darum geht es ja auch nicht. Egal, was genau ihn in unsere Gegend geführt hat, sicher reist er bald wieder ab. Außerdem hat er mir sehr deutlich zu verstehen gegeben, dass ich für ihn nur ein kleiner Flirt unter den Sternen war. Aber allein diese paar Stunden, die wir miteinander verbracht haben ... Ich habe mich lebendig gefühlt. Verstehst du? Hungrig. Nicht nach Nahrung. Nach ... mehr.«

»Im Buddhismus bedeutet Liebe etwas anderes als bei uns.«

»Oh, du mit deinem New-Age-Zeug!« Olivia lachte. »Ich wollte mich mit meiner Cousine unterhalten, nicht mit dem Dalai Lama.«

»Nein, hör zu. Also: Wir sind mit der Vorstellung aufgewachsen, dass Liebe einen zweiten Menschen verlangt. Man liebt, um wiedergeliebt zu werden. Damit das klappt, müssen wir uns zu gleichen Teilen mit dem anderen und mit uns selbst beschäftigen, richtig?«

Olivia hatte keine Ahnung, ob sie Jette so ganz folgen konnte, dennoch nickte sie.

»Im Buddhismus wird Liebe selbstlos verschenkt, ohne einen Zweck zu verfolgen. Deshalb kann sie nicht enttäuschen.«

»Du meinst, ich soll lieben, ganz ohne Chance, wiedergeliebt zu werden. Ohne Hoffnung darauf, auch mal zu bekommen, was Ebbe und du oder Mads und Joshua haben?«

Jette zuckte mit den Schultern. »Ich will dir nichts einreden. Ich sage nur: Sich anderen Menschen nahe zu fühlen, ohne Bedingungen daran zu knüpfen, kann befreiend wirken. Vielleicht überrascht dich das Universum, wenn du ihm abwartend vertraust. Ich für meinen Teil arbeite zumindest daran.«

»Das wird Ebbe freuen zu hören.« Olivia grinste. »Er muss jetzt nie mehr Angst haben, dass er sich Ärger einhandelt, weil er den Müll nicht runterträgt oder euren Hochzeitstag vergessen hat. Schließlich schenkst du deine Liebe ganz bedingungslos und selbstlos.«

»Hej!« Jette stieß Olivia mit dem Ellenbogen sanft in die Seite. »Ich hab nicht behauptet, dass ich den Weg zur Erleuchtung gefunden habe, nur, dass ich daran arbeite, ihn zu entdecken.«

»Ahhh.« Olivia machte ihr bestes Ja-klar-wer's-glaubt-wird-selig-Gesicht, als sie am Horizont Pers Lieferwagenkombi erspähte. »Aber schau mal da!« Mit dem Finger deutete sie den *Låningsvejen* hinab. »Eine Erkenntnis steht uns allen auf jeden Fall bevor. Da kommt dein Vater.«

Sie erhoben sich von der Bank. Olivias Liebesleben musste warten, jetzt ging es erst einmal um die Familie. Als sie am Haus eintrafen, war Per bereits verschwunden.

Sicher brauchte er noch ein paar Minuten, um sich umzuziehen. Olivia sollte es recht sein. Jette und sie konnten die Zeit nutzen, die ihnen noch blieb, um sich mit Käpt'n Hook zu unterhalten. Der konnte zwar fluchen wie ein Seemann, würde sie aber ganz sicher von wohlgemeinten Ratschlägen verschonen.

Der säuerlich-herbe Geruch nach gegorenem Obst hing wie eine Glocke über der der Cider-Kelterei der Familie Adamsen. Es entsprach nicht ganz der Vereinbarung, die Jesper mit Per Adamsen hatte, sich den Betrieb auf eigene Faust anzusehen, aber er hatte es einfach keinen Augenblick länger in Olivias Gegenwart ausgehalten. Nicht, dass sie fürchterlich wäre oder so etwas. Im Gegenteil.

Sie war charmant. Und klug. Wenn sie redete, hatte sie immer auch etwas zu sagen, und sie sprach mit so viel Begeisterung und Herzblut über die Gegend und das Familienpub, dass Jesper allein vom Zuhören ganz warm in der Brust wurde. Nun, vielleicht hatte die Wärme in seinem Inneren auch ein klein wenig mit ihren endlos langen Beinen und den faszinierenden Locken zu tun. Solche Haare hatte er bei noch niemandem gesehen. Bei Olivia Adamsen bezweifelte er nicht, dass diese Farbe komplett natürlich war und nicht das Werk eines besonders talentierten Friseurs.

Olivia Adamsen. Er inhalierte tief, und prompt verschluckte er sich beinah an dem säuerlichen Geruch um ihn her. Das war das Problem, nicht wahr? Er dürfte sich nicht so zu Olivia hingezogen fühlen. Seine Anwesenheit in ihrem Leben würde für sie jede Menge Kummer bedeuten. Wenn er nur den Hauch einer Chance haben wollte, Ulrich von seinen Fähigkeiten zu überzeugen, durfte Jesper nicht zulassen, dass einmal mehr sein Herz und Hirn einen Kampf gegeneinander aufnahmen. Er musste tun, wofür er hierhergeschickt worden war, ganz gleichgültig, wie wundervoll Olivia war. Wie einzigartig und bemerkenswert. Er war ein verdammter Profi, und es wurde zum Teufel noch mal Zeit, dass er sich wie einer benahm. Wo war der Kerl hin, dem Annkathrin vorgeworfen hatte, er würde Frauen nicht einmal wirklich bemerken, weil seine Liebe einzig und allein der Karriere galt? Irgendwo auf dem Weg zwischen Berlin und Jütland schien dieser Typ sich ungenehmigt in Urlaub verabschiedet zu haben, und es wurde höchste Zeit, diese Pause zu beenden.

Sich auf seinen Job besinnend, nahm Jesper seine unmittelbare Umgebung in Augenschein. Ein weißer Pick-up-Truck stand im Hof der Kelterei vor einer geöffneten Tür. Durch eine Wand halbblinder Fenster konnte Jesper das silbrige Glänzen mehrerer riesiger Tanks erahnen. Vor weiteren Fenstern im ersten und zweiten Stock der Gebäude waren die Läden zugezogen. Es würde ihn kaum wundern, wenn an einer der Backsteinwände eine Infotafel mit historischen Hintergründen der Fabrik angebracht wäre. Die Anlage erinnerte ihn an ein Museumsmodell. Nicht wirklich ausgestorben, doch auch nicht wirklich belebt.

Eine Infotafel fand er nicht. Nach einem Hinweisschild, das ihn zum Büro der Geschäftsführung leiten würde, suchte er allerdings auch vergeblich.

Er ging an dem Pick-up vorbei und auf die offen stehende Tür zu. Vorsichtig spähte er ins Hausinnere. Auf einem Regal gegenüber des Eingangs standen ordentlich aufgereiht verschiedene Flaschen. An den Wänden hingen gerahmte Zeitungsartikel, in denen die Qualität des Adamsen Ciders gepriesen wurde. Er überflog einen der Texte. Per Adamsen, so hieß es darin, setzte sich mit seinem Unternehmen fortwährend dafür ein, traditionellen Obstanbau in Dänemark zu erhalten und zu fördern. Seine Fruchtweine genügten auch deshalb allerhöchsten Ansprüchen, weil sie ausschließlich aus Direktsäften hergestellt wurden. Persönliches Engagement sowie eine große Portion Idealismus und Liebe für ein Produkt, das in der dänischen Kultur bereits seit Jahrhunderten einen festen Platz hatte, würde den Adamsen Cider zu etwas ganz Besonderem machen. Das Bild in einem der Artikel zeigte einen Mann in mittleren Jahren, mit freundlichen Augen und etwas zu großen Zähnen. Die Bildunterschrift bestätigte Jesper, dass er auf dem Foto Per Adamsen vor sich hatte.

Er schaute sich weiter um. Auf hüfthohen Edelstahltischen türmten sich Pappberge. Schätzungsweise wurden daraus Kartons, in die dann wiederum die Ciderflaschen kamen, ehe sie an Kunden ausgeliefert wurden. Rund zwanzigtausend Flaschen hatte die Kelterei im letzten Jahr produziert. Erst jetzt wurde Jesper jedoch wirklich bewusst, wie wenig das im Vergleich zu großen Brauereien oder anderen Industrieriesen sein musste. Nach der Packerei eines Großbetriebs sah das alles hier nicht aus, eher nach einer Liebhaberei, bei der sanfte Hände jede einzelne

Flasche mit Sorgfalt und Hingabe wie ein Kleinod behandelten.

Wo zum Teufel trieben sich die Angestellten herum? Die Zahlen besagten, dass die Kelterei solide Gewinne abwarf. Wie funktionierte das, wenn niemand hier arbeitete? Waren zwanzigtausend Flaschen so wenig, dass Per Adamsen deren Produktion und Vertrieb komplett selbst übernehmen konnte?

Noch einmal ließ Jesper seinen Blick über den Innenhof schweifen. Der rote Leih-Porsche wirkte vollkommen fehl am Platz im Schatten der urigen Backsteingebäude.

Bevor er der Frage weiter auf den Grund gehen konnte, erinnerte ihn sein Handy-Alarm daran, dass er zurück ins *Hotel Hygge* musste. Just in diesem Moment war Per Adamsen im Begriff, die Familie zu versammeln, damit er ihnen endlich reinen Wein über die finanzielle Lage des Unternehmens einschenken konnte. Jesper hoffte bloß, dass Olivia diese Neuigkeiten verkraften konnte. Normalerweise schlugen ihm die Befindlichkeiten seiner Geschäftspartner nicht auf den Magen, in ihrer Gegenwart fürchtete er jedoch um seine Professionalität, und das dürfte nicht geschehen.

Wie auch immer, er musste los. Wenn er mehr von der Kelterei sehen wollte, würde er wohl oder übel doch noch einen offiziellen Besichtigungstermin ausmachen müssen, aber vielleicht hatte er schon alles Wichtige gesehen.

Er stieg in den Porsche und schaltete das Navi ein. Das Programm warnte ihn, dass Teilstrecken der Straße zeitweise überflutet sein konnten. *Was du nicht sagst, Schätzchen.*

Glücklicherweise stellte sich die Warnung als unnötig heraus. Heute kam er auch ohne Traktor trockenen Fußes auf die Insel. Wenn er tags zuvor nicht mit eigenen Augen erblickt hätte, dass derselbe Weg zu anderen Zeiten direkt durchs Wasser führte, hätte er es nicht geglaubt. Heute wirkte die Schotterstraße absolut solide. Rechts und links der Fahrbahn erstreckten sich Wiesenstreifen, aus denen sich ganze Vogelwolken erhoben, sobald er sich näherte. Ein paar größere Vögel – Reiher möglicherweise – ließen sich nicht von ihm aufschrecken. Sie hoben die Köpfe und musterten ihn skeptisch. Was will einer wie du auf unserer Insel, schienen ihre Blicke zu fragen, und Jesper konnte es ihnen nicht verdenken.

Er wusste es ja selbst nicht mehr.

Der Parkplatz vor dem Hühnerstall, auf dem heute Morgen Theos SUV gestanden hatte, war noch frei. Voller Erleichterung atmete Jesper auf. Wenn Theo noch nicht zurück auf der Insel war, blieb Jesper hoffentlich genügend Zeit, sich vor dem Meeting mit der Familie frisch zu machen.

Er setzte den Porsche in die Lücke und konnte nur hoffen, dass er damit nicht gegen irgendein ungeschriebenes Inselgesetz verstieß. Menschen in Berlin konnten mitunter eigenwillig werden, wenn es um ihre Parkplätze ging. Wenn er hier vor Ort etwas reißen wollte, war er auf die Kooperation der Familienmitglieder angewiesen. Dann durfte er nicht als Parkplatzdieb in die Inselanalen eingehen. Schlimm genug, dass bereits seine Bekanntschaft mit Olivia alles verkomplizierte.

Er stieg aus, hievte seinen Koffer, die zwei Kleidersäcke mit seinen Anzügen und die Laptoptasche aus dem Wagen und machte sich auf den Weg ins Ferienappartement. Bis jetzt war ihm nicht ganz klar, wie es ihm gelungen war, sein Gepäck in dieser Sardinenbüchse von einem Auto zu verstauen. Er hatte keine Ahnung, ob er noch einmal umziehen musste, sobald klar war, dass er nicht der aufgetauchte Gast *Hotel Hygge* war. Wenn es nach ihm ginge, könnte er problemlos in der Ferienwohnung bleiben, die Olivia ihm in der Nacht zugewiesen hatte. Sie war gemütlich und heimelig und hatte alles, was er brauchte. Außer ein eigenes Bad. Das wäre schon ganz praktisch.

Sein zielstrebiges Vorgehen kam an dem Tor zum Innenhof ins Stocken. Mit seinem Gepäck vollbeladen, sah Jesper nicht, wo er hingriff, und tastete auf der Suche nach der Klinke ins Leere.

Dann, als seine Finger endlich die Klinke fanden, gab die Tür viel zu schnell nach, und er stolperte einen Schritt nach vorne. Dabei stieß er mit etwas, oder besser gesagt, mit jemandem zusammen, der ein atemloses Quietschen von sich gab.

»Du schon wieder?« Das Quietschen formte sich zu einer fassungslosen Frage. Nach dem letzten Abend und dem heutigen Vormittag hätte er ihre Stimme überall erkannt. Dass sie alles andere als erfreut klang, ihn zu sehen, half nicht gerade.

Er reckte den Hals, um über die Last auf seinem Arm lugen zu können. Olivia war zurückgewichen, und auf ihrer Stirn zeichnete sich eine steile Kerbe ab.

»Ähm, also. Wenn du mir mit dem Tor helfen könntest, wäre das prima. Ich bin hier im totalen Blindflug unterwegs.«

»… und das liegt nicht am Gepäck auf deinem Arm«, hörte er sie unterdrückt murmeln. »Eher an dem Brett vorm Kopf.«

Super. Falls er gehofft hatte, die Stadtführung hätte etwas zur Entspannung der Lage beigetragen, hatte er jetzt den Beweis, dass diese Hoffnung vergebens gewesen war. Ein gedankenloser Kommentar seinerseits hatte genügt, um die Stimmung, die sich nach dem ersten holprigen Start deutlich entspannt hatte, erneut zu vergiften. Er hatte es mal wieder versaut. Der ganze Fortschritt, den er sich mit ihr erkämpft hatte – verpufft.

Zumindest ließ sie ihn nicht weiter wie einen Idioten mit seinem Zeug im Arm vor der geschlossenen Tür stehen und öffnete ihm.

»Bitte schön.« Er bemerkte, wie sie die Augen verdrehte, als ihr Blick auf den Firmenlogos der Kleidersäcke landete. Ja, auch ihm war die Dekadenz von Maßanzügen bewusst, aber Kleider machten Leute. Das war eines der ersten Dinge, die er von Ulrich gelernt hatte.

»Danke.« Er drückte sich an Olivia vorbei und betete inständig, dass ihm nicht wieder dieses Fellknäuel vor die Füße laufen würde. Bepackt wie er war, würde es ihm diesmal sicherlich nicht gelingen, dem kleinen Hund auszuweichen, ehe er ihn zertrat.

Erst jetzt fiel ihm auf, dass Olivia nicht allein war. Neben ihr stand die junge Frau, die heute Morgen auch beim Frühstück anwesend gewesen war. Er durchforstete sein Hirn, ob er sich an ihren Namen erinnern konnte, wurde allerdings nicht fündig. Jette? Jonne? Irgendwas mit J war es gewesen.

»Was ist denn in dich gefahren?«, wollte J im Flüsterton von Olivia wissen. In ihrer Stimme kämpfte Belustigung mit Unglauben. »Ich hab noch nie erlebt, dass du zu Gästen so giftig bist.«

Jesper wusste durchaus, dass dieses Gespräch ihn nichts anging. Dennoch verlangsamte er seine Schritte und spitzte die Ohren.

»Der?«, fragte Olivia zurück. »Der ist kein normaler Gast. Der ist wie ein Hot Dog mit zu vielen Zwiebeln.«

»Wie bitte?« J lachte ungehemmt los.

Olivia schnaubte. »Du weißt schon. Einmal ein bisschen daran geknabbert, und schon kommt er immer dann wieder hoch, wenn du es gerade gar nicht gebrauchen kannst.«

Was die andere antwortete, konnte Jesper nicht mehr verstehen. Er hätte nicht noch langsamer laufen können, ohne dass es seltsam ausgesehen hätte.

Vor der Tür zum Ferienappartement stellte er den Koffer und die Laptoptasche ab. Obwohl er nun immer noch die beiden Kleidersäcke auf dem Arm balancierte, gelang es ihm irgendwie, die Tür aufzuschließen.

Jetzt, wo er weder hundemüde noch in Eile war, fiel ihm auch auf, dass gegenüber der kleinen Garderobe rechts vom Eingang eine weitere Tür in ein winziges Bad führte. Das Blatt war mit derselben Raufasertapete tapeziert wie die umgebende Wand. Das musste der Grund sein, warum ihm die Tür selbst heute Morgen nicht aufgefallen war. Umso besser. Dann musste er sich wenigstens nicht in einem Gemeinschaftsbad für das Zusammentreffen mit den Adamsens herrichten. Nach diesem erneuten Zusammentreffen mit Olivia und ihrer mehr als deutlichen Abneigung gegen ihn konnte er eine Rüstung aus edlem Zwirn und glänzenden Schuhen nur allzu gut gebrauchen. Seine Anzüge machten ihn zu dem Geschäftsmann, der er sein musste. Gepanzert mit einem Dreiteiler aus Seiden-Kaschmir-Gemisch und einem klassischen Gravity-Designer-Hemd könnte ihm niemand etwas anhaben. Schon gar nicht eine freche kleine Giftspritze, die küsste wie eine Göttin und ihn mit einem zwiebeligen Hot Dog verglich.

Per Adamsen war ein Mann, der aus jeder Gruppe herausstach, und das lag nicht nur an seiner Körpergröße von über eins neunzig. Er war kein Modeltyp. In seinem kurzen Vollbart versteckten sich eine Menge weißer Haare. Die Knie seiner cognacfarbenen Cordhosen waren ausgebeult, und auch sein kariertes Flanellhemd hatte einmal bessere Zeiten erlebt. Doch sein inneres Strahlen schien heller als das fast aller anderer Menschen, die Olivia kannte. Er gehörte zu den Leuten, in dessen Gegenwart man sich einfach wohlfühlen musste. Selbst der kleine Viggo streckte sofort die Arme nach ihm aus, sowie er das Wohnzimmer betrat.

Lachend hob Per das Kind hoch. »Na, wen haben wir denn da? Haben deine Cousins es nicht geschafft, dich müde zu bekommen?«

»Viggo hat bis gerade Mittagsschlaf gemacht. Deshalb ist er so wach.« Auch die fünfjährige Nora drängte sich an ihren Großvater. »Wir waren heute Vormittag mit ihm bei den Ponys. Und Farmor hat uns allen erlaubt, Rokka zu streicheln und auf ihr zu reiten.«

Rokka, deren Name auf Isländisch *Bewegung des Windes* bedeutete, war das alte Islandpony, auf dem schon Olivia Reiten gelernt hatte. Die gute Seele näherte sich ihrem dreißigsten Geburtstag und liebte es immer noch, kleine Ausflüge zu machen. Olivia ritt meist die jüngere und spritzigere Frökk, und dann war da noch Blossi. Das hieß auf Isländisch *Blitz*, und genauso schnell und manchmal auch hinterlistig konnte der braune Wallach sein. Olivia warf einen Blick auf die große Standuhr neben der Terrassentür. Kurz nach zwei Uhr.

Wenn das hier schnell ging, blieb ihr genügend Zeit für einen Ausritt. Den konnte sie nur allzu gut gebrauchen. Der erneute Zusammenprall mit Jesper steckte ihr noch immer in den Knochen. Was tat er hier? Wie um alles in der Welt konnte er auf die Idee kommen, es sei eine gute Idee, sich ausgerechnet in ihrem Bed and Breakfast einzuquartieren? Sie hatte ihm für gestern Nacht ein Zimmer gegeben, da er nicht wusste, wohin. Aber für länger? Wollte er sie absichtlich quälen? So hatte sie ihn bisher eigentlich nicht eingeschätzt. Sein Verhalten ergab schlicht keinen Sinn, und es ärgerte sie, dass sie trotzdem ständig über ihn nachdachte.

»Das habt ihr sicher toll gemacht.« Pers Stimme riss Olivia aus ihren Gedanken. »Farmor hat Kekse gebacken. Wollt ihr nicht in die Küche gehen und euch bedienen? Sicher seid ihr schrecklich hungrig nach so viel Abenteuern, und Farfar muss etwas mit den Großen besprechen.

Bis wir fertig sind, könnt ihr euch auch noch ein Brettspiel aus der Truhe nehmen.«

»Aber wir sind auch groß.« Wenn Nora schnell sprach, lispelte sie durch die Zahnlücke, die ihr Lächeln zurzeit besonders charmant wirken ließ.

»Eben.« Per nickte. »Deshalb vertraue ich darauf, dass ihr kurz ohne uns auskommt.« Er richtete seinen Blick auf Ella. »Du bist die Älteste. Du passt auf die Kleineren auf, ja?«

»In Ordnung, Farfar. Ich verspreche es dir«, antwortete Ella, wobei ihre Miene sehr ernst blieb.

»Jetzt aber raus mit euch.« Theo sprach ein Machtwort.

»Dürfen wir die Hunde mitnehmen, Onkel Mads?« Oscar, Jettes Vierjähriger, ließ sich nicht von der Strenge seines Onkels beeindrucken. »Die sind viel spannender als die Mädchen.«

Alle lachten. Mads inklusive. Oscar schlug sich auffordernd auf die Oberschenkel, und Posh und Baby erhoben sich sofort. Grazil tänzelte die Chinese-Crested-Hündin zu dem Jungen. Baby streckte sich erst einmal. Das tat sie mit solcher Inbrunst, dass ihr ein hörbarer Pups entwich.

»Ihhh«, gab Nora von sich und hielt sich theatralisch die Nase zu. »So was gehört sich nicht.«

»Baby ist ein Hund«, klärte ihre ältere Schwester sie auf. »Sie kann nicht anders. Das ist wie bei Viggo. Wenn er rülpst oder pupst, finden das auch alle immer lustig.«

Viggo, der auf Jettes Schoss saß und seinen Namen gehört haben musste, gluckste fröhlich und klatschte in die Hände.

Alle grinsten, während die Kinder und Hunde sich trollten.

»Dann.« Sichtlich nervös rieb sich Per die Hände. Nachdem der Nachwuchs den Raum verlassen hatte, löste sich auch die unbekümmerte Stimmung in Luft auf und wich einer angespannten Atmosphäre.

Olivia fröstelte. Sie wagte nicht, Per direkt anzuschauen. Seine Sorge verängstigte sie. Wenn Per schlechte Nachrichten hatte, wenn etwas mit ihrem Onkel nicht stimmte und sich nicht mehr um das Familienunternehmen kümmern konnte. Wenn sie sich plötzlich ganz alleine um das *Klostergården*, das Bed and Breakfast und die Kelterei kümmern musste, wäre Olivia aufgeschmissen. Was, wenn sie es nicht schaffen würde? Könnte sie ihr Zuhause verlieren? Das durfte nicht passieren.

Aus dem Augenwinkel konnte sie beobachten, dass es den anderen ebenso ging. Mads umklammerte Joshuas Hand so fest, dass seine Fingerknöchel weiß hervortraten. Jettes Brustkorb hob und senkte sich auffällig rhythmisch. Sie suchte anscheinend Kraft und Ruhe in Atemübungen. Und Hanne? Hanne hatte sich in einer Ecke des Zimmers so gut wie unsichtbar gemacht. In ihrem Schoß nestelte sie nervös an ihren Fingern. Wusste sie, warum Per diese Familienkonferenz einberufen hatte? Es passte nicht zu ihm. Normalerweise war Per keiner, der große Ansprachen hielt. Seine Liebe drückte er durch kleine Gesten aus. In Bildern, die er auf die Schnelle auf ein Papier kritzelte, um seine Enkelkinder zum Lachen zu bringen. In der Selbstverständlichkeit, mit der er als Bräutigamsvater auf Mads' Hochzeit auf einem Tanz mit Joshua bestanden hatte. Nur um dann gemeinsam mit Joshua herzlich zu lachen, da sie sich nicht einigen konnten, welcher Arm wohin gehörte.

Seine tiefen Gefühle zeigten sich darin, dass er Hanne auch nach fast dreißig Ehejahren immer noch jeden Tag Blumen schenkte oder in der Tatsache, dass er vor Olivia nicht ein einziges Mal ein schlechtes Wort über ihren Vater Jon verloren hatte. Dabei wusste jeder in ganz Jütland, in welche großen Probleme Jons überstürzte Hochzeit mit seiner zweiten Frau seinen Bruder gestürzt hatte. Von heute auf morgen war Per plötzlich allein für alle Belange des Unternehmens verantwortlich gewesen. Und das, obwohl Jon bis zu seiner zweiten Hochzeit niemals zugelassen hatte, dass jemand ihm über die Schulter sah. Einen schlimmeren Sprung ins kalte Wasser hätte es für Per gar nicht geben können.

»Nun denn«. Olivias Onkel lächelte angespannt. »Ich mache es kurz und spanne euch nicht weiter auf die Folter. Seit Jon weggegangen ist, habe ich viele falsche Entscheidungen getroffen. Ich …« Er schluckte, deutlich verlegen, schloss kurz die Augen. Es schien, als müsste er Mut sammeln, damit er weitersprechen konnte. »Ich habe einige falsche Investitionen getätigt. Ich wusste nicht, was ich tue. Bisher hatte sich immer Jon um unsere finanziellen Belange gekümmert. Das soll nicht heißen«, schob er schnell hinterher und warf einen entschuldigenden Blick zu Olivia, »dass ich ihm die Schuld für die ganze Misere gebe. Er hat auf sein Herz gehört und hat getan, was er tun musste und …«

»Far«, Theo unterbrach Per. »Hast du nicht gesagt, du wolltest schnell zum Punkt kommen?« Sobald Theo nervös wurde, ließ er den kaltschnäuzigen, erfolgreichen Unternehmensberater raushängen – sein typischer Schutzmechanismus.

»Ja, ähm, du hast recht.« Per verlagerte das Gewicht von einem Bein aufs andere. Hanne hinter ihm lehnte sich auf dem Stuhl nach vorn. Eine winzige Geste, doch es war deutlich, dass sie versuchte, ihrem Mann so Stärke zu vermitteln.

Per schluckte schwer, dann nickte er und sprach die nächsten Worte so schnell aus, dass Olivia sie kaum verstand. »Wir sind pleite. Wir haben kein Geld mehr, mit dem ich die Geschäfte am Laufen halten kann. Ich kann unsere Lieferanten nicht bezahlen.« Diesmal traf sein entschuldigender Blick Jette. Die Adamsen-Kelterei bezog einen nicht unwesentlichen Teil des Obstes, aus dem der Cider hergestellt wurde, von Jettes Hof. Kein Wunder, dass Olivias Cousine sich unter halb geschlossenen Lidern ihren Atemübungen hingab.

»Ich habe alles Mögliche versucht, um die Situation zu entschärfen, doch damit habe ich es nur verschlimmert.« Er zog sein Handy aus der Tasche und begann, damit herumzuspielen. Zuerst hielt Olivia es für einen nervösen Tick, bis sie erkannte, dass Per eine Nachricht schrieb. Im ganzen Raum war es so still, dass man eine Stecknadel hätte fallen hören können. Pers Enthüllung hallte nach, zu bedeutend, zu vernichtend, um sie so einfach verarbeiten zu können.

Laut räusperte sich Per. »Deshalb habe ich Kontakt zu jemandem aufgenommen, der uns helfen wird. Es gibt nur eine Möglichkeit, damit wir retten können, was noch zu retten ist. Wir müssen einen Teil des Unternehmens verkaufen. Ich habe eine Firma gefunden, die bereit ist, in unser Geschäft einzusteigen und neue Investoren suchen wird.«

Olivia hielt die Luft an.

Verkaufen? Die Firma, die nicht weniger zu ihrer Familie gehörte als Olivias Locken zu Olivia. Die ein Teil ihrer Identität war, ein Teil ihrer Selbst. Die der Grund war, warum Olivia ihren Platz im Leben kannte oder nie ernsthaft mit dem Gedanken gespielt hatte, es Mads, Theo und Jette gleichzutun und in die weite Welt zu ziehen. Über ihr Gesichtsfeld schwirrten flimmernde Punkte. Ihr Kopf fühlte sich leer an. Kräftig schüttelte sie ihn, um ihre Gedanken zu sortieren, damit sie begriff, was Per da redete.

»Seid nett zu ihm, ja? Er ist hier, um uns zu helfen«, bat Per und ging zur Tür, die vom Wohnzimmer in den Flur führte, und öffnete sie.

Im Türrahmen entdeckte sie einen Mann. Seine Silhouette zeichnete sich als dunkler Umriss ab. Zuerst wollte Olivia nicht glauben, was sie sah, doch dann machte der Mann einen Schritt nach vorn in den Raum hinein. Er trat aus dem Schatten ins Licht. Sonnenlicht malte kupferfarbene Strähnen in seine braunen Haare. Die waren nicht mehr verwuschelt und wild, sondern ordentlich gekämmt. Seine Brille wirkte nicht mehr nerdig, sondern modisch. Keine einzige Knitterfalte verunzierte den edlen Stoff seines Anzugs. Er trug ein sehr teuer aussehendes Kleidungsstück, das sich mit Sicherheit in einem der Kleidersäcke befunden hatte. Um zu zeigen, wer man war. Dieser Anzug in dieser Umgebung war nicht nur ein Kleidungsstück, er war eine Kampfansage.

Dort in der Tür stand Jesper. Der Mann, den sie geküsst, dem sie sich quasi an den Hals geworfen hatte, und er war ein Fremder. Sie wünschte nur, sie hätte ihm viel früher all die Fragen gestellt, die wirklich wichtig gewesen wären. Wie kam es, dass er offenbar nicht nur Mads, sondern auch Onkel Per kannte? Wie konnte es sein, dass er ausgerechnet in der tiefsten Nebensaison beruflich etwas in Jütland zu tun hatte? Was genau war sein Beruf und warum tauchte er seit zwei Tagen überall dort auf, wo sie sich befand?

Doch sie hatte sich von ihm ablenken lassen. Von seinem Charme und seinem Lächeln. Von dem Funkeln in seinen Augen und der wunderbar schüchternen Weise, wie er ihren Namen aussprach.

Nun, das hatte sie jetzt davon. Wie immer, wenn sie doch unvorsichtig genug war zu hoffen, ließ die Enttäuschung nicht lange auf sich warten. Wahrscheinlich verdiente sie es nicht anders. Wann lernte sie endlich, die Hoffnung auf die eine wahre, echte Liebe endgültig und ein für alle Mal tief in sich zu begraben?

Jesper konnte den Moment, in dem sie ihn erkannte, exakt benennen. Erstaunen spiegelte sich auf ihrer Miene, schließlich Begreifen und Unglaube. Ihre Augen weiteten sich, bis das Schwarz der Pupille nahezu das ganze Blau ihrer Iris verschluckte. Olivia öffnete leicht den Mund, so als würde sie entsetzt aufschreien wollen, wofür ihr jedoch die Luft zu fehlen schien. Ihre Schultern verkrampften sich. Dann blinzelte sie, und mit dem Blinzeln veränderte sich alles. Sie errichtete eine Mauer um sich. Eine Barriere, mit der sie Jesper ausschloss. Ihr Blick verhärtete sich. Sie sah durch ihn hindurch, als sei er ein Fremder.

Jesper kämpfte gegen den Drang an, kurz die Lider zu senken, um den unerwarteten Schmerz zu verarbeiten, den ihre Reaktion in ihm hervorrief.

Hatte er wirklich etwas anderes erwartet? Selbst nach dem Spruch mit dem Hot Dog?

Und selbst wenn. Seine persönlichen Wünsche durften in dieser Situation keine Rolle spielen. Hier ging es nicht um ihn. Nicht wirklich zumindest. Es drehte sich alles nur um das Familienunternehmen.

Sicher und selbstbewusst – zumindest hoffte er, dass es so wirkte – trat er in die Mitte des Zimmers.

»Danke, Per.« Er nickte in Richtung des Geschäftsführers der *Adamsen ApS*. »Wir haben uns alle ja schon gesehen, aber bitte gebt mir kurz die Gelegenheit, mich vorzustellen.« Er ratterte die Fakten hinunter. Sein Name, den Namen der Firma, für die er arbeitete. Er bedankte sich für den Kooperationswillen der Familienmitglieder und die Herzlichkeit, mit der er aufgenommen wurde. Dabei gelang es ihm nicht, in Olivias Richtung zu schauen. Sie musste sich von ihm belogen und betrogen fühlen. Aus seiner Aktentasche holte er eine Präsentationsmappe, die Erfolge und Wachstumsraten von *Windfall* umriss und auch seine Vita beinhaltete. Ausbildung, beruflicher Werdegang, eine Liste seiner Veröffentlichungen im akademischen Bereich. Das war, was er konnte und seit Jahren tat. Jesper Høgh, Investment Consultant und Anlagenberater, belächelte niemand. Dazu war er zu routiniert in seinem Job.

»Ehe ich mich wieder meiner Arbeit widmete, möchte ich betonen, dass ich nicht hier bin, um zu zerstören, was ihr aufgebaut habt. Mit der Hälfte der Firmenanteile wird die *Windfall Investment Group* Wege finden, euer Unternehmen in die Zukunft zu führen. Gemeinsam werden wir nicht nur etwas für euch und die *Adamsen ApS* tun, sondern für die komplette Region. Wir werden neue Arbeitsplätze schaffen und für ein moderneres Bild der Insel in der Öffentlichkeit sorgen. *Windfall* ist mehr als ein Kapitalgeber. Wir sind bekannt dafür, den Unternehmen, in die wir investieren, zu einem neuen Gesicht zu verhelfen. Genau das, was auch ihr braucht, damit euer Familienbetrieb in einer sich rasant verändernden Wirtschaftswelt bestehen kann. Packen wir es an!«

»Und was ist, wenn uns unser Gesicht gefällt?« Die anderen Familienmitglieder verdauten noch, was sie erfahren hatten. Olivia ging schon zum Angriff über.

Sie sprang von ihrem Stuhl auf und reckte kampfbereit ihr Kinn. »Was ist, wenn wir so weitermachen wollen wie bisher? In der Vergangenheit sind wir sehr gut ohne jemanden ausgekommen, der uns erzählt, dass alles, was wir seit Jahrhunderten tun, falsch ist.«

»Keiner in diesem Raum muss unsere Vorschläge befolgen.« Gespielt nonchalant hob er die Schultern. »Ihr könnt euch alle gegen mich stellen. Dann wird die *Adamsen ApS* sterben. Ohne Fremdkapital steht das Unternehmen vor dem Ruin, das hat Per euch hoffentlich deutlich zu verstehen gegeben. Die *Windfall Investment Group* hat nichts zu verschenken. Wir sind Investoren. Keine Mäzene.«

»Das kann nicht dein Ernst …« Mehr sah als hörte Jesper Olivias letzten Versuch, sich gegen das Unabwendbare zu wehren. Ihr hatte es die Sprache verschlagen. Alles, was jetzt noch über ihre Lippen kam, war ein heiseres Flüstern.

Sein Magen zog sich zusammen. Er wollte nicht Zeuge ihrer Kapitulation sein. Er wollte nicht zusehen, wie aus der stolzen, faszinierenden Frau ein Opfer wirtschaftlicher Tatsachen wurde. Deshalb schnitt er ihr das Wort ab. »Die kommenden Wochen vor Ort werde ich nutzen, um mir ein umfassendes Bild der Situation zu verschaffen, ehe ich die ersten Vorschläge ausarbeite, wohin es mit dem Projekt gehen soll. Natürlich ist jedes Familienmitglied eingeladen, Anregungen einzubringen. Vielen Dank für eure Aufmerksamkeit.« Er wandte sich um und verließ das Zimmer. Bevor er noch Gefahr lief, etwas Dummes zu tun. Mitleid empfinden zum Beispiel. Wie hieß so schön? Wie man sich bettet, so liegt man. Und dass Gefühle in geschäftlichen Angelegenheiten fehl am Platz waren, hatte Jesper auf die harte Tour gelernt.

Er marschierte in sein Ferienappartement und achtete bewusst darauf, nicht auf das zu lauschen, was im Wohnzimmer der Adamsens nun passierte.

Würden sie Per mit Vorwürfen überhäufen? Würden sie über Jesper herziehen? Würden sie sich aufregen und der Ungewissheit über die Zukunft ihres Familienunternehmens mit Wut entgegentreten? Oder würden sie still kapitulieren? Seit Jesper, frisch vom Studium, angefangen hatte, für *Windfall* zu arbeiten, hatte er alle nur denkbaren Reaktionen erlebt, sobald Menschen klar wurde, dass sie ohne fremde Hilfe nicht mehr weiterkamen. Es sollte ihm egal sein. Das Schicksal dieser Familie ging ihn nichts an. Er war hier, um seine eigene Zukunft in die rechten Bahnen zu lenken und den Respekt seines Mentors zurückzuerlangen, nicht um Freunde zu finden.

In seinem Zimmer angekommen, zückte er das Handy. Bisher war er froh gewesen, nicht umziehen zu müssen. Er hatte die Erklärung, wer der vermisste Gast war, Per Adamsen überlassen, und der hatte noch vor der Familienkonferenz alles mit Hanne geklärt. Jetzt zahlte Jesper den Preis für seine Feigheit. Das heimelige Appartement schien ihn zu verhöhnen.

Jesper gehörte nicht hierher. In den Hotels, in denen er normalerweise auf Geschäftsreisen abstieg, gab es weder Schaffelle noch selbst gemalte Bilder. Sie punkteten mit steriler Eleganz und gaben so genau den richtigen Rahmen für das, was Jesper seinen Job nannte.

Nach dem zweiten Klingeln nahm der Gründer und Geschäftsführer der *Windfall Investment Group* ab. »Berg.«

»Ulrich. Ich bin's, Jesper. Ich wollte mich melden.«

»Ah, Jesper. Wie läuft's dort oben im hohen Norden?«

Jesper konnte sich vorstellen, wie Ulrich sich in seinem Ledersessel zurücklehnte und gelassen hin und her wippte. Er selbst setzte sich in den durchgesessenen Ohrenbackensessel in der Ecke des Zimmers. Das Lammfell auf der Sitzfläche vermittelte zumindest die Illusion von Wärme. Innerlich war ihm bitterkalt. Er schob die Brille auf die Stirn und rieb sich die Augen. »Es läuft wie erwartet, würde ich sagen. Per Adamsen hat mich dem Rest der Familie vorgestellt. Auf besonders viel Begeisterung bin ich nicht gestoßen.«

Ulrich schnaubte. »Ja, so ist das immer. Zuerst wehren sie sich, aber am Ende sind sie doch froh. Und selbst wenn nicht, Per hat das alleinige Sagen, oder?«

»Ja.« Er ließ die Brille zurück auf die Nase fallen. »Ihm und seinem Bruder Jon gehört das Unternehmen mit allen Zweigen zu gleichen Teilen. Aber weil Jon vor fünf Jahren nach Brasilien ausgewandert ist, hat er Per notariell bevollmächtigt, in seinem Namen zu handeln. Die Papiere sind einwandfrei. Ich habe das überprüft.«

»Und hast du schon eine Idee, wo wir ansetzen sollten?«

Müde massierte Jesper sich die Schläfen. »Das Pub scheint mir ein ganz normales Pub zu sein. Gut besucht, selbst jetzt, außerhalb der Saison. Traditionsreich. Das ist schon richtig so. Die Kelterei habe ich nur kurz besucht, aber soweit ich das bisher durchschaue, ist die die eigentliche Passion von Per. Er wollte immer nur Cider keltern und nie etwas anderes machen. Da konnte es nur schiefgehen, als er versucht hat, zusätzlich die anderen Unternehmenszweige zu betreuen. Er ist kein Geschäftsmann.«

»Also plädierst du für eine Aufsplittung?«

»Ich denke, ja.«

»Wie ist das Hotel? *Hotel Hygge*, ja?«

Jesper konnte sich ein Lachen kaum verkneifen. »Hotel ist ein wenig hoch gegriffen. Es ist alter Vierkanthof, ein Bed and Breakfast. Wunderschön, wirklich. In diesem Ocker gestrichen, mit einem dunklen Schindeldach und weiß abgesetzten Fenstern und so. Kann sein, dass hier und da was renoviert werden müsste, doch auf den ersten Blick sieht die Bausubstanz solide aus. Die Familie wohnt in der einen Hälfte des Haupthauses, ein Flügel dient als

Schuppen oder so, und die beiden anderen Flügel beherbergen die Gästeappartements. Jedes Appartement hat Zugang zum Innenhof. Das sind sechs Einheiten, die die Familie vermieten kann, mehr nicht.«

»Dann ist das unser Ansatzpunkt? Niemand vermisst ein altes Bed and Breakfest. Davon gibt es zu viele. Vor allem, seit jeder Hausbesitzer sein Gästezimmer übers Internet anbieten kann. Wer heute seinen Urlaub regulär bucht, erwartet ein Erlebnis der Extraklasse.«

Jesper wollte protestieren, schluckte allerdings den Widerspruch herunter. Auf rein professioneller Ebene hatte Ulrich absolut recht. »Ich denke, ja. Ich werde mir die Insel noch genauer anschauen und recherchieren, was hier möglich ist und was nicht. Immerhin befinden wir uns mitten in einem Naturschutzgebiet.«

»Was möglich ist und was nicht, entscheidet der Geldbeutel.« Ulrich klang, als wolle er das Gespräch beenden, ergriff dann jedoch noch mal das Wort. »Annkathrin kommt übrigens sehr gut voran mit ihrem Projekt. Sie lässt dich schön grüßen und meint, du sollst dich warm anziehen, wenn du noch eine Chance auf diese Beförderung haben möchtest.«

Jesper schnitt eine Grimasse. Nur gut, dass dies hier kein Videochat war. Auf keinen Fall sollte Ulrich sehen, wie sehr es ihn immer noch wurmte, dass dieser aus der Beförderung zum Senior Project Manager einen Wettbewerb zwischen ihm und Annkathrin gemacht hatte. Die Stelle gehörte ihm, die offizielle Benennung war nur noch eine Formalie gewesen. Das zumindest hatten alle, ihm selbst eingeschlossen, geglaubt. Dann hatte er einmal seine eigene Meinung vertreten und alles war den Bach hinuntergegangen. Seine Beziehung – aus, vorbei. Sein Standing in der Firma – fraglich. Die Beförderung, auf die er so hart hingearbeitet hatte – in weite Ferne gerückt.

Jahrelang hatte er Überstunden gesammelt wie andere Fußballbildchen. Und wofür? Dafür, dass ihm all das wieder entrissen wurde, weil Annkathrin meinte, Privates und Berufliches nicht trennen zu können. Aber dass Ulrich ihren privaten Konflikt dazu nutzte, um sie gegeneinander auszuspielen, weil er dachte, so das Beste für die Firma herauszuschlagen, setzte dem Ganzen die Krone auf. So viel also war Jesper dem Mann wert, den er immer bewundert hatte, sogar dann noch, als Ulrich sich nach seiner Scheidung vollkommen verändert hatte. Nichts. Alles, was zählte, waren Leistung und der schöne Schein. Ulrich war bitter geworden in den letzten Jahren, noch ehrgeiziger, und wenn nötig, ging er über Leichen. Liebe vergeht, Vermögen besteht, war einer seiner Lieblingssprüche. Wieder einmal bestätigt zu bekommen, dass dieses Motto auch Jesper einschloss, streute Salz in Wunden, die Jesper lieber vor der Welt verheimlichte.

»Natürlich ist Annkathrin gut in ihrem Job.« Er bemühte sich um einen neutralen Tonfall. Im Leben nicht würde er Ulrich zeigen, wie sehr ihn dieser ganze Wettbewerb um die Beförderung aus dem Tritt brachte. »Aber ich bin besser. Warte, bis du meinen ersten Konzeptentwurf hast. Das hier kann fantastisch werden.«

Laut lachte Ulrich. »Das ist der Jesper, den ich kenne. Dann beweis mal, was du drauf hast, Junge. Du weißt, ich hab immer große Stücke auf dich gehalten. Bis dann.«

»Bis dann, Ulrich.« Er legte auf.

Ihm dröhnte der Kopf. Er befreite sich von dem Anzug, schlüpfte stattdessen in Jeans und Pullover. Was er brauchte, war ein bisschen frische Luft. Möge der Wind ihm den Kleister aus den Gehirnwindungen pusten. Sicher konnte er dann wieder besser denken.

5

Olivia starrte auf die Tür, durch die Jesper verschwunden war. Jesper, der Anzugträger. Jesper Høgh, Doktor der Betriebswirtschaftslehre, mit einem MBA von Cornell und einem Posten in einer Investmentfirma von internationalem Renommee. Übelkeit drohte sie zu überwältigen. Das war nicht der Mann, dem sie Cider serviert, mit dem sie über verrückte Sternbilder gelacht und den sie in ihr Bett eingeladen hatte. Konnte es nicht sein.

Wie durch Watte hörte sie die anderen. Theo, der in ruhigem Ton auf Per einredete und ihn fragte, warum sein Vater ihn nicht sofort um Rat gefragt habe, als sich abzeichnete, dass dem Unternehmen das Geld ausging. Jetzt war die Situation bereits so verfahren, dass sie Mühe hatten, die Geschäfte am Laufen zu halten, weil sie nicht mehr liquide waren. Ebbe, der etwas zu Jette sagte, das Olivia nicht verstand. Mads, der den Kopf an Joshuas Schulter gelegt hatte und blicklos an die Decke starrte. In einem Raum voller Menschen, die sie liebten, hatte Olivia sich nie so allein gefühlt.

Alles, was in den vergangenen vierundzwanzig Stunden passiert war, sah sie plötzlich in einem anderen Licht. Was hatte sie an dem Abend im *Klostergården* und während der Stadtführung, die sie Jesper am Vormittag gegeben hatte, erzählt? Hatte er absichtlich mit ihr geflirtet, um an ungefilterte Informationen über die *Adamsen ApS* zu gelangen? Hatte er jedes Wort von ihr unter ein unsichtbares Mikroskop gelegt und durchleuchtet, in der Hoffnung, so zu durchschauen, was hinter den Kulissen passierte?

Einen Abend, einen einzigen Abend, hatte sie sich gönnen wollen, ohne an irgendetwas zu denken. Ein Abend, an dem sie nur jung und unbekümmert und ausgelassen sein wollte. Und sie hatte gestern geglaubt, Jespers Abweisung sei das Schlimmste an der ganzen Sache. Wie sehr sich ein Mensch täuschen konnte!

Galle stieg ihr in die Kehle. Sie musste raus hier, ehe sie sich wirklich noch übergab.

Sie stürmte aus dem Zimmer. Im Vorbeieilen nahm sie den erstbesten Parka von der Garderobe, kickte sich die Hausschuhe von den Füßen und stieg in ein Paar der zahlreichen Gummistiefel, die immer hinter der Haustür bereitstanden. Die Jacke war zu groß, die Gummistiefel zu klein. Es war ihr egal.

»Lachen, lachen, lachen«, rief ihr der Ara Käpt'n Hook nach und untermalte seine Aufforderung mit einem Keckern, das Pers Lachen verdächtig ähnlich klang.

Gegen ihren Willen musste Olivia leicht grinsen. Blödes Vieh. Warum musste Tante Hanne auch jede herrenlose Kreatur im Umkreis von fünfzig Kilometern aufnehmen, die Hilfe brauchte? Irgendwann würden sie mit einem bengalischen Tiger enden. Wobei … Zumindest würde das jeden großspurigen Plan von Jesper im Keim ersticken, ihr kleines *Hotel Hygge* möglicherweise in irgend so ein hippes Ferienresort zu verwandeln. Olivia konnte sich nicht vorstellen, dass überfürsorgliche Helikoptereltern allzu begeistert davon wären, ihre Kinder mit einem menschenfressenden Karnivoren spielen zu lassen. Und überhaupt, wahrscheinlich sollte sich Olivia nicht über Hannes Neigung, Streunern ein Zuhause zu geben, lustig machen. Wo wäre sie sonst geblieben, nachdem ihr Vater Jon mit seiner Taynara durchgebrannt war?

Wut, die von dem Entsetzen über Jespers Identität in Schach gehalten worden war, überkam sie mit voller Wucht.

Das Tor zum Innenhof stieß sie so kräftig auf, dass es mit einem Rumms gegen die Wand knallte. Das alles war Jons Schuld! Wie sehr Olivia wünschte, er hätte seine zweite Frau niemals kennengelernt. Wie viel besser stünden sie alle da, wenn ihre neue Stiefmutter nie auf die Idee gekommen wäre, durch Europa zu reisen? Olivia wünschte, die Serie *Vikings* wäre niemals ausgestrahlt worden, denn dann wäre Taynara niemals auf den Spuren der echten Wikinger nach Ribe gereist und hätte ausgerechnet im *Klostergården* eine Erfrischung zu sich zu genommen.

Olivia wünschte, so vieles wäre anders. Sie wünschte, sie könnte die Zeit zurückdrehen, sie könnte ihrem Vater den Kopf zurechtrücken, sie könnte etwas ändern. Irgendwas, aber vor allem, dass sie Jon wichtig genug gewesen wäre, um bei ihr zu bleiben, statt Taynara nach Brasilien zu folgen.

Dieser letzte Gedanke war es, der ihren Zorn erstickte. Das war es, nicht wahr? Das eigentliche Problem. Nie war sie irgendjemandem wichtig genug, um in ihrem Leben zu bleiben. Nicht ihrer Mutter, die das Leben auf Mandø nicht ertragen hatte und abgehauen war, kaum dass Olivia auf der Welt war. Nicht den Freunden, die sie gehabt hatte und für die sie nie mehr als ein Ferienabenteuer gewesen war, ganz egal, was die Typen ihr während ihrer Zeit in Dänemark versprachen. Nicht ihren Cousins und ihrer Cousine, mit denen sie zwar aufgewachsen war wie mit Geschwistern, die aber niemals diese Bindung zu Mandø gespürt hatten. Und auch nicht ihrem Vater, der dachte, seiner fünfundzwanzig Jahre jüngeren, brasilianischen Ehefrau nur vier Wochen nach dem Kennenlernen in die südamerikanische Heimat zu folgen, sei eine grandiose Idee.

»Hey! Olivia! Warte!« Sie hörte hinter sich schnelle Schritte und beschleunigte ihren eigenen Gang. Sie hatte keine Lust, sich anzuhören, was Mads zu sagen hatte. Sie war durch mit ihm. Durch mit diesen ganzen Klüngeleien hier.

Allerdings gab es eine Sache, für die Mads noch berühmter war als für seine farbenfrohen Frisuren, und das war sein Dickkopf. Ihr Cousin dachte gar nicht daran, sich von ihr abwimmeln zu lassen und setzte zu einem Sprint an, wie sie nach einem kurzen Blick über ihre Schulter bemerkte.

Wo zwischen Deich und Feldern ein schmaler Weg fast komplett um die Insel führte, holte Mads sie ein. Das Wasser hatte seinen Höchststand erreicht. Nicht einmal ein kleiner Streifen Sand trennte das Meer noch vom Erdwall.

Winzige Wellen kräuselten die bleigraue Wasseroberfläche. Nur sie machten deutlich, an welcher Stelle die See endete und der Himmel begann.

Die Welt war zu einer Farbstudie an Grautönen verkommen. Über ihren Köpfen hingen die Wolken tief genug, um Olivia aufs Gemüt zu drücken. Feuchtigkeit erfüllte die Luft. Nicht mehr nur Dunst, aber auch noch kein Regen. Der Wind trug den Geruch von halb getrocknetem Seetang mit sich.

Ausgeliefert, dieses Wort kam Olivia in den Sinn, während sie in Richtung Land blickte. Der *Låningsvejen* ruhte unter seiner Decke aus Wasser, und weder Schiff noch Auto konnte sie jetzt in die Welt dort draußen bringen. Schreiend kreiste eine Möwe über Olivias Kopf. Eine Böe ergriff und schüttelte sie, doch der Vogel fing sich wieder und flog weiter.

Neid überfiel Olivia. Dieser Vogel war frei. Sie selbst war eingesperrt. Auf dieser Insel, gehalten von Tradition und Pflichtgefühl, von Angst und Hoffnung und Wurzeln, die stärker waren, als ihr Wunsch zu fliegen. Wenn sie auf irgendjemanden wütend sein sollte, dann auf sich selbst.

Mads fasste sie am Arm. Sie fuhr herum, erwischte ihn aus Versehen mit dem Ellenbogen im Bauch.

Er gab ein dumpfes Ummpf von sich, danach riss er die Hände in die Höhe, als wäre sie ein bewaffneter Gangster und er wollte sich ergeben.

»Warum?« Sie schrie ihn an. Sie redete sich ein, dass sie die Stimme nur erhob, um gegen den Wind anzukommen, doch im Grunde war ihr klar, dass das nicht die Wahrheit war.

»Warum hast du ausgerechnet ihn zu mir geschickt? Woher kennst du ihn überhaupt? War es dir so wichtig, diese verdammte Wette zu gewinnen? Hast du eine Ahnung, wie beschissen ich mich jetzt fühle?«

»Was?« Mad zog überrascht die Augenbrauen hoch. »Wovon redest du?«

»Jetzt stell dich nicht dumm«, brüllte Olivia ihn an. »Du weißt genau, wovon ich rede. Wieso hast du mir diesen Aasgeier auf den Hals gehetzt? Und überhaupt! Heißt das, du wusstest schon gestern, was Per uns allen zu sagen hat? Wenn ich vor Jesper irgendwas ausgeplaudert habe, wenn ich …« Hinter ihren Augen brannte es. Sie war so wütend. Auf Mads, auf sich, auf Jesper, auf ihren Vater und seine Frau und das ganze verdammte Schicksal, das sich nicht entscheiden konnte, was es für Olivia vorgesehen hatte. Aber außer dem Zorn trieb noch eine andere Emotion ihr Tränen in die Augen. »Was, wenn ich schuld bin, dass er uns alles nehmen wird?« Sie machte eine vage Geste in Richtung des Hauses. »Das hier ist mein Zuhause, Mads. Ich habe keinen anderen Ort, an den ich gehen kann, falls Jesper und diese Firma beschließen, dass es sich nicht lohnt, ein Insel-Bed-and-Breakfast zu führen, das für Gäste nur zu bestimmten Tageszeiten erreichbar ist.« Mit dem Handrücken wischte sie sich Tränen ab. Dieser verdammte Wind.

»Hey, hey.« Resolut trat Mads auf sie zu und zog sie in seine Arme. Sie wollte ihn wegstoßen, doch obwohl er nicht viel größer war als sie, war er stärker. »Niemand sagt, dass du dein Zuhause verlierst. Jesper hat doch erklärt, dass er nicht gegen uns arbeiten will, sondern mit uns.«

Sie schnaubte. »Und das glaubst du ihm? Woher kennst du ihn, dass du ihm so vertraust? Wenn er nicht nur Per, sondern auch dich um den Finger gewickelt hat, muss er ja ganz schön was draufhaben.«

»Ich kenne ihn gar nicht. Ich habe ihn gerade zum ersten Mal getroffen.«

Jetzt war sie wirklich verwirrt. »Aber du hast ihn doch ins *Klostergården* geschickt, damit er mit mir flirtet.« Sie schüttelte den Kopf. »Er hat seine wahre Identität gut verschleiert, als er dort war. Dass er in Wahrheit so ein superkluger Investmenttyp ist, hätte ihm gestern Abend kein Mensch geglaubt.« Sie selbst war immer noch ziemlich fassungslos. »Schön blöd, dass ich so auf diese Netter-Typ-von-nebenan-Nummer reingefallen bin.«

»Olivia, stopp. Schluss, warte!« Mads warf ihr einen Blick zu, der keinen Widerspruch duldete. »Ich hab dir Jesper nicht ins Pub geschickt. Ich hatte vor, wegen unserer Wette Peder anzurufen. Den Freund vom Hundeplatz, erinnerst du dich? Aber ich hab ihn nicht erreicht und dann aufgegeben. Offen gestanden, habe ich mich ziemlich gewundert, dass du mir deinen Triumph wegen deines Sieges nicht längst unter die Nase gerieben hast.«

»Weil ich gedacht habe, ich hätte verloren.«

Mads lachte. »Und Jesper war wirklich gestern Abend im *Klostergården*? Lass mich raten, du hast dich mit deinem ganzen Charme auf ihn gestürzt, und der arme Kerl hatte keine Ahnung, wo ihm der Kopf steht.«

»Ich hatte ja keine Ahnung, wer er war. Ich habe gedacht, das sei alles ein Spiel und er wäre genauso einfach nur auf der Suche nach ein bisschen Ablenkung wie ich.«

Was sie sagte, fühlte sich nicht richtig an – denn da war für sie so viel mehr gewesen. Allerdings war ihr Kopf momentan zu voll, um noch die richtige Bezeichnung für das zu finden, was sie für Jesper in der Pubküche und später auf dem Traktor empfunden hatte. In diesem Augenblick überstieg das eindeutig ihre Denkfähigkeit.

Kumpelhaft legte Mads einen Arm um ihre Schulter. »Weißt du was, Cousinchen? Wenn eine ein Händchen dafür hat, Dinge, die ohnehin schon schwer durchschaubar sind, noch komplizierter zu machen, dann bist das du. Was hältst du davon, wenn wir jetzt erst mal einfach zurückgehen. Mor hat sich Ella und Nora geschnappt. Sie wollen Brune Kager backen, falls ich das richtig mitbekommen habe.«

»Dabei ist doch noch gar nicht Weihnachten.« Brune Kager waren ein typisches dänisches Weihnachtsgebäck.

»Das nicht«, gab Mads zu. »Das heißt aber nicht, dass wir nicht gerade ein echtes Winterwunder gebrauchen könnten. Und niemand kann behaupten, dass Mors Brune Kager nicht wundervoll sind.«

Olivia lächelte. Sie hakte sich bei Mads ein und ließ sich von ihm in Richtung Haus leiten. »Da hast du recht. Eigentlich wollte ich jedoch eine Runde ausreiten, sobald ich mich ein bisschen beruhigt habe.«

»Dann mach das.« Mads stupste sie mit der Schulter an. »Aufgeschoben ist nicht aufgehoben.«

Was hatte Jesper sich dabei gedacht, nur einen Mantel mit auf diese Geschäftsreise zu nehmen? Zwar hielt der Wollstoff angenehm warm, aber obwohl es nicht einmal richtig regnete, saugten sich die Fasern mit Feuchtigkeit voll. Das machte das Kleidungsstück unangenehm schwer. Auch seine Schuhe eigneten sich nicht wirklich für diese Umgebung. Deshalb zog er es vor, auf der geteerten Straße zu bleiben.

Hotel Hygge war das letzte Haus auf der Insel. Von dort führte landeinwärts ein gerader Weg in Richtung des Dorfes. Rechts und links des Pfades erstreckten sich Felder und Wiesen, das Gras gelb und müde, die Halme gebeugt vom Wind, der fast ununterbrochen über das Eiland fegte. Eine Gruppe zotteliger Hochlandrinder stand auf einem der Felder an einem Entwässerungstümpel nah beieinander und bot sich mit den Körpern gegenseitig Schutz vor der Witterung. Der Wind fuhr ihnen unters Fell und ließ die cognacfarbenen Strähnen tanzen.

Eins nach dem anderen hoben die Tiere die Köpfe und schauten Jesper entgehen. Die geschwungenen Hörner in die Höhe gereckt, als wären es königliche Insignien eines altertümlichen Volkes. Die Rinder gaben keinen Laut von sich. Sie beobachteten Jesper und rutschten näher zueinander.

Das war, was das Leben in dieser Gegend verlangte. Ohne eine Familie, ohne den Schutz der Gruppe, überlebte niemand lange in einer Welt, die auf den ersten Blick so unwirtlich wirkte, mit ihrer Weite und rauen Schönheit jedoch eine Faszination auf ihn ausübte, der er sich nur schwer entziehen konnte.

Für eine ganze Weile setzte er einfach nur einen Fuß vor den anderen. Ihm fielen die Entwässerungsgräben auf, die sich rechts und links des Weges befanden. Auch die Felder und Wiesen waren von ihnen durchzogen. Ein wenig erinnerte ihn die Insel mit all ihren Löchern und Tümpeln an einen großen Schweizer Käse.

Er musste sich beinah am anderen Ende des Eilands befinden, nachdem er endlich das Dorf erreicht hatte. *Mandø By* lautete der Name der kleinen Ansammlung von Häusern und Straßen, durch die er kam. Viele der Gebäude wirkten, als könnten sie so schon seit Jahrhunderten stehen. Backsteinbauten wechselten sich mit Katen ab, deren Wände weiß getüncht und deren Dächer mit Reet oder dunklen Schindeln gedeckt waren. Der *Kirkevej* führte wenig überraschend zu einer kleinen Kirche, auch sie war weiß getüncht. Kein Kirchturm ragte in den Himmel. Nur ein paar, in das geschwungene Kapitell eingearbeitete Kreuze verrieten, um was für ein Gebäude es sich handelte.

Direkt hinter der Kirche erstreckte sich ein schmaler Pfad über den Deich. Das Aroma von Salz und Algen erfüllte die Luft, ein bisschen fischig, aber nicht unangenehm.

Er folgte einer Intuition und machte sich auf den Weg zum Strand. Was ihn erwartete, war nur ein schmaler Streifen Sand. Kein Glitzern lag auf dem Meer, kein Leuchten von Silber oder karibisches Blau. Stattdessen präsentierte sich die See in den Farben der Nacht: anthrazit, dunkelblau, schwarz und braun. In regelmäßigen Abständen ragten ölig glänzende Holzstumpen aus der flüssigen Dunkelheit. Ein bisschen sah es aus, als stünden ganze Reihen von Bänken unter der Wasseroberfläche.

Trotz des Windes war der Fischgeruch stärker hier, was wohl an den Massen angespülten Seegrases lag, das bei jedem seiner Schritte unter den Sohlen knisterte.

Jesper grub die Hände tief in die Manteltaschen und folgte mit dem Blick der Küstenlinie. Flechten und Moose bedeckten den Deich. Ein Flickenteppich aus verschiedenen Grün- und Gelbtönen.

Eine Bewegung im Augenwinkel weckte seine Aufmerksamkeit. Ein Reiter, erkannte er. Oder wahrscheinlicher eine Reiterin, denn wie der Schweif einer Sternschnuppe wehten die blonden Haare hinter ihr her. Er kannte nur eine Frau, die solches Haar hatte. Im vollen Galopp preschte das Pony – oder war es ein Pferd? – den Strand entlang. Die Hufe pflügten durch den nassen Sand, warfen winzige Geschosse aus Matsch gegen den Pferdekörper und die Reiterin. Olivias Wangen mussten ganz gerötet sein von dem Wind, dem aufspritzenden Salzwasser und Sand, doch sie hatte den Rücken gerade und stolz durchgedrückt. Sie war eins mit dem Tier, das sie beherrschte, eins mit der Natur und dem Land, aus dem sie stammte. Auch nachdem sie hinter einer Biegung verschwand, schaffte er es nicht, den Blick abzuwenden.

Erst ein lautes Schnaufen direkt hinter ihm brach den Bann. Er schaute sich um.

Direkt neben ihm war ein weiterer Strandspaziergänger aufgetaucht. Der Mann trug eine dunkelbraune Öljacke und kniehohe Gummistiefel. Die Haarfarbe konnte Jesper nicht erkennen, denn unter der Mütze hatte der Mann noch einen wärmenden Schal um Kopf und Hals gewickelt. An einer dünnen Schnur baumelte ein sehr professionell aussehendes Fernglas um seinen Hals, und über der Schulter hing ihm der Riemen einer Kamera mit riesiger Linse.

»Na, allt wat entdeckt?« Der Neuankömmling sprach Deutsch mit einem so starken kölschen Dialekt, dass Jesper ihn zuerst kaum verstand. Erst mit ein paar Sekunden Verspätung fiel bei ihm der Groschen.

»Ähm.« Jesper räusperte sich. »Wenn Sie mir sagen, wonach ich suche, könnte ich Ihnen verraten, ob ich es schon entdeckt habe.«

Der Fremde lachte. Die Bartstoppeln, die ihm am Kinn sprossen, waren grau. Der Jüngste schien er nicht mehr zu sein. »Der Vögel natörlich. Woröm söns sullt mer um diese Jahreszeit nach Mandø kumme? Ist ja nichts mehr los, wenn die Saison erst mal zu Ende ist. Ich war schon im September hier auf der Suche nach der schwarzen Sonne, hatte ävver kein Glück.«

»Schwarze Sonne?« Jesper blickte in den Himmel, nicht ganz sicher, ob er den Mann richtig verstanden hatte. Von Sonne war allgemein nicht viel zu sehen. Die Streifen Licht, die durch die Wolkendecke fielen, leuchteten allerdings in einem warmen Goldton.

»Na, dat Ballett der Stare. Bis zu zwei Monate bleiben die hier im Marsch, wenn sie sich in den Salzwiesen Kraft anfuttern. In vergangenen Jahrzehnten wusste man immer ganz gut, zu welcher Zeit die Zugvögel vor Ort sein würden, doch durch das wärmere Klima kommen sie immer früher und bleiben länger. Deshalb han isch mir jedaach, isch versuche ming Glück noch ens, wenn alle anderen Touristen weg sind.« Er schnaufte und hielt sich das Fernglas vor die Augen. »Da!« Mit dem Finger deutete er auf einen Punkt im Watt. »Hier, nehmen Sie!« Er reichte Jesper den Feldstecher. »Sie müssen nur in die Richtung gucken, die isch Ihnen zeige. Da steht eine ganze Reihe Löffler. Sicher zehn oder zwölf.«

»Löffler?« Selten hatte sich Jesper so dumm gefühlt. Dennoch griff er nach dem dargebotenen Fernglas.

»Ja, ja, natürlich. Löffelreiher. Sie wissen schon. Die mit den langen schwarzen Schnäbeln mit dem gelben Fleck ganz vorne und dem lustigen Haarschopf am Kopf.«

Mit dieser Beschreibung im Sinn versuchte Jesper zu erkennen, was der Vogelkundler ihm beschrieb.

Und tatsächlich. Sobald sich seine Augen an die Vergrößerung durch den Feldstecher gewöhnt hatten, konnte er die Gruppe an erstaunlich großen Vögeln erkennen, die im seichten Wasser wateten und immer wieder die langen Schnäbel unter die Oberfläche tauchten. Sie sahen witzig aus, wie sie elegant die Füße anhoben, ehe sie einen Schritt machten.

»Eigentlich dürften die gar nicht mehr hier sein«, informierte sein persönlicher Lehrmeister ihn. »Normalerweise sind Löffler nur von Mai bis Oktober in Jütland zu finden. Wie ich sagte: Die Welt spielt verrückt.« Theatralisch schüttelte er den Kopf. »Aber ich meine ja: Solange sich die Zugvögel hier wohlfühlen, sollen sie bleiben. Wenigstens haben sie noch einen Ort, an dem sie Ruhe haben. Darf ich wieder?«

»Ja, natürlich.« Jesper gab ihm das Fernglas zurück.

Der Fremde ergriff es und hielt ihm die rechte Hand zum Abschied hin. »Willi«, stellte er sich vor. »Willibald Schörner. Hobby-Ornithologe. Isch han e Ferienwohnung in Rødding. Aber weil alle von der Insel sprechen, wollte ich sie mir mal selber angucken.« Bedeutungsvoll schaute er sich um. »Besonders viel los ist ja nicht. Nicht mal das Café hat geöffnet.«

»Da haben Sie recht.«

»Die Traktorbustouren und Strandwanderungen werden auch nur von Mai bis Oktober angeboten. Wann isch net för de Vögel hier wör, wör isch ziemlich enttäuscht.« Willis Art zu reden, erinnerte Jesper an einen grantigen Hausmeister. Was er sagte, war jedoch nicht von der Hand zu weisen.

»Die Lück heute, die wollen doch Luxus, wenn sie in den Orlaub fahren. Nator schön und jot. Was sie jedoch eigentlich wollen, ist eine Illusion von Nator.«

Ohne es zu wissen, bestätigte Willi, was vorhin auch Ulrich gesagt hatte, und langsam begann sich ein Bild in Jespers Kopf zu formen. Eine Illusion von Natur mit allem nötigen Luxus. Wenn es ihm gelingen würde, das in einem Konzept zu vereinen, hätte er womöglich eine Chance, Ulrich zu überzeugen und gegen Annkathrin zu gewinnen und sich den Respekt seines Mentors wieder zu erarbeiten.

Erneut räusperte sich Willi. »Und Sie? Wo sind Sie untergekommen?«

»Ach.« Verlegen hob Jesper die Schultern. Stimmt, da gab es ja noch ein Gespräch, das er führen sollte. Aus der Manteltasche holte er ein Brillenputztuch hervor und fing an, die Brillengläser zu putzen, damit seine Finger beschäftigt waren und er sich nicht nervös durch die Haare fuhr. »Ich wohne in einem Bed and Breakfast namens *Hotel Hygge*.«

»Ah. Do bin isch vörbeijefahren. Das scheint ganz ordentlich zu sein. Besser als dieser Campingplatz zumindest.« Willi deutete mit der Hand den Strand hinunter.

»Es gibt hier einen Campingplatz?«

»Wenn man die Ansammlung an windschiefen Wonnwagen so nennen mag. Ah, sehen Sie, Weißwangengänse! Die werden auch Nonnengänse genannt. Lustiger Name, was?«

Jesper setzte die Brille zurück auf die Nase. Wild schnatternd und in perfekter V-Formation zog ein Schwarm Vögel über sie hinweg. Sie hatten weiße Bäuche und schwarze Füße, und selbst wenn sein Leben davon abgehangen hätte, hätte Jesper nicht sagen können, ob das wirklich Gänse waren. Er war geneigt, seinem neuen Freund zu glauben.

»Schön«, meinte er, wenig beeindruckt, und hoffte, dass Willi es ihm nicht anmerkte. »Ich muss jetzt aber zurück. Ich hab noch einiges zu erledigen. Viel Glück bei …« Er stockte. Was wünschte man einem Vogelbeobachter? Viel Glück bei der Jagd? Das kam ihm etwas morbid vor.

Er entschied sich für eine neutrale Verabschiedung. »Einen schönen Urlaub noch.«

Willi lachte. »Das ist das Gute an der Rent. Ich kann so lang und so oft verreisen, wie ich will. Für Sie auch alles Gute und einen schönen Urlaub.«

»Danke«, meinte Jesper. Wie schön es wäre, wenn das, was er hier in der Gegend zu tun hatte, wirklich Freizeit wäre.

In der ganzen Küche duftete es nach Zimt, Ingwer, Nelken und Rübensirup. Nur gut, dass Olivia nach ihrem Ausritt kurz unter die Dusche gesprungen war. Pferd war nicht das Aroma, das irgendwer sich zu seinen Brune Kager wünschte.

Ella, wie immer ernsthaft bei der Sache, rollte die Teigmasse gerade in Alufolie ein, aufmerksam beobachtet von ihrer jüngeren Schwester Nora.

»Ich will aber nicht bis morgen warten, Farmor«, beschwerte sich die fünfjährige Nora. »Du hast gesagt, wir backen jetzt Plätzchen, nicht erst morgen.«

Lachend streichelte Hanne dem Mädchen über den Kopf. »Auf gute Dinge lohnt es sich zu warten, und der Teig muss ruhen. Doch lass mich mal sehen.« Sie öffnete den Kühlschrank und holte einen Karton Eier hervor. »Flødeboller gehen schnell.«

»Und schmecken gut!«, fiel Ella mit ein.

Olivia grinste. Wo die Mädchen recht hatten, hatten sie recht. Es gab nicht viel, das Olivia für selbst gemachte Schaumküsse nicht tun würde.

Um Hanne zu helfen, holte Olivia die übrigen Zutaten aus den Regalen. Zucker, gemahlene Gelatine, Haferkekse, Kokosfett und einen Riegel Zartbitterschokolade. Der süße Trost von Flødeboller war exakt das, was auch sie jetzt brauchte. Der Ausritt hatte den größten Ärger vertrieben, den Rest würde die luftige Süße der Schaumküsse erledigen. Danach konnte sie wieder nach vorn sehen und sich einen Plan für die Zukunft zurechtlegen. Einen Plan ohne Zuhause. Und ganz sicher ohne Jesper.

Sie schlug zwei Eier auf und trennte das Klar vom Dotter, als sich jemand in der Tür zur Küche räusperte. Jesper. Schon verrückt, dass sie ihn allein an diesem einen Ton erkannte.

Alle Augenpaare richteten sich auf den Neuankömmling. Olivia starrte konzentriert auf ihre Hände. In ihrem Bauch kribbelte es.

»Entschuldigt bitte die Störung.«

»Kein Grund, sich zu entschuldigen.« Hanne sah ihm auffordernd entgegen. »Brauchst du wieder eine Mitfahrgelegenheit? Ich dachte, der schicke rote Sportwagen vor unserem Hühnerstall gehört dir.«

»Nein, nein.« Er lachte ein wenig. So, als hätte Hanne einen altbekannten Witz gemacht, und Olivia musste sich eingestehen, wie sehr ihr dieses Lachen gefiel. Immer noch. Verdammt.

»Das ist es nicht. Also, das Auto ist nicht meins. Nur ein Leihwagen. Und ich muss auch nicht aufs Festland.« Ihm musste auffallen, dass er plapperte, denn er presste die Lippen zusammen, als könnte er die Worte auf diese Weise davon abhalten, ihm weiter unkontrolliert aus dem Mund zu sprudeln. »Ich wollte mir einen Tee kochen. Ich habe auch Teebeutel in meinem Zimmer gefunden und die Kanne und Tassen, doch keinen … Herd?« Er sprach es wie eine Frage aus, sichtlich verwirrt.

Hanne winkte ab. »Ach so. Ich vergesse immer, das zu erwähnen. Die Platten sind in den Oberschränken.«

»In den Oberschränken?«

»Ja, genau. Du musst sie einfach einstecken. Das sind Induktionsplatten. Voll funktionsfähig. Aber weißt du was?«

Oh nein, dachte Olivia. *Tu das nicht. Ich bin doch in die Küche gekommen, weil ich mich ablenken wollte.* Um sich mit irgendwas anderem zu beschäftigen als mit dem warmen Kribbeln, das Jespers schüchternes Lächeln hervorrief, kramte sie umständlich lang in der Schublade mit den Küchenutensilien nach einem Schneebesen. Das Klicken von Metall auf Metall übertönte zumindest das Rauschen in ihren Ohren.

Natürlich erhörte keine höhere Macht ihr Stoßgebet, und Hanne musste mit ihrer Gastfreundschaft Olivias Flucht vor Jesper vereiteln. Mist.

»Bleiben Sie doch einfach hier.« Ohne auf eine Antwort zu warten, griff Hanne nach dem Wasserkessel. »In Gesellschaft schmeckt Tee gleich doppelt so gut.«

Olivia hielt sich an dem Rührbesen fest, als hinge ihr Leben davon ab. Aus dem Augenwinkel erhaschte sie einen Blick auf Jespers Lächeln. Gott, dieses Lächeln. Sosehr sie sich dagegen wehrte, es stellte verrückte Dinge mit ihr an. Zwischen ihren Oberschenkeln, aber auch … hinter ihrem Brustbein. Wie war es möglich, dass so ein charmantes Lächeln zu einem Investmentgeier gehörte. Das passte einfach nicht zusammen!

»Wenn Sie sicher sind, dass das in Ordnung ist.« Zögerlich betrat Jesper den Raum. Olivia gegenüber nahm er an dem großen Esstisch Platz. Ella und Nora knieten rechts und links von ihr auf den Stühlen und schauten neugierig in die Schüssel.

Olivia wusste, dass die meisten Menschen heutzutage Eischnee mit einem Mixer bereiteten, aber sie schwor, dass der Schaum nicht genauso gut wurde, wie wenn sie ihn von

Hand schlug. Sie begann mit der Aufgabe und sofort erfüllte das rhythmische Tschtschtsch vom Reiben des Schneebesens auf dem Metall der Schüssel die Küche. Sie fühlte Jespers Blick auf sich, und vor ihrem inneren Auge sah sie Bilder von Dingen, die auch einen ganz besonderen Rhythmus hatten. Unerwünschte Hitze stieg ihr in die Wangen. *Bitte, lass ihn denken, das kommt von der Spezialbehandlung, die ich den Eiern gebe. Bitte …* Oh nein, auch der Gedanke half nicht! Eier, die eine Spezialbehandlung bekamen?!? Zum Teufel.

Nachdem Hanne das Teewasser aufgesetzt hatte, gab sie Zucker und Wasser für das Ansetzen des Zuckersirups in einen Topf. Ein Tag wie jeder andere, wenn ihre Familie zu ihren jährlichen Treffen zusammenkam, könnte man meinen. Wäre da nicht Jespers Anwesenheit, die sie vollkommen aus dem Tritt brachte und ihre Gedanken auf sinnliche Abwege führte.

»Tante Hanne hat versprochen, uns eine Geschichte zu erzählen«, berichtete Ella Jesper, sichtlich gelangweilt davon, wie lange es dauerte, bis aus dem glibberigen Eiweiß Schnee wurde. »Kennst du auch Geschichten?«

»Ähm.«

Fast hätte Olivia gelacht, so überfordert wirkte Jesper. Geschah ihm recht. Der Umgang mit Kindern stand offenbar nicht auf dem Lehrplan, wenn man professioneller Aasgeier werden wollte.

»Genau, Jesper. Wie sieht es aus?« Sie musste lauter sprechen, um sich über das Geräusch des Rührbesens in der Schüssel verständlich zu machen. »Sicher kannst du uns eine Geschichte erzählen. Wie wär's mit dem Märchen vom Lügner, der alle ehrlichen Menschen blendete, damit er das kriegt, was ihn reich macht und damit alle anderen ins Unglück stürzt?«

»Olivia …«, sagte er matt.

Sie kochte innerlich vor Wut. Was fiel ihm ein, verletzt zu wirken? Wer war es denn, der sie belogen hatte, indem er nicht von vornherein mit offenen Karten spielte? Wer war es, der sie mit seiner widersprüchlichen Art vollkommen aus dem Konzept brachte? Wenn sie gewusst hätte, wer sich hinter der Fassade des netten Kerls versteckte, hätte sie sich niemals zum Affen gemacht und sich ihm schamlos angeboten. Und dann hätte sie jetzt auch nicht das Problem, ihn nett zu finden. Immer noch!

Wenigstens die Kinder schienen blind für das, was um sie herum passierte. Kichernd bauten sie mit Tassenuntersetzern auf dem Tisch einen Turm. Dennoch verfolgten sie aufmerksam, was um sie herum geschah, denn Ella gab prompt von sich:

»Olivia! Ich glaube, das hast du erfunden. Von so einem Märchen habe ich noch nie gehört.« Die Achtjährige stellte fest, was alle wussten.

»Ich auch nicht, Schatz«, erwiderte Hanne und überprüfte die Temperatur des Zuckersirups mit einem Thermometer. »Ah, noch ein bisschen. Jesper, ist schwarzer Tee in Ordnung, oder lieber Pfefferminze?«

»Pfefferminze, bitte.« Er wartete, bis Hanne ihm eine Tasse aufgegossen hatte, danach schloss er die Hände um den dargebotenen Becher. Natürlich hatte er auch schöne Hände. Mit schlanken Fingern und eleganten, schmalen Handrücken. Es war einfach nicht fair.

Mit neuer Energie drosch Olivia auf die Eier ein.

»Vorhin hat Tante Hanne uns die Geschichte von der Seekönigin erzählt. Kennst du die?«, wollte Nora wissen.

Jesper trank einen Schluck Tee. Über den Becherrand hinweg hielt er seinen Blick auf Ella gerichtet. Das reichte ihr, um weiterzusprechen. »In der Geschichte geht es um eine böse Hexe. Die hat Prinzessinnen in Schwäne verwandelt. Nur wenn sie unter Wasser sind, haben sie noch die Gestalt von Mädchen.«

»Und für die böse Königin müssen arme, entführte Kinder Perlen aus Austern sortieren. Perlen sind kostbar«, fiel Ella in die Erzählung mit ein. »In der Nordsee findet man auch Austern. Im Märchen ist in jeder Auster eine Perle.«

»Ach«, Jesper schien sich an etwas zu erinnern, denn er unterbrach die Geschichte der Mädchen. »Stimmt. Das wollte ich noch fragen. Als ich vorhin spazieren war, habe ich so seltsame Geflechte im Wasser gesehen. Nicht hoch, vielleicht zwanzig oder dreißig Zentimeter. Bei Flut hat man nur die Stumpen erkannt.«

»Ja, das sind die Austernbänke.« Hanne nickte. Mit einem Thermometer überprüfte sie erneut die Temperatur des Zuckersirups. »Wenn du willst, kann dich sicher dieser Tage einer mitnehmen, um ein paar Austern zu ernten und direkt zu kosten. Diese Jahreszeit ist perfekt dafür. Da ist das Meer kalt genug. In den wärmeren Monaten können die Muscheln mit giftigen Algen verseucht sein.«

»Man kann die Austern einfach so pflücken und öffnen?« Die Frage verriet, dass Ella trotz der Ferien mit ihrem Vater auf Mandø ein Stadtkind war. »Sind hier auch manchmal Perlen in den Muscheln?«

»Manchmal ...« Hanne zog eine Augenbraue hoch. Ihre Stimme klang geheimnisvoll und verführerisch. »Aber jetzt brauche ich erst Hilfe mit den Flødeboller. Wer schafft es gleich, den Schaum mit der Spritztüte auf den Keksen zu verteilen?«

»Ich, ich, ich«, riefen beide Mädchen gleichzeitig und reckten die Arme in die Luft.

Jesper machte Anstalten, sich zu erheben. Seinen Tee hatte er zur Hälfte geleert. Er fühlte sich hier fehl am Platz. »Vielen Dank für die Gastfreundschaft. Doch ich glaube ...« Sein Blick wanderte zu Olivia, dann sah er auf den Boden. »Ich glaube, ich sollte wirklich besser gehen. Ich möchte niemandem hier den Tag verderben.«

»Ach was.« Hanne winkte ab. Der Zuckersirup erreichte die richtige Temperatur, und sie nahm den Topf vom Herd.

Olivia reichte ihrer Tante die Schüssel mit dem Eischnee. »Dieser Tag steht und fällt nicht mit deiner Anwesenheit hier in der Küche«, erwiderte Olivia schnippisch. Innerlich stöhnte sie auf. *Wenn Jesper so weitermacht, bringt er wirklich noch jede von meinen schlechten Seiten zum Vorschein.*

»Bleib doch, sonst verpasst du die nächste Geschichte.« Nora musterte Jesper. Erstaunlich, wie ernst eine Fünfjährige dreinblicken konnte. »Ich mag Geschichten.«

»Jeder mag Geschichten«, stellte Ella altklug fest.

»Jesper vielleicht nicht.« Während sie das sagte, steckte Nora einen Finger in die Schaummasse und leckte ihn genüsslich ab. Ein Tropfen Eischnee blieb an ihrer Nase hängen. »Er sieht nicht aus, als hat er Spaß.«

»Nora!« Olivia wollte ihre Nichte zurechtweisen, aber Jesper winkte ab.

»Nein, nein, ist schon gut. Nora hat recht.« Er schob sich die Brille auf die Stirn und kniff mit Daumen und Zeigefinger die Nasenwurzel.

Hatte er Kopfschmerzen? Zumindest wirkte er alles andere als glücklich, dachte Olivia und ärgerte sich gleichzeitig darüber, dass sie sich Sorgen um ihn machte.

Erst nachdem die Brille zurück an Ort und Stelle war, sprach er weiter. »Noch ein Grund, warum ich besser gehen sollte. Ich will niemanden mit meiner schlechten Laune anstecken.«

»Wenn du traurig bist, solltest du besser sagen, warum das so ist. Das hilft.«

Leise seufzte Olivia. Nichts ging über die Logik einer Fünfjährigen.

Im Gegensatz zu Olivia wirkte Hanne eher belustigt. Ein leichtes Lächeln umspielte die Mundwinkel ihrer Tante. Na, wie schön für Hanne, dass der drohende Bankrott zumindest ihr nicht den Humor rauben konnte. So gab es wenigstens eine gut gelaunte Erwachsene in dieser Küche.

Ella, wie immer reif und vernünftig, nickte wichtig, ehe sie sich an Jesper wendete. »Du solltest auf Nora hören. Du kannst mit uns reden. Mor meint immer, es ist nicht gut, wenn man etwas in sich hineinfrisst.«

Oh Himmel, nein! Im Leben nicht war Olivia bereit für irgendeine Erklärung von Jesper, warum ausgerechnet er sich nicht gut fühlte. Sie schloss kurz die Augen. Gott schütze sie vor altklugen Kindern. Sie konnte nur hoffen, dass Jesper nichts auf das Gerede gab, doch statt die Mädchen mit einem Themenwechsel auf andere Gedanken zu bringen, erwiderte er: »Es ist so, wisst ihr: Ich glaube, ich habe jemandem wehgetan. Ich wollte es nicht, doch ich konnte nicht anders. Und jetzt weiß ich nicht, was ich tun soll.«

»Aber das ist doch ganz einfach!« Nora sah das Problem nicht. Sie schlug sich die flache Hand vor die Stirn. »Wenn du gemein zu jemandem warst, musst du dich entschuldigen!«

»Manchmal will der andere die Entschuldigung aber nicht hören.« Er antwortete dem Mädchen, schaute dabei allerdings Olivia an.

Ihr Herz zog sich zusammen. Warum? Warum machte er das? Warum zeigte er ihr jetzt wieder diese Seite von sich? Es war so viel einfacher, ihn dafür zu verabscheuen, dass er ihr nicht von Anfang an gesagt hatte, wer er war, als ihn so zu sehen. Verletzlich und gefangen. Am Ende des Tages hatte er einen Job zu erledigen. Ihm daraus einen Strick zu drehen, war alles andere als fair.

Hanne schaute ein paarmal von Jesper zu Olivia, den Blick voller Fragen, allerdings auch sehr wissend. Dann sagte sie etwas zu den Kindern und lenkte Ella und Nora mit der Zubereitung der Schaumküsse ab.

Olivias Brust tat weh. Sie biss sich auf die Unterlippe. »Ich glaube, ich gucke mal, was Mads und Joshua so treiben.« Sie war heute schon einmal vor Jesper geflohen, und sie hasste es. Sie wollte nicht die Art von Frau sein, die davonlief und schmollte, sobald es kompliziert wurde. Aber sie konnte nicht bleiben. Nicht mit Jesper so nah in einer Küche, die mehr als alles andere das Sinnbild für ein Zuhause war, das sie womöglich im Begriff war zu verlieren.

6

»Du kannst ihr nachgehen, weißt du?«

Jesper blinzelte. Seine Augen brannten. Hatte er ihr hinterhergestarrt? Mit Sicherheit hatte er das gemacht. Warum sonst sollte Hanne Adamsen ihm diesen wohlgemeinten Ratschlag geben?

Tief atmete er aus. Er hatte nicht einmal gemerkt, dass er die Luft angehalten hatte. »Ist es so ersichtlich?«

Hanne grinste. »So ersichtlich wie ein Leuchtturm im Sturm. Egal, was du tust, du wirfst ihr dabei vielsagende Blicke zu. Nicht bloß eben. Auch schon heute Vormittag, als du dich offiziell vorgestellt hast.« Die Schaumküsse waren mittlerweile fertig. Nur der Schokoladenüberzug glänzte noch ein wenig feucht. Jesper hatte bisher nie selbst gemachte Schaumküsse gegessen. Er hatte noch nie in einer Küche gesessen, die köstlich nach Gewürzen, Zucker und Butter roch und in der Lebensweisheiten ebenso freimütig ausgeteilt wurden wie Süßigkeiten. Es sollte ihm Angst einjagen, und so war es auch. Aber es ließ auch seine Schutzmauer etwas bröckeln und verführte ihn dazu,

Dinge auszusprechen, die er sonst nicht einmal mit seinen engsten Vertrauten bereden würde. Annkathrin hatte sich immer beschwert, dass er zu schweigsam sei und sich am liebsten hinter Zahlen und Fakten versteckte. Doch wie gestern im Pub lockerte der offene und der herzliche Umgang der Adamsens miteinander seine Zunge, und heute konnte Jesper weder Reisekrankheitstabletten noch den Cider dafür verantwortlich machen.

Er schnaubte. »Und was soll ich ihr sagen? Für mich sah ihr Abgang nicht aus, als würde sie mit mir sprechen wollen.«

»Das vielleicht nicht.« Hanne zuckte mit den Schultern und reichte Nora ein Taschentuch, damit diese sich die Nase putzen konnte. »Du hast keine Kinder, oder?«

Perplex über den abrupten Themenwechsel runzelte er die Stirn. »Um Himmels willen, nein.« Was um alles in der Welt sollte er mit Kindern anfangen? Oft genug hatte er das Gefühl, nicht einmal sein eigenes Leben zu verstehen.

»Dachte ich mir.« Sie zwinkerte ihm zu. »Sonst wüsstest du, dass das, was jemand will, oft nicht dasselbe ist wie das, was derjenige braucht.«

»Oder diejenige.«

Hanne nickte. Sie stellte vier Schaumküsse auf einen Teller und reichte ihm den. »Hier. Die sind für Olivia. Wärst du so nett, sie ihr zu bringen?«

»Falls das ein subtiler Versuch sein soll …«

»Oh, nein.« Hanne lachte. »Subtil haben wir vor ungefähr drei Stunden hinter uns gelassen. Das hier ist ein Wink mit einem ganzen Weidenzaungeflecht.«

Jesper erwiderte das Lachen. »Okay.« Er griff nach dem Teller. »Wenn das so ist.«

»Viel Glück«, rief sie ihm nach, und eine leise Stimme in seinem Inneren fragte sich, was Glück in diesem Fall bedeutete. Was *konnte* es bedeuten?

Dass Olivia ihm tiefer unter die Haut ging als irgendeine Frau, an die er sich erinnern konnte, durfte nicht relevant sein. Ganz im Gegenteil, es verkomplizierte alles. Jesper hatte einen Job zu erledigen, für den er seine gesamte Konzentration brauchte. Und Himmel! Sie kannten sich noch nicht einmal vierundzwanzig Stunden. Wie groß konnten da Gefühle schon sein? Normalerweise war er doch auch nicht so ein romantischer Idealist! Und dennoch. Es stimmte schon, was Hanne sagte. Allein Olivia anzusehen, weckte Sehnsucht in ihm.

Glücklicherweise blieb ihm nicht viel Zeit, sich über sein Dilemma den Kopf zu zerbrechen, ehe er Olivia fand.

Er hatte damit gerechnet, sie suchen zu müssen, aber dem war nicht so. Sie war nicht weit gekommen. Die Ellenbogen auf die Knie gestützt, saß sie im Innenhof auf der Umrandung des Papageienkäfigs. Der Ara knabberte an einer Hirsestange und murmelte irgendwas vor sich hin, das Jesper nicht verstand. Olivia nickte ab und zu mit dem Kopf, ganz so, als wären die beiden in eine Unterhaltung vertieft.

Jetzt mischten sich sogar schon die Vögel in sein Privatleben ein! Das wurde ja immer bunter.

Sich ein Herz fassend, schritt er geradewegs auf Olivia zu. Für einen kurzen, wertvollen Moment leuchteten ihre Augen auf, als das Knirschen seiner Sohlen im Kies sie aufschreckte und bevor sie den Kopf wieder senkte, um aufmerksam die Kiesel zu beobachten, die sie mit den Schuhspitzen hin- und herschob.

»Die hat Hanne mir für dich mitgegeben.« Er hielt ihr den Teller mit den Flødeboller hin.

Ohne ein Wort mit ihm zu wechseln, nahm Olivia sich eine der Süßigkeiten und biss beherzt hinein.

Jetzt oder nie, sagte er sich. Solange sie mit Essen beschäftigt war, hatte er Gelegenheit, loszuwerden, was ihm auf der Seele brannte. Er stellte den Teller neben Olivia auf den Käfigsims.

»Als wir uns gestern Abend kennengelernt haben, wusste ich nicht, wer du bist. Aber du hast mir auf den ersten Blick gefallen.« Er spürte, wie ihm Hitze den Hals hinaufstieg, aber ignorierte es. »Ich fand dich wahnsinnig süß. Du warst mein Lichtblick an einem echt bescheidenen Tag, und als ich anfing zu ahnen, dass du mit Per Adamsen verwandt bist, war es schon zu spät. Da war ich schon viel zu verwickelt in unseren Flirt, um noch einen Rückzieher zu machen.« Er grinste schuldbewusst. Eine Sache hatte er noch auszusprechen, das war er ihr mindestens noch schuldig. »Eines musst du mir glauben: Dass ich dich abgewiesen habe, lag nicht an fehlendem Interesse. Wenn es nach mir gegangen wäre …« Er stoppte, wusste nicht, wie deutlich er werden sollte, entschied dann, dass sie auch ohne blumige Beschreibungen begreifen würde, was er meinte.

»Also hast du mich nicht nur belogen, sondern mich auch wissentlich ins offene Messer rennen lassen.« Olivia klebte eine Schaumflocke im Mundwinkel. Ein Schauer jagte über Jespers Rücken, so unerhört sexy sah das aus.

Er würde alles dafür tun, um ihr den Klecks von den Lippen tupfen zu dürfen oder – noch besser – ihn wegzuküssen. Dem Impuls nachzugeben, kam allerdings nicht infrage. Er hatte kein Recht, sie so zu berühren.

»Es tut mir leid.« Was sonst konnte er noch sagen? Egal, wie oft er sich die Sache durch den Kopf gehen ließ, er wusste nicht, was er hätte anders machen können. »Per hat mich gebeten, mit niemandem aus der Familie zu sprechen, eher er selbst euch erzählt hat, was wir gemeinsam planen. Wir, das heißt *Windfall* und er«, fügte Jesper erklärend hinzu.

Olivia nickte. Kurz herrschte Stille zwischen ihnen. Sie blinzelte ein paarmal und presste die Lippen zusammen.

»Weißt du denn schon, was genau du planst?«, meinte sie schließlich. »Was siehst du, wenn du dich hier umschaust, Jesper? Erkennst du Potenzial? Investmentmöglichkeiten?« Sie ließ ihren Blick schweifen. Über das Haus, den Innenhof, in die Weite hinter dem Gartentor, wo sich der Deich abzeichnete und dahinter das Meer. »Ich kann dir erzählen, was ich sehe.« Zum ersten Mal nach einer Zeit, die sich wie eine halbe Ewigkeit anfühlte, schaute sie ihm direkt ins Gesicht. Was er in ihrem Blick las, versetzte ihm einen Stich mitten ins Herz. In ihren blaugrauen Augen glitzerten Tränen.

»Wenn ich mich hier umschaue, sehe ich mein Zuhause, Jesper. Was für dich eine Anlagemöglichkeit ist, ist für mich der einzige Ort, an dem ich mich je wohlgefühlt habe.« Sie strich sich eine Haarsträhne hinters Ohr. Ihre Lippen bebten ein wenig. »Ich habe nichts anderes mehr als diesen Ort. Meine Mutter ist abgehauen, da war ich kaum auf der Welt. Soweit ich weiß, lebt sie mittlerweile auf Santorin und verkauft dort Töpferarbeiten an Touristen. Mein Vater ist mit seiner neuen Frau vor fünf Jahren nach Brasilien ausgewandert und hat uns allen nur Chaos hinterlassen. Ich versuche mein Bestes, ihn zu ersetzen, doch …« Sie schluckte, biss sich auf die Unterlippe, ehe sie die Kraft fand weiterzusprechen. »Mads, Theo und Jette sind weitergezogen. Aber ich …« Was auch immer sie noch hatte sagen wollen, ging in einem Schweigen unter.

»Ich will dir doch nichts wegnehmen, Olivia«, brachte er mühsam an dem dicken Kloß in seinem Hals vorbei hervor. Gott, das war schwer. Es war nicht das erste Mal, das ein Auftrag ihn so mitnahm, so etwas hatte er allerdings noch nie erlebt. Dieses Auf und Ab der Gefühle, diesen dringenden Wunsch, etwas tun zu wollen, von dem er wusste, er durfte es nicht tun. Sie war so ein wundervoller Mensch. Loyal und leidenschaftlich und von Grund auf *gut*. Ihr zu entreißen, was ihr am wichtigsten war, zerbrach ihn innerlich. Dass sie außerdem hübsch und auf eine Weise sexy war, wie sie nordischen Göttinnen vorbehalten sein sollte, machte es nicht unbedingt einfacher. »Es ist nicht im Sinne von *Windfall*, alles hier zu zerstören. Es geht darum, Wege zu finden, wie euer Unternehmen wieder marktfähig wird. Ich verspreche dir …« Er zögerte. Was konnte er ihr versprechen, das nicht nur heiße Luft war? »Ich verspreche dir, dass ich alles dafür gebe, eine Lösung präsentieren zu können, die für alle Beteiligten das Beste ist. Für mögliche Investoren, doch auch für euch.« Leiser und fast nur zu sich, fügte er hinzu: »Für dich.« Er spürte ihr Zögern. Die Luft, die er einatmete, schien seine Lungen nicht zu erreichen.

Auf einmal fühlte er ihr die Berührung ihrer Fingerspitzen – vorsichtig und zart – an seinem Handrücken und bekam wieder Luft.

»Danke«, flüsterte sie.

Er hatte keine Ahnung, wofür sie sich bedankte. Für seine Entschuldigung, für seine Erklärung oder seine Zusage. Eines wusste er jedoch mit absoluter Gewissheit. Irgendetwas hatte er richtig gemacht, und das war alles, was zählte.

Später saß er an dem Tisch in seinem Ferienappartement vor dem Laptop und starrte auf die leeren Seiten einer Power-Point-Präsentation. *Interne Stärken- und Schwächenanalyse* lautete die Überschrift der aktuellen Folie. Weiter war er nicht gekommen.

Wie sollte er in Worte fassen, was die *Adamsen ApS* zu etwas Besonderem machte? Keinen möglichen Investor interessierte, wie es in einer Küche duftete, in der drei Generationen bei Tee und heißem Kakao gemeinsam Plätzchen backten. Es war kein Geld damit zu verdienen, dass es immer noch Familien gab, in denen Zusammengehörigkeit zählte und Liebe nicht nur ein Wort war. Wie sollte er es vollbringen, die chaotische Zimmerausstattung als Schwäche anzuprangern?

Genau wie Hanne gesagt hatte, hatte Jesper die Kochplatten im Oberschrank über der einfachen Küchenzeile gefunden. Es hatte ein bisschen gedauert, ehe er begriffen hatte, wie er sie zum Laufen brachte, doch schlussendlich hatte er sich einen Kaffee filtern können. Ganz altmodisch mit Porzellanfilter über einer bauchigen Kaffeekanne.

Ja, die Adamsens hatten keine CI, keine Corporate Identity. Dafür hatten sie Herz. Sie agierten nicht nach einer Agenda von PR-Profis, damit Außenstehende auf den ersten Blick das Selbstverständnis des Unternehmens erfassen konnten. Sie sprachen und handelten nach den Regeln ihres Gewissens. Sie taten das, was sie für richtig hielten und hörten im Zweifelsfall auf ihr Herz statt auf den Verstand.

Natürlich führte das nicht immer zu den betriebswirtschaftlich sinnvollsten Entscheidungen. Doch sosehr sich Jesper bemühte, seine Finger weigerten sich, einen entsprechenden Text zu tippen.

In der Nacht träumte er von Olivia. Er stellte sie sich vor, wie sie auf dem Pferd gesessen hatte. Mit wehenden Haaren, geradem Rücken und stolz wie eine Königin. Er malte sich aus, wie er sie aus dem Sattel heben würde, den Duft nach Wind und Freiheit in der Nase. Er würde die Hände an ihre windgeküssten Wangen legen und ihren Mund an seinen ziehen. Mehr brauchte sie nicht in seiner Vorstellung. Sie hob ihm ihr Gesicht entgegen, ihr Atem schmeckte nach Salz und Sehnsucht.

Dann änderte sich seine Fantasie. Er und Olivia waren in seinem Appartement. Das Pony war vergessen, der Strand war fort, und er zog sie aus. Schicht für Schicht, Kleidungsstück für Kleidungsstück, bis ihr ganzer Körper vor ihm entblößt lag. Es spielte keine Rolle, wie sie dorthin gekommen waren, ob sein Begehren richtig oder falsch war. Das war ein Traum, sein Traum, und in Träumen erfüllte die Fantasie jeden Wunsch. Gierig küsste er sie. Auf die einzige Art, wie ein Mann eine Frau wie sie küssen sollte, leidenschaftlich und hungrig. Mit Fingern und Lippen strich er über ihre zarte Haut. Und als sie bebte, bereit für ihn und genauso hungrig nach seinem Körper wie er nach ihrem, drang er in sie. So tief, dass sie die Leere für immer fühlen würde, wenn er sich wieder zurückzog. Dieses Bedürfnis war neu. So hatte er bei keiner Frau vor ihr empfunden.

Er bewegte sich in ihr. Erst langsam, dann schneller. Schwelgte in der Hitze ihres Körpers.

Von seinem eigenen Stöhnen wachte er auf. Um ihn herum herrschte vollkommene Dunkelheit, nicht einmal Mondlicht fiel durchs Fenster. Er war schmerzhaft erregt und schämte sich. Doch das Bild vor seinem inneren Auge – ihr süßes Gesicht, die tollen Haare und unendlichen Beine – wollte einfach nicht verblassen.

Ein Hahnenschrei weckte Olivia am nächsten Morgen. Hugo war ihr Lieblingshahn. Seinen Schrei würde sie unter hundert anderen erkennen, denn kein Hahn, den sie je hatte, krähte derart melodisch.

Beherzt gähnte sie. Ihre Augen fühlten sich wund an von Tränen, die sie heimlich in der Nacht vergossen hatte.

Der Kummer war über sie hereingebrochen, kaum dass Jesper sie nach ihrer Aussprache allein gelassen hatte, um sich an die Arbeit zu machen.

An sein Versprechen, alles doch noch zum Guten wenden zu können, glaubte sie nicht.

Sie rieb sich mit den Händen übers Gesicht. Nur noch fünf Minuten. Vor dem Fenster herrschte Dunkelheit, typisch für die Winter im Norden. Diese Jahreszeit war kalt und schien unendlich. Der einzige Lichtblick in dieser Zeit war die Vorfreude auf den ersten Schnee. Wenn frisch gefallene Flocken die ganze Welt in einen Glitzerumhang hüllten und die Hektik des Alltags zur Ruhe kam. Nicht nur die Natur hielt dann inne. Auch alle Sorgen und Ängste schienen unter der Schneedecke für eine Weile zu verschwinden.

Ja, Olivia liebte den ersten Schnee. Noch war es allerdings nicht so weit. Der Wecker auf dem Nachttisch zeigte kurz nach acht. Ende November kletterte die Sonne ungefähr um halb neun endgültig über den Horizont.

Noch einmal krähte der Hahn. Hugo wollte sie wohl ermahnen, dass es endlich Zeit aufzustehen sei. Stöhnend schwang Olivia die Beine über die Bettkante.

Hatte gestern eigentlich jemand nach den Hühnern geschaut? Sie glaubte nicht. Höchste Zeit also. Die armen Tiere konnten ja nichts dafür, dass die Welt der Adamsens um sie herum zusammenbrach. Gackernd begrüßten sie Olivia keine Viertelstunde später.

Acht Hühner hielt die Familie in einem Stall auf der anderen Straßenseite des Haupthauses. Dort hatten die Tiere einen Auslauf mit Tümpel, ausreichend Wiese zum Picken und Scharren und ein Schutzhaus mit Nistbetten, sauberem Futter und Wassertrögen. Das kleine Tor zum Hühnerhaus öffnete sich jeden Morgen per Zeitschaltuhr, und zu Sonnenuntergang schloss es sich automatisch. Um mögliche Jäger – Füchse, Marder, aber vor allem Raubvögel – abzuhalten, spielte den ganzen Tag über ein Radio.

Momentan konnten die Hühner ihrem Tagesgeschäft zu Queens *Bohemian Rhapsody* nachgehen. »Galileo, galileo«, sang es aus den Lautsprechern, immer höher und höher, und Olivia stellte sich vor, wie ihre Lieblingshenne dazu in ihrem Nest saß und verzweifelt versuchte, das Morgenei zu legen.

Sie grinste. Das war der Grund, warum sie das Leben hier so liebte. Egal, wie mies sie drauf war, schlechte Laune konnte sich nie lange halten, wenn es einen Ort gab, an dem man zu Hause war.

»Na, Mädels? Schon fertig mit der Arbeit?« Sie langte ins erste der Legenester und, tatsächlich, ihre Finger ertasteten ein noch körperwarmes Ei.

Eins nach dem anderen schritt Olivia die Nester ab. Die Ausbeute war größer als erwartet, was bedeutete, dass gestern in der Tat niemand nach den Eiern geguckt hatte. Binnen kürzester Zeit hatte sie dreizehn Eier gesammelt. Sie stellte den Korb zur Seite und griff nach dem Rechen, um den Stallboden vom gröbsten Unrat zu befreien.

»Hey, Cousinchen. Da bist du.« Zuerst hörte sie Mads Stimme, dann leuchtete sein lilafarbener Haarschopf im durch die hohen Fenster einfallenden Licht.

»Puh.« Er rümpfte die Nase. »Jedes Mal, wenn ich eine Weile lang nicht hier war, erschlägt mich der Gestank.«

»Zu intensiv für dein feines Näschen?« Ohne auf eine Antwort zu warten, reichte Olivia ihrem Cousin die Harke. »Dann tu was dagegen. Ich wasche die Wassernäpfe aus.«

Seite an Seite arbeiteten sie eine Weile. Mads machte aus dem Ausmisten eine richtige Show. Immer wieder wischte er sich mit einer übertriebenen Geste den Schweiß von der Stirn und schalt die Hühner für die Unordnung, die sie in ihrem Heim angerichtet hatten. Seine Handgriffe allerdings waren routiniert und sicher. Egal, wie wohl er sich in der pulsierenden Metropole London fühlte, im Herzen war er immer noch ein Inselkind.

Sie waren fast fertig mit ihrer Arbeit, da gesellte sich Theo zu ihnen.

»Huch. Mit euch habe ich hier gar nicht gerechnet«, meinte er. Ihr ältester Cousin trug ein leeres Weidenkörbchen unterm Arm. Offenbar hatte auch er vor, Eier einzusammeln. Jetzt blickte er verwirrt von einem zum anderen. »Was ist das hier? Ein konspiratives Treffen im Hühnerstall?«

»Eigentlich nicht.« Mads schüttelte den Kopf. »Doch nun, wo du hier bist, kann es eins werden. Also, raus mit der Sprache. Wie schlimm steht es wirklich um die Finanzen?« Und schon lenkte Mads das Gespräch auf das Thema, das Olivia und er bisher tunlichst vermieden hatten. »Du bist doch der Experte unter uns. Sicherlich kann es nicht so schlimm sein, wie Fader es wirken lässt.«

Resigniert zuckte Theo mit den Schultern. »Schlimmer, um genau zu sein. Ich hab gestern den ganzen Tag damit verbracht, die Bücher zu prüfen und zu sehen, ob ich irgendwo verstecktes Kapital finde. Ehrlich, Onkel Jon hat uns da ganz schönes Chaos hinterlassen.« Er warf Olivia einen entschuldigenden Blick zu. »Fader hat wirklich keine Ahnung von der finanziellen Seite der Geschäfte.

Kaum war Jon weg, hat er sich zu allen möglichen idiotischen Investitionen überreden lassen. Dubiose Fonds und Anlagefirmen. Wirklich schlimm. Im Grunde hat er genau das Richtige getan, als er die Hälfte der Firmenanteile an diese Venture Capital Firma verkauft hat.« Er befeuchtete sich mit der Zunge die Lippen, ehe er fortfuhr. »Ohne hieb- und stichfesten Businessplan gibt ihm keine normale Bank einen Kredit. Nicht, nachdem er bewiesen hat, wie schlecht er darin ist, wirtschaftlich vernünftige Entscheidungen zu treffen.«

Ob Theos kleine Ansprache als Vorwurf gedacht war, konnte Olivia nicht sagen. Tatsache war, es fühlte sich wie einer an. Theos Onkel Jon war *ihr* Vater. Und egal, wie sehr sie sich bemüht hatte, in seine Fußstapfen zu treten, sie war gescheitert. Die *Adamsen ApS* stand vor dem Aus.

»Was hätte ich denn machen sollen? Ich wusste es nicht, okay?« Das kam ihr defensiver über die Lippen als beabsichtigt. Doch die fürchterliche Erkenntnis hatte sie die ganze Nacht lang wachgehalten. Zuerst war ihr nicht klar gewesen, warum ausgerechnet Jespers Geständnis, Per habe ihn gebeten, niemandem etwas über seine Aufgabe in Jütland zu sagen, sie derart tief getroffen hatte. Aber dann, nach und nach, hatte sie es verstanden und die Erkenntnis hatte ihr den Schlaf geraubt. »Während ihr irgendwo weiß Gott wo eurem Leben nachgeht, bin ich jeden Tag hier und reiße ich mir den Hintern auf und weiß nicht einmal, dass es vollkommen umsonst ist.«

»Ich dachte, du bist gerne hier.« Mads klang, als hätte ihm jemand einen Schlag in die Magengrube versetzt.

»Das bin ich auch. Aber …« Mit einem Mal schien sie all ihre Energie verloren zu haben.

»Du fühlst dich übergangen.« Theo, mit seiner analytischen Art, brachte es auf den Punkt.

Olivia nickte. Sie strich sich die Haare aus dem Gesicht. Ihre ganze Haut juckte, und das kam nicht von dem Heu und Stroh, das nach dem Ausmisten im Innern des Hühnerstalls herumflog. »Ich kann nicht fassen, dass Per und Hanne mir so etwas Wichtiges verheimlicht haben.«

»Die Frage ist jetzt aber, wie es weitergeht.« Mads warf Theo einen fragenden Blick zu. »Ich verstehe überhaupt nichts von diesem ganzen Finanzzeug, und Jette hat mehr als genug mit ihrem Hof um die Ohren. Irgendwas müssen wir allerdings tun können, oder nicht?«

Eine der Hennen stolzierte kopfwackelnd in den Stall, flatterte lautstark gackernd auf und setzte sich in eines der frisch gesäuberten Legenester. Sie vergrub den Kopf unter dem Flügel, und kurz wünschte sich Olivia, genau das Gleiche machen zu können.

»Ich habe auch keine Ahnung«, antworte Theo. »Wahrscheinlich müssen wir diesen Investment-Heini einfach seinen Job erledigen lassen. Schließlich wird er dafür bezahlt, das Unternehmen für mögliche Geldgeber attraktiv zu gestalten.«

»Apropos Investment-Heini. Der hat zu der ganzen Sache doch sicherlich mehr zu sagen.« Mads stupste Olivia mit der Schulter an. »Hanne hat mir erzählt, dass du gestern mit ihm einen Friedensschaumkuss gegessen hast.«

Olivia verdrehte die Augen, allerdings war Mads noch nicht fertig.

»Warum nutzt du deinen heißen Draht zu ihm nicht, um ihm ein bisschen auf den Zahn zu fühlen? Je mehr er dich mag, desto mehr setzt er sich sicher für uns ein.«

»Du willst, dass …« Olivia fehlten die Worte, so unglaublich war das, was Mads da vorschlug. Entsetzt und gleichzeitig außer sich vor Wut starrte sie ihn an und hob drohend die Schaufel, die sie noch vom Ausmisten in der Hand hielt. »Ich bin doch kein Flittchen!«

»Hey, hey, hey.« Theo war sofort zur Stelle und nahm Olivia das potenzielle Mordwerkzeug ab. »Wir wollen keine Verletzten, ja?«

»Ich hab mit keinem Wort Flittchen gesagt!«, verteidigte sich Mads. »Ich dachte, du magst ihn auch.« Es grenzte an Frechheit, dass Mads sich gar keiner Schuld bewusst zu sein schien. »Ich meine, warum sonst sollte es dir so nahegehen, dass euer Flirt im *Klostergården* im Nachhinein einen doofen Beigeschmack hatte und er dich abgewiesen hat?«

»Wie schön, dass das mittlerweile Inselgespräch ist.«

»Na ja, wenn es Inselgespräch ist, wissen es dreiunddreißig Leute, damit wirst du klarkommen.« Manchmal hasste sie Theo für seinen Pragmatismus.

Mads war aber noch nicht fertig. »Ich meine ja nur: Es spricht doch nichts dagegen, mit ihm ein bisschen mehr Zeit zu verbringen. Zeig ihm, was unsere Insel besonders macht. Wenn er kapiert, dass wir mehr sind als ein Geschäftsmodell, kann das nur gut für uns sein. Jeder muss tun, was er kann.«

»Ja?« Sie stemmte die Fäuste in die Hüften. Wenigstens hatte Theo ihr die Waffe genommen, allerdings traute sich

Olivia noch nicht wieder hundertprozentig. Die Chancen, dass sie doch auf Mads losgehen würde, standen bei etwa sechzig zu vierzig. Zumindest war ihre Traurigkeit wie weggeblasen. Jetzt war sie stinksauer. »Und was tust du? Das lässt sich leicht sagen, wenn es nur anderen gilt.«

»Ich ...« Mads schaute sich im Hühnerstall um. Viel Glück, dachte Olivia, wenn du hier nach Erleuchtung suchst.

In ihre Gedanken hinein meldete sich Hugo, der Hahn, zu Wort. Er krähte so laut, dass die Wände im Stall zu wackeln schienen. Ja, ihr war auch danach, sich den Frust von der Seele zu brüllen. Schade nur, dass Hugo damit durchkam, sie aber nicht.

Plötzlich runzelte Mads die Stirn. Er streckte den Zeigefinger in die Höhe, neigte den Kopf zur Seite und lauschte angestrengt. »Hört ihr das?«, fragte er.

»Das ist ein Hahn, Mads«, erwiderte Theo so trocken, wie nur Theo es konnte. »Wenn du das nicht mehr erkennst, warst du eindeutig zu lange in London.« Theo wollte sich abwenden, allerdings fasste Mads ihn am Ellenbogen.

»Nein, hört mal genau hin. Das klingt genau wie der Anfang von diesem Lied, das Lady Gaga und Bradley Cooper auf der Oscar-Verleihung gesungen haben.«

Wie aufs Stichwort nahm Hugo seinen Einsatz und gab sein bestes Kikeriki von sich.

An diesem Punkt war Olivia drauf und dran, ihren Cousin endgültig für verrückt erklären, doch dann erkannte sie es auch. Sicher, in erster Linie klang Hugos Hahnenschrei eben wie das Krähen eines Hahns, aber mit

Mads Worten im Kopf hörte sie, was ihr Cousin meinte. Und einmal gehört, konnte sie es nicht mehr ungehört machen. Hugos Kikeriki erinnerte wirklich an den Anfang des bekannten Lieds.

Sie lachte »Gut, dass wir das geklärt haben. Eigentlich mag ich den Song ganz gerne. Doch dass ein Hahn ihn singen kann …«

»Wir sollten einen Country-Abend veranstalten.«

»Mit singenden Hühnern?« Olivia konnte nicht einmal mehr staunen.

»Ach, Quatsch«. Mads winkte ab. »Wer würde denn auf so einen Blödsinn kommen?«

Ganz ihre Rede.

»Natürlich mit Sängern. Theo, du meintest gestern, das Wichtigste sei momentan Geld, damit Fader offene Rechnungen und so bezahlen kann.«

Theo kniff die Augen zusammen. Er wirkte, als würde er sich wirklich Mühe geben, den Gedankengängen seines Bruders zu folgen. »Tut mir leid, Mads, aber den Sprung von einem krähenden Hahn zu *Working Capital* verstehe ich nicht.«

»Ich kenne Leute. In London.«

»Die sich für Hühnergeschrei interessieren?«

»Nein, für Hundemode, du Wichtigtuer. Glaub es oder nicht, aber meine Kreationen sind in London der letzte Schrei. Jeder will sie haben!« Theatralisch presste er sich die Fingerspitzen an die Schläfen. »Doch jetzt lass mich endlich ausreden, großer Bruder. Sicher wäre der eine oder andere bereit, kurzfristig hierherzukommen und für den guten Zweck hier aufzutreten. Und mit den Spenden und

Eintrittsgeldern stopfen wir die schlimmsten Löcher in den Konten.«

Auf Mads Plan folgte Stille. Mit Ausnahme einer Legehenne waren alle Hühner in den Auslauf geflohen. Kein Wunder.

Oliva hatte keine Ahnung, was sie sagen sollte. Genie und Wahnsinn lagen ja oft nah beieinander, aber diesmal ließ selbst ihre Intuition sie im Stich, um zu entscheiden, in welche Kategorie Mads Vorschlag fiel.

Ausgerechnet in diese allgemeine Sprachlosigkeit meldete sich wieder Hugo zu Wort. Es wirkte fast, als würde er sich diesmal extra hart bemühen, besonders melodisch zu krähen, und dieses Mal, ganz ohne Zweifel, klang sein Kikeriki wirklich wie die Begleitmelodie zu der Stelle, wenn Lady Gaga zum Refrain einsetzte.

Mads, Theo und Olivia konnten sich nicht mehr halten und brachen in Gelächter aus. Sie lachten so lange und heftig, bis Olivia der Bauch wehtat und ihre Wangen schmerzten.

Sie wischte sich Lachtränen aus den Augenwinkeln. »Oh Mann. Ich glaub's nicht. Aber gut. Machen wir ein Hühnerkonzert. Schlimmer werden kann es ja kaum.«

»Ich bin geneigt zu bezweifeln, dass Fader das genauso sieht wie du. Du weißt doch, wie sehr er Veranstaltungen liebt.« Theo zwinkerte ihr zu.

»Ach was.« Sie hakte sich mit jedem Arm bei einem ihrer Cousins ein. »Wenn wir alle an einem Strang ziehen, konnten uns eure Eltern noch nie was abschlagen. Gegen die vier Admasen-Kinder haben Hanne und Per gar keine Chance.«

»Auf uns!«, rief Mads und zog Theo und Olivia in eine Umarmung.

»Auf uns!«, echoten die beiden anderen, ehe sie sich alle gemeinsam auf den Weg zurück ins Haus machten.

Schon an der Haustür wehte ihnen der Duft nach frisch aufgebrühtem Kaffee entgegen. Aus dem Wohnzimmer klang leise Pers Stimme. Im Vorbeigehen erhaschte Olivia einen Blick auf ihren Onkel. Ella saß auf seinem Schoß. Gemeinsam hatten es sich Großvater und Enkelin in dem riesigen Ohrenbackensessel der Familie gemütlich gemacht und blätterten in einem Buch. Aus den Lautsprechern der Stereoanlage tönte leise Hintergrundmusik. Irgendetwas Klassisches. Pianoklänge, sanft tröpfelnd und verführerisch, erfüllten den Raum.

In der Küche stellte Olivia den Eierkorb auf den Tisch. »Tausche Eier gegen Kaffee.«

Hanne wischte sich die Hände an ihrer Schürze ab. »Kaffee ist frisch aufgebrüht, das ist nicht das Problem. Nur holen musst du ihn dir alleine, Fräuleinchen. Ich hab euch lieb, aber Bestellungen nehme ich nicht entgegen.«

»Ich mach das für dich«, erklärte Mads. »Da soll einer noch mal sagen, ich wäre nicht der perfekte Cousin. Theo, du auch?«

Der älteste Bruder nickte.

Mads holte drei Tassen aus dem Regal und füllte sie mit der schwarzen Köstlichkeit. Für Theo schwarz, für sich selbst und Olivia mit Milch. In den eigenen Kaffee löffelte er außerdem vier Portionen Zucker, ehe er, den Hintern an die Arbeitsplatte gelehnt, einen tiefen Schluck trank und genüsslich aufstöhnte.

Auch Olivia konnte sich nur mit Mühe einen wohligen Laut verkneifen. Sie schmiegte die eiskalten Finger um die herrlich warme Tasse und schwelgte in der cremigen Bitterkeit des Getränks. Es gab wirklich kaum etwas Besseres nach einem Morgen an der frischen Luft als Hannes handgefilterten Kaffee. Olivia könnte schwören, dass man wirklich einen Unterschied schmeckte, je nachdem, ob das Gebräu von Hand oder von einer Maschine gefiltert war.

Nachdem ihr größter Durst gestillt war, richtete sich Olivia an ihre Tante. »Mads hatte übrigens eine ziemlich spannende Idee gerade.«

»So?« Nacheinander blickte Hanne die drei Jüngeren an.

Von hier an übernahm Theo das Reden. In kurzen, prägnanten Sätzen umriss er Mads' Vorschlag eines Scheunen-Events.

Hannes Augen begannen verräterisch zu glänzen. »Ach, ihr Kinder.« Auch ihre Stimme verriet ihre Rührung. »Was ihr euch einfallen lasst! Ich denke aber, ihr solltet das mit Per besprechen. Er muss sicherlich auch Jesper einweihen. Soweit ich weiß, dürfen wir kein Geld mehr ausgeben ohne die Zustimmung von dieser Firma.«

Olivia schluckte trocken. Von dieser Firma? Wohl eher von Jesper. Er war die Personifizierung von *Windfall* auf Mandø.

Sie stellte ihre Kaffeetasse ab und biss die Zähne zusammen, ehe sie noch Gefahr lief, etwas Unbedachtes zu sagen.

Ja, Olivia und Jesper hatten tags zuvor zusammen einen Friedensschaumkuss gegessen, das hieß jedoch nicht, dass es ihr gefallen musste, wenn er plötzlich zum Richter über ihre Ideen wurde. Kaum öffnete sie den Mund, um sich einen weiteren Schluck Kaffee zu gönnen, entschlüpften ihr die Worte, die sie hatte herunterschlucken wollen. »Ausgerechnet der. Als ob der einschätzen kann, was die Menschen auf unserer Insel begeistert.« Sie sprach leise, aber nicht leise genug, um überhört zu werden.

Hanne zog die Augenbrauen zusammen und warf ihr einen fragenden Blick zu.

Plötzlich fühlte Olivia sich in der Defensive. Sie hatte doch gewusst, dass sie besser den Mund halten sollte. Jetzt hatte sie angefangen und konnte nicht mehr aufhören. »Ich sag ja bloß. Immerhin ist er ein Fremder. Und er kommt hierher, macht einen auf nett und verständnisvoll und spielt sich auf, als wüsste er über alle und jeden Bescheid. Als müsste er nur einmal blinzeln und seinen Charme spielen lassen, damit ihm alle zu Füßen liegen und er einfach tun und lassen kann …«

»Ähm«, mischte sich Mads ein und unterbrach Olivia mit erhobenem Zeigefinger. »Bist du dir sicher, dass du hier noch von unserem Impro-Konzert sprichst?«

»Wovon denn bitte sonst?« Wenn sie der Ausflug in den Hühnerstall von ihrer inneren Unruhe befreit hatte, dann war das jetzt vorbei. Ihr Magen verkrampfte sich. Jesper. Warum hatte Mads unbedingt auf ihn anspielen müssen? Noch nie hatte sie es erlebt, dass ein einziger Mensch eine solche Vielzahl an Emotionen in ihr hervorrief. Wenn sie an den Grund seiner Anwesenheit auf Mandø dachte, wurde sie wütend. Trotzdem fühlte sie sich in seiner Gegenwart lebendig, aber hilflos zur selben Zeit. Sie fand ihn liebenswert, fürchtete sich allerdings, mit ihm allein zu sein. Er machte Dinge mit ihr, für die sie keine Worte fand. Alles, was sie wirklich wusste, war, dass ihr Herz schneller schlug, sobald sie nur seinen Namen dachte.

»War ja nur 'ne Frage.« Beschwichtigend hob Mads die Hände. Sein Grinsen zeigte allerdings, dass er kein bisschen bereute, Olivia gereizt zu haben.

Wenigstens Theo hatte ein Einsehen mit Olivia. »Wo wir gerade bei unangenehmen Themen sind …« Ihr ältester Cousin blickte von Mads zu Olivia und wieder zurück. »Was ist eigentlich mit Jon? Er hat Fader zwar alle Vollmachten überschrieben, aber ich fand, er sollte wenigstens über die aktuellen Entwicklungen informiert werden. Ich habe in den letzten Tagen mehrmals versucht, ihn zu erreichen, doch er antwortet weder auf meine Mails, noch reagiert er auf meine Anrufe.«

»Wahrscheinlich ist er zu sehr damit beschäftigt, Piña coladas zu schlürfen und seiner Taynara hingebungsvoll Luft zuzufächeln.« Olivia sah es förmlich vor sich. Ihr Vater und seine junge Ehefrau am Strand. Während Taynara ihren Körper in einem Mikro-Glitzer-Bikini auf einer Liege räkelte, stand Jon dahinter und schwang ein Palmblatt. Zumindest der Glitzerbikini in ihrer Vorstellung entsprang der Wahrheit. Taynara hatte ihn auf mehreren der Fotos getragen, die ihr Vater regelmäßig postete. Wenn Jon nicht auf Theos Kontaktversuche reagierte, lag das sicher nicht daran, dass er dazu physisch nicht in der Lage war. Auf seinen Fotos wirkte ihr Vater erholter und jünger, als Olivia ihn je gesehen hatte, während sie drauf und dran war, verrückt zu werden, aus Angst, ihr Zuhause zu verlieren.

Sie biss die Zähne zusammen. Und da hatte sie geglaubt, jedes andere Thema sei ihr lieber als Jesper. So konnte man sich täuschen. Natürlich konnte sie ihre Missstimmung nicht verstecken. Am wenigsten vor Mads.

»Uhhh, schnippisch«, kommentierte er ihre Bemerkung zu Jon und Taynara. »Theo, lass uns lieber schnellstens Fader aufsuchen. Bevor das Kätzchen hier auch uns noch den Kopf abbeißt und unser schönes Scheunenevent damit von vornherein zum Scheitern verurteilt. Ohne Kopf kann ich nicht arbeiten.«

Olivia kniff die Lippen zusammen. Oh, ihr lag durchaus eine Retourkutsche auf der Zunge. Wie leid sie es war, sich unsicher und allein zu fühlen, zum Beispiel. Wie verloren sie sich fühlte, als säße sie in einem lecken Boot mitten in einem Meer aus Angst. Ohne Ruder, ohne Segel, und der Einzige, der ihr noch helfen konnte, war der Mann, der sie schon einmal belogen hatte. Manchmal war es allerdings besser zu schweigen. Jeder Erklärungsversuch würde ihren Cousin in der Annahme bekräftigen, ihre schlechte Laune läge nur an dem katastrophalen Ende ihrer romantischen Episode mit Jesper. Dabei war das lächerlich! Sie hatte sich mit Jesper ausgesprochen und alles geklärt. Immerhin waren sie Erwachsene und konnten sich wie solche benehmen. Wenn sie vorhin emotional reagiert hatte, dann nur, weil es ihr gegen den Strich ging, dass eine völlig fremde Firma mit einem Mal das Sagen auf ihrer Insel haben sollte. Mehr nicht. Verliebtsein auf den ersten Blick, Anziehung, gegen die der Verstand nicht ankam? So etwas gab es nur in Liebesromanen. Was sie emotional aus dem Gleichgewicht brachte, war nicht der winzige Flirt mit Jesper, sondern die Bedrohung, die über ihrem Heim schwebte. Zumindest redete sie sich das ein.

Hanne deutete in Richtung Wohnzimmer. Wenigstens sie drang nicht weiter in Olivia. »Wenn ihr jetzt gleich mit Fader reden wollt, findet ihr ihn dort. Er ist mit Ella zusammen. Sie stecken schon eine ganze Weile konspirativ die Köpfe in ein Buch. Ella hatte irgendeine Frage zur Flora und Fauna der Insel, und ihr wisst ja, wie gerne Per erklärt.«

Alle grinsten, sogar Olivia, obwohl sie innerlich immer noch kochte vor Zorn.

Theo rieb sich die Hände. »Dann will ich meine Tochter mal erlösen, bevor ihr ein Ohr abfällt. Je eher Fader bei unserer Idee mit an Bord ist und wir auch Jesper von dem Scheunenkonzert überzeugen können, desto eher können wir mit der Planung loslegen.«

Zwölf Augenpaare schauten Jesper entgegen, erwartungsvolle Aufregung im Blick. Im Laufe seiner Karriere hatte Jesper vor weitaus größerem Publikum gesprochen. Aber hatte er sich je so im Mittelpunkt gefühlt? Er glaubte nicht.

Ulrichs letzte Mail bekam er nicht aus dem Kopf. Vor nicht einmal drei Stunden hatte sein Chef ihn zum wiederholten Mal daran erinnert, wie zufrieden er mit Annkathrins Arbeit sei. Sie lieferte auf den Punkt, hatte Ulrich betont, ihre Analysen und Prognosen bewiesen Weitsicht, Geschäftssinn und Verstand. Noch vor der eigentlichen Projektvorstellung hatten sich angeblich diverse Geldgeber gemeldet, die in das Unternehmen, das Annkathrin betreute, einsteigen wollten.

Und dann gab es ihn, Jesper Høgh, den Meister des weißen Blattes. Um Ulrich zu beschwichtigen, hatte er verschiedene Szenarien niedergeschrieben. Wie sein Chef es erwartete, rankten sich alle um *Hotel Hygge*. Er hatte irgendwas von einem Bio-Wellness-Resort geschwafelt, von Aufwendungen, die nötig wären, um die geltenden Landschaftsschutzmaßnahmen zu umgehen, von Urlaub auf dem Bauernhof und Glamping-Abenteuern. Vor allem die Glamping-Idee gefiel Ulrich, eine Symbiose aus traditionellem Camping und Glamour, wo Urlauber in Luxuszelten auf Daunenfedern nächtigten und ihre Abende vor extra für sie aufgeschichteten Lagerfeuern verbrachten. Jesper drehte allein die Vorstellung von so viel Heuchelei der Magen um. Was Ulrich zu dem aktuellen Vorschlag der Adamsens, um an *Working Capital* zu gelangen, sagen würde, wollte er sich lieber gar nicht erst vorstellen.

Er räusperte sich. »Ihr wollt ein Scheunenkonzert organisieren. Hier auf dem Hof.«

Olivia nickte begeistert, Jette lächelte breit, Hanne rieb sich unternehmungslustig die Hände an der Schürze und Mads grinste. Die Familie Adamsen, wie sie leibte und lebte.

Als Erstes meldete sich die fünfjährige Nora zu Wort. »Ich kann Blockflöte spielen!«, erklärte sie.

»Und ich schlag das Süü … das Sülofon dazu.« Oscar, Jettes und Ebbes älterer Sohn, war vier und in den vergangenen Tagen waren er und Nora zu einem eingespielten

Team geworden. Jesper brauchte ein paar Sekunden, bis er verstand, dass Oscar von einem Xylophon redete.

»Na ja …« Theo wirkte ein wenig verlegen. »Wer genau auftreten soll, werden wir sehen. Aber Mads hat versprochen, einen Bekannten aus London einzufliegen. Einen, der eine ganz große Nummer dort ist.«

»Nun.« Nervös schüttelte Mads die Hände hin und her. Dabei klirrten seine Armbänder aneinander. Das Geräusch machte Jesper ganz hibbelig. »Eine große Nummer ist er vor allem in den sozialen Medien. Seine Single auf den Online-Plattformen ist mehr als eine Million Mal heruntergeladen worden. Er hat einen Deal mit einem der ganz großen Label unterschrieben und steht auf der Liste für die BRITs Choice Awards. Noch kennen ihn nicht so viele, doch ich bin sicher, er ist ein aufgehender Stern in der Musikszene. In ein paar Jahren spricht die ganze Welt von Brad Sinclair, und dann können wir sagen, er hat schon live bei uns gespielt.«

»Wir können ein Lagerfeuer machen. Oder nein, ein Mittwinterfeuer«, schlug Jette vor. »Ein bisschen Folklore kommt immer gut an.«

»Und Brad ist nur unser Aufhänger für eine offene Bühne, auf der Künstler aus der Region auftreten können. Egal, womit. Poetry Slams, Musik, Gesang. Und jeder darf spenden, wie viel er zu geben bereit ist.« Ebbe nahm den Gesprächsfaden seiner Frau auf.

Jesper wusste immer noch nicht, was er sagen sollte. Jedes Wort, das in dieser Küche gesprochen wurde, klang so … idealistisch. Hier saßen drei Generationen vor ihm, vereint in dem Wunsch, zu retten, was ihnen am liebsten war, und sein Job war es, den Spielverderber zu mimen. Er wollte ihre Visionen nicht in Grund und Boden stampfen, verdammt. »Ähm.« Er trank einen Schluck lauwarmen Tee, aber auch das half nicht gegen das Trockenheitsgefühl in seiner Kehle. »Und gibt es für die Veranstaltung schon eine Kalkulation?« Er richtete seinen Blick auf Theo. Von ihm erhoffte sich Jesper am meisten Verständnis. »Ich meine, wenn ich dieses … Improkonzert meinem Boss als integralen Bestandteil des Sanierungsplans vorschlagen soll, brauche ich ein bisschen mehr als den Namen eines Wannabe-Rockstars.«

»Hey«, Mads plusterte sich auf. Ein wenig erinnerte er Jesper an den Hahn, der im Hühnerauslauf stets einen stolzen Blick auf seinen Harem hatte. »Brad ist kein Möchtegern-Rockstar. Er ist ein ernst zu nehmender Sänger und Songwriter.«

»Jaja.« Jesper bemühte sich zurückzurudern, doch es war zu spät. Aus dem Augenwinkel sah er, wie Olivias Schultern nach unten sackten.

»Du findest, es ist eine fürchterliche Idee«, brachte sie hervor.

»Ich finde …« Er stockte. Gott, er wollte nicht der Anlass für die Enttäuschung in ihren Augen sein. Wieso war dieser Auftrag so viel schwerer als alle anderen zuvor? Warum ging ihm diese Familie dermaßen unter die Haut? Bisher hatte es ihm doch nie Kopfzerbrechen bereitet, die Menschen hinter den Unternehmen von den Geschäften zu trennen.

Er legte sich Worte zurecht, die erklärten, weshalb die Adamsens momentan wirklich andere Probleme hatten, als über eine Mittwinter-Lagerfeuer-Offene-Bühne-Veranstaltung nachzudenken. Was herauskam, als er den Mund öffnete, war allerdings: »Ich denke, es ist eine wirklich engagierte Idee.« Kurz senkte er die Lider. Er wünschte, seine Brille wäre weniger gut auf ihn eingestellt, dann müsste er wenigstens nicht die Kapitulation in den Mienen der Adamsens sehen, sobald er endlich wieder anfing, das *Vernünftige* zu sagen.

Wo er einmal angefangen hatte, konnte er aber auch nicht mehr zurückrudern, und betriebswirtschaftliche Vernunft hatte er bereits vor Minuten hinter sich gelassen.

Irgendwo schnarchte ein Hund.

Mit festerer Stimme jetzt fuhr Jesper fort. »Ihr solltet das unbedingt auf die Beine stellen.« *Weil es euch zumindest das Gefühl gibt, nicht tatenlos zuzuschauen, wie ich über euren Kopf hinweg euer Zuhause unter den Hammer bringe.* »Bestimmt werden Leute hingehen und etwas spenden.«

»Aber nicht genug, um die Schulden zu bezahlen.« Hatte Olivia überhaupt eine Ahnung, wie groß der Schuldenberg war, den ihr Onkel in den letzten fünf Jahren angehäuft hatte? Seit mehr als einem halben Jahr war kein einziger Lieferant mehr bezahlt worden. Selbst gegenüber Jette und ihrem Mann gab es offene Verbindlichkeiten. Jesper hatte nicht nachgefragt, wie Per seiner Tochter gegenüber seinen monetären Engpass gerechtfertigt hatte, um die Lage des Unternehmens zu verheimlichen.

Jesper hob die Schultern. »Ich fürchte nicht. Aber«, schob er schnell nach und schaute einem nach dem anderen jeden der Versammelten ins Gesicht, »… ich lasse mich gerne eines Besseren belehren.« Er lächelte. »Sind knapp drei Wochen nur nicht ein wenig kurzfristig für die Organisation? Mittwinter ist doch schon am einundzwanzigsten Dezember, oder?« Jesper war in der letzten Novemberwoche angekommen. Mittlerweile hatte der Dezember begonnen. Die Vorweihnachtszeit bedeutete ihm wenig, Jette und Theo jedoch hatten Familie, und er konnte sich nicht vorstellen, dass Mads und Joshua ausgerechnet in der umsatzstärksten Zeit für den Einzelhandel ihre Hundemodeboutique in London allein lassen konnten.

Theo winkte ab. »Das ist ja alles noch ganz vage. Je eher, desto besser, würde ich sagen. Und die Veranstaltung muss ja nicht genau am Einundzwanzigsten stattfinden. Wir gucken einfach, wann dieser Brad kann, und dann sehen wir weiter. Ich muss in ein paar Tagen ohnehin erst mal zurück in die Stadt, Ella zu ihrer Mutter zurückbringen. Viggo und Nora wollten sowieso noch bei Farfar und Farmor bleiben. Aber Ellas Ferien gehen zu Ende, und unentschuldigt kann sie in der Schule nicht fehlen.«

»Wenn Viggo und Nora bleiben dürfen, will ich aber auch nicht weg hier!« In der Stimme der sonst so bedachten Ella klang ein Schluchzen.

»Viggo und Nora gehen auch noch in den Kindergarten.«

»Joshua muss auch zurück nach London«, warf Mads ein. »Wir können den Laden nicht so lange allein lassen. Aber das ist vielleicht gar nicht so schlecht, weil dann kann er vor Ort alles mit Brad Sinclair besprechen.«

»Und an den Wochenenden lässt deine Mutter dich sicher auch wieder zurück hierherkommen, wenn du ihr erzählst, wie wichtig es für dich ist«, meinte Theo tröstend zu seiner Ältesten.

»Okay.« Jesper nickte. Ihm fiel es ein wenig schwer, allen Unterhaltungen, die hier gleichzeitig stattfanden, zu folgen. »In Ordnung. Wenn ihr Hilfe benötigt, gebt mir Bescheid.« Im Geiste legte er sich zurecht, wie er die Arbeitsstunden, die er dafür investierte, vor Ulrich rechtfertigen sollte, aber dann, was Ulrich nicht wusste, konnte Jesper nicht zu einem Stolperstein werden.

»Das Angebot ist sehr nett.« Jette lächelte ihm dankbar zu. »Doch ich denke, wir haben das schon im Griff. Ebbe und ich können auch bleiben. Im Winter ist bei uns auf der Plantage nicht so viel zu tun. Und Theo hat versprochen, mehrmals wöchentlich zu pendeln. Er kann das meiste für die Arbeit von hier aus per E-Mail und Computer regeln. Zwischen Projekten hat er viel Gleitzeit. Dann sind wir schon zu fünft.«

»Gib uns die Chance, das hier zu probieren«, bat Olivia. Wie hätte er darauf Nein sagen können?

Nach und nach verabschiedeten sich alle aus dem Wohnzimmer. Hanne wollte etwas in der Küche erledigen, Mads und Joshua planten einen letzten gemeinsamen Ausritt vor Joshuas Abreise, während Ebbe und Theo angeregt miteinander diskutieren. Auch die Kinder verkrümelten sich nach draußen. Aufgeweckt von dem ganzen Trubel, sprangen Posh und Baby aufgeregt um den Nachwuchs der Familie herum. Sicherlich hofften sie auf willige Spielkameraden. Baby, die Weißwuschelhündin, lief Achten um Oscars Beine.

Es kam, wie es kommen musste. Noch auf der Schwelle

vom Wohnzimmer in den Flur stolperte Oscar und fiel auf die Knie.

Jesper handelte, bevor er darüber nachdenken konnte. Er stand am nächsten, also ging er in die Hocke und half dem vierjährigen Jungen aufzustehen.

»M … m … mein Bei … hein!« Oscars Weinen erfüllte das ganze Wohnzimmer. »Sicher ist da Blu … huuuut.«

»Dein Bein?« Jesper legte eine Hand auf das rechte Knie des Buben. »Das hier? Soll ich mal nachschauen?« Ohne auf eine Antwort zu warten, schob er Oscars Hose nach oben. Der Teufel wusste, was in ihn gefahren war. Jesper hatte keine Ahnung von Kindern. Er kannte sich mit Zahlen und Umsatzprognosen aus, nicht mit tränenüberströmten Vierjährigen. Doch er war auch einmal ein Kind gewesen, und er hatte gesehen, wie Oscar genau mit der Kniescheibe auf der Schwelle gelandet war. Niemand konnte da einfach zuschauen!

Selbst Baby schien sich ihrer Schuld bewusst zu sein. Fiepend strich sie dem Jungen um die Beine und überschüttete den Jungen mit Hundeküsschen.

»Hey, Schluss.« Mads eilte zurück ins Wohnzimmer und nahm die kleine Hündin auf den Arm. »Du kommst jetzt mit, Prinzessin. Wer weiß, was du hier sonst noch so anstellst.« Baby nahm es nicht so genau mit ihren Liebesbekundungen. Ohne zwischendurch Pause zu machen, leckte sie jetzt das Kinn ihres Herrchens ab.

»Brauchst du Hilfe?« Mittlerweile war auch Jette an Jespers Seite aufgetaucht.

Ehe Jesper antworten konnte, fiel Oscar wieder in einen weinenden Singsang.

»J … Jesper s … soll gu … cken. J … Jesper s … soll helfen.«

Nun denn, als heilender Engel aufzutreten, gefiel ihm immerhin besser, als der Überbringer von Hiobsbotschaften zu sein. Im Grunde konnte er dem Jungen nur danken. Das Gefühl, zu etwas gut zu sein, war genau das, was er nach diesem Meeting brauchte.

Er betrachtete die Stelle, an der Oscar sich wehgetan hatte. Ein blauer Fleck begann bereits, sich zu bilden, und in der Tat sickerte aus einer Schürfwunde ein winziger Tropfen Blut.

Den sah Oscar noch vor Jesper, und augenblicklich schraubte sich sein Weinen zurück in ein kreischendes Crescendo. »Bluuuuuut!«, rief er. »Da … Bluuuut.«

Und jetzt? Schweiß brach Jesper aus. Hilfesuchend blickte er auf. Außer ihm war nur noch Olivia im Raum. Jette hatte Oscars Wunsch wohl nachgegeben und die Fürsorge des verletzen Sohnes dem am schlechtesten dafür geeigneten Kandidaten überlassen. Aber gut. Ein Mann musste tun, was ein Mann tun musste.

Grinsend zog Olivia die Augenbrauen hoch. Dann zeig mal, was du kannst, schien das Blitzen im Nordseegrau ihrer Augen zu bedeuten.

»O … okay«, Jesper atmete tief durch. Was hätte er sich mit vier Jahren von einem Erwachsenen in so einer Situation gewünscht? Schwer zu sagen. Alle Erwachsenen, die sich um ihn gekümmert hatten, waren dafür bezahlt worden.

Ihm blieb nur, sich auf seinen Instinkt zu verlassen. »Lass mich mal gucken, ja?« Seine Stimme zitterte ein wenig. Er musterte das Wehwechen. »Ich sehe, was du meinst. Weißt du, ich habe mir vor ein paar Tagen auch wehgetan.«

Oscar machte große Augen. Zwischen zwei Schluchzern fragte er: »W … wirklich?«

»Mhm.« Jesper nickte. »Ich hab einen ganz schlimmen Schlag auf den Kopf bekommen. Hier.« Gemeinsam mit seiner führte er Oscars Hand an den Hinterkopf, wo immer noch eine kleine Beule zu tasten war. »Spürst du das? Das ist immer noch davon.«

Oscar streichelte vorsichtig Jespers Haare. »Hast du da schlimm geweint?«

»Ich glaube, nur ein bisschen«, flüsterte Jesper in verschwörerischem Tonfall in Oscars Ohr. Allerdings offenbar laut genug, damit auch Olivia ihn hörte, denn sie schnaubte leise.

»Ich finde es nicht schlimm, wenn du geweint hast. Onkel Mads meint, auch harte Jungs dürfen weinen.«

»Da hat Onkel Mads recht. Ich hätte sicherlich auch viel mehr geweint, wenn nicht ein wunderschönes Feenmädchen gekommen wäre, um mich zu trösten.« Jesper wagte es, Olivia einen vorsichtigen Blick zuzuwerfen. Sie lächelte nicht, aber in ihren Augen lag ein Funkeln, das er nur schwer beschreiben konnte. Sehnsucht vielleicht. Eine Spur Hoffnung, vermischt mit Unglauben und Melancholie. Himmel, sie war sexy.

»Eine Fee? Eine echte Fee? So wie die Zahnfee.« Oscars Fragen erinnerten ihn daran, dass es wohl nicht angemessen war, Olivia anzustarren.

»Ja, so ungefähr.« Jesper lachte. »Und soll ich dir verraten, was die Fee gemacht hat, als ich mir wehgetan habe?«

Oscar nickte.

»Sie hat mir was zum Kühlen für die Beule gegeben und mir köstliche Leckereien zugesteckt. Süßigkeiten helfen immer bei schlimmen Verletzungen.«

»Jette wird begeistert sein zu hören, was für einen Floh du Oscar da ins Ohr setzt«, klinkte sich Olivia ein.

»Meinst du, ich hätte nicht …« Unsicherheit überfiel ihn. Er handelte hier absolut aus dem Bauch heraus. Nicht dass er jemals von sich als Faktenmensch geglaubt hätte, so etwas wie ein Bauchgefühl überhaupt zu haben. Realistisch betrachtet, konnte er die Sache nur vergeigen.

Olivia schien das anders zu sehen. Sie winkte lachend ab. »Ich zieh dich auf, Jesper.« Oscar hielt sie die Hand hin. »Komm, Großer, lass uns mal gucken, was wir bei Farmor in der Küche finden. Wenn eine echte Fee Jesper erzählt hat, Auas müssen mit Süßigkeiten geheilt werden, wird das schon stimmen.«

Mit dem Handrücken wischte sich Oscar Rotz und Tränen vom Gesicht, danach fasste er nach Olivias Hand. Sie zuckte kein bisschen zusammen. Trotz des Schnodders. Und etwas in Jespers Innerem füllte sich mit Wehmut. So sollte es sein. Eigentlich. Wenn man eine Familie hatte, die einen wirklich liebte, wurde Zuneigung nicht an Bedingungen geknüpft. Dann war man auch dann füreinander da, wenn es dreckig und ungemütlich wurde. Wenn er selbst einmal Vater werden sollte, wollte er genau das an seine Kinder … Moment! Hatte Jesper gerade wirklich mit dem Gedanken gespielt, selbst einmal Vater zu werden? Ausgerechnet er, der das denkbar schlechteste Vorbild gehabt hatte und bereits als Teenager beschlossen hatte, dass er niemals Kinder haben wollte?

Irritiert blickte er auf das Kind auf seinem Knie und die Frau daneben. Verrückt, was diese Familie mit ihm machte. Nicht nur Olivia. Sie alle. Einen Sohn wie Oscar konnte man doch nur lieben. Und das gilt für die anderen Rabauken hier am Hof nicht minder.

Vollkommen blind für das emotionale Erdbeben, das er soeben verursacht hatte, ließ Oscar sich von Jespers Schoß ziehen. Hand in Hand machten Oliva und der Junge den ersten Schritt in Richtung Flur.

Über die Schulter hinweg sah sich Olivia noch mal zu Jesper um. »Was ist?«, fragte sie und klang, als sei es das Natürlichste der Welt, dass sie gerade miteinander ein weinendes Kind getröstet hatten. »Kommst du?«

»Ich, ähm, doch, natürlich.« Auch Jesper erhob sich. »Wenn ich nicht störe.« Weil es im Türsturz zu eng war, um zu dritt hindurchzugehen, gab es ein kleines Durcheinander. Jesper wollte Olivia vorgehen lassen, doch Oscar drückte sich fest an seine Großcousine. Olivia trat einen halben Schritt zur Seite. Ihre Finger streiften Jespers Hand.

Hitze, wie von einem elektrischen Schlag, schoss ihm von der Stelle, wo sie ihn berührte, durch den ganzen Körper. *Sei's drum.* Gerade hatte er ein weinendes Kind getröstet. Wann, wenn nicht jetzt, sollte er sich wagemutig und stark fühlen?

Er schloss die Finger um die von Olivia. Sein Herz raste, als sei er gerade dabei, einen Kunstraub zu begehen.

Olivia schaute ihn nicht an. Allerdings entzog sie ihm auch nicht ihre Hand oder fuhr ihn an, was er sich einbildete. Sie tat etwas, das ihn noch viel mehr erschreckte. Sie verschränkte ihre Finger mit seinen.

Sie hatten Oscar bei seiner Farmor abgegeben, wo er sich mit Brune Kager und Sandgebäck verwöhnen ließ und jedem, der es hören wollte oder auch nicht, davon berichtete, wie echte Feen blutige Knie heilten. Zu den Plätzchen gab es heiße Schokolade und ein riesengroßes Pflaster auf die Wunde des tapfersten Vierjährigen in ganz Dänemark, und die Welt war wieder in Ordnung.

Natürlich hatte Hanne ihnen fragend nachgesehen, als Olivia gemeinsam mit Jesper verkündete, noch einen Spaziergang machen zu wollen. Natürlich wusste Olivia auch, dass es falsch war, Nähe zuzulassen. Jesper war immer noch derselbe Mann wie am Tag seiner Ankunft. Noch immer war es sein Job, ihr ihren Zufluchtsort zu nehmen, und noch immer war er nur auf der Durchreise, während sie sich nach einem Zuhause fürs Herz sehnte.

Doch ihre Finger in seiner Hand fühlten sich gut an. Ihn mit Oscar zu sehen, so unsicher und liebevoll zugleich, hatte einen großen Teil der Schutzmauer, die sie um ihr Herz gebaut hatte, in sich zusammenfallen lassen. Ein Mann, der so mit einem kleinen, weinenden Jungen umging, konnte kein schlechter Mensch sein. Kinder und Betrunkene sagen die Wahrheit, hieß es doch. Und wie war es denn gewesen, als Jesper angeheitert gewesen war? Auch da schon hatte er ihr einen anderen Mann gezeigt als den kaltschnäuzigen Geschäftsmann.

Wind pfiff über die Insel und trieb die Flut an Land. Obwohl es mitten am Tag war, lag die kommende Düsternis wie eine Drohung in der Luft. An Tagen wie heute konnte man meinen, es würde nie wieder hell werden. Lediglich am Horizont schimmerte ein eisgrauer Streifen, wo die Dunkelheit das Licht noch nicht erstickte. Jeder Atemzug kitzelte in der Kehle, so aufgeladen war die Atmosphäre. Ein Versprechen von Donner und Blitzen hing über der Insel. Eines war klar: Es würde etwas passieren, und zwar bald.

Instinktiv drängte sich Olivia näher an Jesper.

»Wenn du nicht an den Erfolg von dem Scheunenkonzert glaubst, hast du dann schon andere Pläne, wie es mit uns weitergehen soll?« Jesper versteifte sich neben ihr, und Olivia bereute, die Frage gestellt zu haben. Warum konnte sie nicht einfach den Mund halten? Tief im Inneren wusste sie doch, dass sie in Wahrheit nicht bereit für eine ehrliche Antwort war.

»Ich habe verschiedene Ansätze meinem Chef gepitched.«

»Gepitched?« Olivia kam sich vor wie Käpt'n Hook, der alles gedankenlos nachplapperte, was er aufschnappte. Aber sobald es um die Arbeit ging, sprach Jesper eine andere Sprache.

»Vorgestellt«, stellte er klar. »Ich habe Ideen entwickelt, wie der Standort für Investoren interessant werden könnte.« Er fuhr sich mit der Zunge über die Lippen. »Bist du sicher, dass du das hören möchtest?«

Sie seufzte. Er hatte sie durchschaut. »Nein.«

Eine Weile liefen sie nebeneinander her, ohne miteinander zu sprechen. Tausend Themen brannten Olivia auf der Seele. Sie könnte Jesper von der Geschichte der Rettungsstation erzählen, an der sie vorbeikamen. Das Haus stammte aus dem Jahr 1912 und diente heute in der Touristensaison als Souvenirgeschäft. Früher hatte in dem Notseerettungshaus ein Rettungsboot gelagert, jederzeit einsatzbereit, um Fischern in Seenot zu Hilfe zu kommen. Heute halfen Funk, Radar, Echolot und viele andere technische Möglichkeiten, um in Not geratenen Menschen zu helfen. Selbst Fischer waren voll ausgerüstet, wenn sie in See stachen. War das etwas, das Jesper zu ihren Gunsten nutzen konnte?

Oder wie stand es um die Geschichte der tschechischen Prinzessin Drahomira, die im Hochmittelalter auf Mandø zum ersten Mal einen Fuß auf dänischen Boden gesetzt hatte? Später wurde Drahomira als Königin Dagmar bekannt, und bis heute wird sie von den Bewohnern von Ribe verehrt. Ein Gedenkstein am *Strandvej* erinnerte an die Ankunft der jungen Prinzessin.

Über Königin Dagmar und ihren Valdemar Sej zu sprechen, über tapfere Schiffer und arbeitssame Fischer erschien ihr falsch und belanglos. Mit Märchen gewann man keine Prinzen. Echte Helden schreiben ihre Geschichten selbst.

»Bei uns in der Gegend findet jedes Jahr eines der größten Sandskulpturen-Festivals der Welt statt«, meinte sie schließlich. Das war interessant, oder? Und unverfänglich. »Vielleicht kannst du das für deine Konzepte gebrauchen. Über vierzig Künstler aus der ganzen Welt kommen immer im Oktober nach Jütland und verbauen an die zwölf Tonnen Sand. Im nächsten Jahr geht es um mystische Welten.

Dann verwandeln sie unseren Strand in ein Fantasyreich mit Hexen, Drachen, Einhörnern und allem Drum und Dran.«

»Einhörner? Das ist sicher was für Mads.«

»He, das ist ein Klischee.« Olivia stupste Jesper in die Seite.

»Habe ich denn unrecht?«

Sie lachte. »Nein, hast du nicht.« Sie zupfte ein bisschen an seiner Hand, damit er sich zu ihr hinunterbeugte. Nah an seinem Ohr, flüsterte sie: »Nicht verraten. Er hat sogar ein Einhorn-Tattoo auf der Pobacke.«

»Echt?« Aus dem Augenwinkel sah Olivia Jespers Grinsen. Er richtete sich wieder auf. »Er steht wirklich auf Einhörner und Regenbögen und so? Das war eigentlich ein Schuss ins Blaue.«

»Dann hast du gut getroffen.«

»Zielsicherheit ist meine Spezialität.«

»Also schießt du auch deine Gegner ab?«

»Immer.« Er zwinkerte und vertrieb damit den Anflug von Unbehagen, den seine Bemerkung bei ihr ausgelöst hatte. Rein beruflich gesehen waren sie so etwas wie Kontrahenten, und der Gedanke, ausgerechnet jetzt, wo sie endlich Waffenstillstand geschlossen hatten, wieder in seine Schusslinie zu geraten, gefiel ihr nicht.

Hinter den Brillengläsern wirkte sein Augenzwinkern verstärkt, und eine Welle Zärtlichkeit durchlief Olivia. Wenn Jesper nicht gerade den Investmenthai raushängen ließ, war er wirklich niedlich.

»Und vor allem auch dabei, mir die schönsten Frauen für einen Spaziergang auszusuchen.«

»Idiot!«

Danach war es einfacher zu reden, als wären sie nicht zwei Menschen, die das Leben auf verschiedene Seiten einer Firmenpleite gestellt hätte. Olivia erzählte von ihrer Schulzeit. Auf einer Insel mit nur ein paar Dutzend Einwohnern waren sie und ihre Cousins und ihre Cousine die einzigen Kinder. Sie hatten ihr eigenes Bullerbü. Nur nicht in Schweden, sondern in Jütland.

»Als Oscar vorhin darauf bestanden hat, dass du ihn tröstest, habe ich gedacht, du würdest jeden Augenblick in Ohnmacht fallen. Im ersten Moment sahst du total geschockt aus.«

»Viel hätte auch nicht gefehlt.« Jesper steckte ihre verschränkten Finger in seine Jackentasche, lockerte seinen Griff, festigte ihn wieder. Es dauerte nicht lange und Wärme floss zurück in ihre eisigen Finger.

Ihr Spaziergang hatte kein Ziel und brauchte auch keines. Im Schutz der Manteltasche strich Jesper mit dem Daumen über die empfindliche Haut an Olivias Handgelenk. Der Schauer, der anschließend von Kopf bis Fuß entlangrieselte, kam nicht vom Wind oder der Kälte.

»Hast du Geschwister?«, wollte sie wissen, hungrig danach, mehr von ihm zu erfahren. Der Mann, der ihrem vierjährigen Großcousin Geschichten von einer Zauberfee erzählte, gefiel ihr noch besser als der liebenswerte, leicht tollpatschige Nerd aus dem *Klostergården*.

»Ich?« Entsetzen klang in seiner Stimme. »Nee, ganz sicher nicht. Meine Eltern hätten nicht einmal mich bekommen sollen.«

»Das klingt ziemlich harsch.«

Jesper zuckte mit den Schultern. »Es ist, wie es ist. Sie haben nie ein Geheimnis daraus gemacht, dass sie eigentlich keine Kinder wollten.«

»Wie bitte?« Wie konnten Menschen – Eltern – so etwas zu ihren Kindern sagen? Ihre eigenen Eltern mochten keinen Orden verdient haben. Bis zu Jons überstürzter zweiter Hochzeit hatte sich Olivia jedoch nicht einen einzigen Tag ungeliebt gefühlt. Und selbst danach. Bei allen Zweifeln und Kränkungen war ihr durchaus bewusst, dass ihr Vater ein Recht auf ein eigenes Leben hatte. Dass er in Taynara seine unwahrscheinliche große Liebe gefunden hatte, bedeutete nicht, dass er Olivia weniger liebte. Sie war eine erwachsene Frau und stand auf eigenen Beinen. Objektiv betrachtet konnte man wirklich nicht behaupten, ihr Vater hätte sie im Stich gelassen. Sie war in dem Wissen aufgewachsen, ein Wunschkind gewesen zu sein, und selbst in den düstersten Zeiten spendete dieses Wissen ihr Trost.

Jesper lachte ein wenig. »Es klingt schlimmer, als es gemeint ist. Sie haben mich nicht vernachlässigt oder irgendwas. Ich hatte immer alles, was ich gebraucht habe. Ein Baby – ich – hat nur einfach nicht in ihr Leben gepasst.«

»Wie kannst du das sagen?« Olivia musste sich stark zusammenreißen, um sich die Empörung nicht anmerken zu lassen. Jespers Eltern waren ihr auf Anhieb unsympathisch. Andererseits waren sie immer noch seine Eltern und es würde ihr kaum Sympathiepunkte gewinnen, wenn sie lautstark Mordabsichten kundtat. »Kein Kind fragt danach, in die Welt gesetzt zu werden. Sie waren ja wohl alt genug, um zu wissen, was sie tun, als sie dich gemacht haben. Dann sind sie, verdammt noch mal, auch alt genug, die Verantwortung zu tragen.«

»Da sagst du was«, erwiderte Jesper leicht amüsiert – und das irritierte Olivia noch mehr. Was an ihren Worten war bitte lustig?

Sie wollte Jesper die Hand entziehen. Er hielt sie fest.

»Nein, warte«, bat er. »Ich lach dich nicht aus. Es ist nur …« Er seufzte. »*Alt genug* in dem Zusammenhang ist schon ironisch. Meine Mutter war bei meiner Geburt neunundvierzig Jahre alt. Mein Vater fast zehn Jahre älter. Sie waren nicht alt genug, sie waren so alt, dass sie dachten, ich sei die Menopause.«

»Oh.« Mit vielem hatte sie gerechnet, aber damit nicht. »Das heißt, sie sind jetzt schon …« Im Kopf wollte sie eine kurze Rechnung aufstellen, doch Jesper kam ihr zuvor.

»Mein Vater ist vor acht Jahren im stolzen Alter von zweiundachtzig Jahren gestorben. Meine Mutter ist mittlerweile einundachtzig und lebt seit einigen Jahren in einer Seniorenresidenz. Sie leidet an Demenz. Ambulante Pflege hat als Betreuung nicht mehr ausgereicht. Dort, wo sie jetzt ist, geht es ihr gut. Sie verbringt ihre Tage in ihrer eigenen Welt. Manchmal kann sie sich sogar an mich erinnern.«

»Das …« Olivia fehlten die Worte. »Ich meine, was machst du an Feiertagen? Mit wem feierst du Weihnachten? Oder deinen Geburtstag? Wen rufst du an, wenn du … Himmel, keine Ahnung, wenn du Liebeskummer hast oder dich über deinen Chef aufregen willst. Oder wenn … was weiß ich, wenn du eine schlimme Erkältung hast und unbedingt jemanden brauchst, der dich daran erinnert, dass eine kräftige Hühnersuppe das beste Allheilmittel ist?«

Jetzt schaute er sie an, als würde sie eine fremde Sprache sprechen. »Ich …«, hilflos räusperte er sich. Von der Seite her sah sie, wie der Adamsapfel in seiner Kehle hüpfte. »Mein ehemaliges Kindermädchen ruft ab und zu an und fragt, wie es mir geht. Sie lebt in Magdeburg. Wenn ich in der Gegend bin, bringe ich ihr immer einen Strauß Blumen und Weinbrand-Pralinen. Die mag sie gerne.«

»Unsere Familie muss dir vorkommen, als seien wir Aliens.« Mehr als ein Flüstern brachte Olivia nicht mehr zustande. Das Bild, das Jesper von seinem Heranwachsen malte, mit wenigen Worten und sehr nüchtern, nahm ihr den Atem zum Sprechen. Hinter ihren Augen brannte es. Sie war nahe davor, in Tränen auszubrechen und wusste nicht einmal wirklich, warum. Jesper brauchte kein Mitleid. Er meisterte sein Leben. Er selbst fand offensichtlich nichts allzu Verwerfliches an der Art, wie er aufgewachsen war. Das, von allen Dingen, war auf eine verquere, seltsame Weise das Schlimmste von allem.

»Nicht ganz.« Er blieb stehen, schlang ihr den freien Arm um die Taille und zog sie so nah an sich heran, als wäre sie es, die seinen Trost brauchte. Eng aneinandergeschmiegt, nur getrennt von den vielen Schichten Kleidung, mit denen sie sich vor der Kälte schützten, standen sie da. Noch als sie losgegangen waren, hatte Olivia geglaubt, die schlimmste Kälte, mit der sie es auf diesem Spaziergang zu tun kriegen würden, käme von Wind und Wetter. Wie falsch sie gelegen hatte.

»Jesper«, flüsterte sie, sein Name wie ein Echo des Windes, der Tag für Tag über die Insel streifte.

Von ihrer Taille ließ er die Hand nach oben wandern, legte sie an ihre Wange, seine Handfläche warm an ihrer eisig kalten Haut.

»Ihr? Eure Familie? Ich halte euch nicht für Aliens. Ihr seid für mich wie ein Wunder. Zu gut, um wahr zu sein.«

»Ich bin aber wahr. Ich bin real.« Sie flehte ihn fast an. »Ich habe Fehler und Träume und …«

»Pssst«, machte er. »Ich will dich küssen, weißt du? Und das kann ich nicht, wenn du zu viel redest.«

»Ich bin ja schon ruhig.«

»Du redest noch immer.«

»Jetzt nicht mehr.«

»Olivia …«

»Ja?«

»Halt den Mund.« Und ehe sie noch einmal etwas erwidern konnte, sorgte er dafür, dass sie tat, was er verlangte. Er verschloss ihre Lippen mit seinen und küsste sie.

Sie küssten einander lange und sie küssten sich stürmisch. Mit Lippen und Zunge, Zähnen und Verzweiflung. Sie verscheuchten den Frust der vergangenen Tage und schwelgten in der Leidenschaft, die sich aufgestaut hatte.

Es donnerte und blitzte, und zuerst meinte Olivia, es wären Tränen, die sie auf ihrer Zunge schmeckte. Ihre oder seine, das spielte keine Rolle. Sie irrte sich. Es war der Himmel selbst, der für sie weinte. Für die Ausweglosigkeit der Situation, in der sie sich befanden, für die Ungerechtigkeit des Schicksals, das ihr den Mann ihrer Träume schickte und gleichzeitig dafür sorgte, dass sie ihn nicht haben konnte. Es fühlte sich an, als öffnete der Himmel seine Schleusen nur für sie. Jesper kam aus Berlin, er hatte einen Wahnsinnsjob und lebte ein Großstadtleben, das sie sich nicht einmal vorstellen konnte.

Sie hatte Mandø und *Hotel Hygge*, und auch das lag jetzt in seiner Hand.

Sie klammerte sich an ihn. Im Regen, aus Angst, sonst von dem Sturm davongeweht zu werden, der an ihnen zerrte. Und damit meinte sie eher den Sturm, der in ihrem Innern tobte. Irgendwann, sie konnte nicht sagen, wie viel Zeit vergangen war, mussten sie einsehen, dass ein aufziehendes Gewitter kein Ort war, um sich zu vergessen.

Vom Reetdach des *Mandø Museum*, neben dem sie standen, fiel das Wasser wie ein Vorhang. Trotz Öljacke und gefilztem Pullover darunter war Olivia durchnässt bis auf die Haut. Die Haare klebten ihr im Gesicht und sie zitterte.

»Wir müssen gehen.« Jesper sprach aus, was sie gedacht hatte. »Das Unwetter wird immer schlimmer.« Er löste sich von ihr, wobei er immer noch ihr Handgelenk umklammerte.

»Komm.«

»Ein Unwetter ist das noch lange nicht«, entgegnete sie, allerdings war sie sich nicht sicher, ob sie damit recht hatte. Was die Natur da aufbot, war ziemlich beeindruckend, selbst für sie. Erste Zweige flogen durch die Luft, trockene Blätter, aufgewirbelt vom Wegrand und den Wiesen, tanzten einen wilden Reigen. »Wenn eine Sturmflut bevorsteht, erhalten wir vorher immer Warnungen.«

»Mir reicht das, wie es ist. Ich brauche keine Sturmflut, um lieber im Trockenen zu sein.«

Sie beeilten sich. Die Köpfe tief zwischen die Schultern gezogen, als würden sie sich so vor Wind und Wetter verstecken können.

Die Welt versank in Grau. Grauer Regen vor einem grauen Himmel, und dann, noch weit die Straße hinunter, ein Licht. Ein heller Strahl, der aus dem Wohnzimmerfenster ins Wettertosen drang. Zuhause. Ein Ort voll Wärme und Behaglichkeit.

»Fast da!« Ihr war nicht zum Lachen zumute, und trotzdem lachte sie. Das alles war verrückt. Dieser Lauf durch den Regen, der Geschmack von Jespers Küssen auf ihren Lippen. Noch einmal von etwas zu kosten, das sie ein für alle Mal abgeschrieben hatte.

Sie kämpfte mit sich, ob sie einmal mehr wagen sollte, ihm anzubieten, ihr in ihr Bett zu folgen, als sie Stimmen hörte. Erst eine, dann viele.

»Ella!«

»Ella, wo bist du?«

»Ella! Ella! Ella!«

Lichtpunkte folgten den Rufen, hüpften auf und ab. Taschenlampen, stellte sie fest. Das waren Taschenlampen, in der Hand gehalten von Menschen, die die Umgebung des Bed and Breakfast durchstreiften.

Olivias Herz setzte für einen Schlag lang aus. »Da stimmt was nicht.« Fester denn je klammerte sie sich an Jespers Hand.

Vor ihnen, keine fünfzig Schritte entfernt, tauchte eine Gestalt auf.

Olivia machte sich von Jesper los, rannte auf den Neuankömmling zu. Auch als er sie nicht mehr festhielt, spürte Olivia Jesper an ihrer Seite.

Es war Theo, den sie trafen.

Theo, der aufgeräumte, strikte, stets etwas steif wirkende Theo. Noch nie hatte Olivia ihren Cousin so erlebt. Das Gesicht leichenblass und verzerrt vor Sorge. Die Pupillen geweitet vor Schock und Angst.

»Was ist los?«, brüllte sie ihm entgegen, gleichzeitig, als er rief: »Ella ist weg! Wir suchen sie seit fast einer Stunde.«

»Was meinst du mit: Sie ist weg?«

»Weg!« Theo schrie, seine Stimme brach, dann setzte er noch einmal an. »Verschwunden. Keiner hat sie mehr gesehen, seit wir die Pläne für das Konzert besprochen haben, und jetzt …« Wieder versagte ihm die Stimme, und diesmal bemühte er sich nicht, den Satz zu Ende zu führen.

»Sie wird doch nicht bei dem Gewitter draußen spielen.« Jesper versuchte, alle zu beruhigen. »Sicher versteckt sie sich im Haus.«

»Das Gewitter ist nicht das Problem!« Olivia fuhr ihn an. »Verstehst du denn nicht? Die Flut kommt! Hast du nicht bemerkt, wie der Wind das Wasser gen Land jagt? Ella kennt sich hier nicht aus. Sie ist ein Stadtkind. Sie kann nicht ahnen, wie gefährlich die Flut sein kann.«

Einen Herzschlag lang, zwei, drei, dauerte es, dann konnte sie an Jespers Miene ablesen, dass er es begriff.

»Oh Gott«, stieß er hervor, und Olivia gab ihm recht. Auch ihr war plötzlich nach beten. Schon ihr Großvater hatte immer gesagt, Wetter wie dieses lehrte die Menschen den Glauben. »Wir müssen sie finden.«

7

In der folgenden Stunde lernte Jesper, was Angst bedeutete. Kalt war ihm schon lange nicht mehr, die Furcht um Ella verdrängte jedes andere Gefühl.

Immer weitere Inselbewohner schlossen sich der Suche an, aber mit jeder Minute, die verging, ohne Ella aufzuspüren, wuchs die Befürchtung, zu spät zu kommen.

Die Kinder hatten sie in der Obhut von Hanne und Per im Haus gelassen. Vor allem Nora weinte und ließ sich nur schwer beruhigen.

Ein älterer Mann mit Hund stieß zu den Suchenden. Theo holte Ellas Nachthemd aus dem Mädchenschlafzimmer, und sie hielten den Stofffetzen unter die Nase des Hundes. Der Schäferhund-Collie-Mischling war kein ausgebildeter Suchhund, und die Chance, dass er trotz des vielen Regens das Mädchen aufspüren würde, tendierte gen null.

Jesper musste an die Rettungsstation denken und daran, was Olivia zu den neuen Technologien gesagt hatte, und nahm sich vor, nie wieder die Nase zu rümpfen, wenn er

Kinder mit Handys sah. Wie hilfreich es jetzt wäre, wenn Ella eins bei sich hätte.

»Wo kann sie sein? Haben wir wirklich schon alle ihre Lieblingsplätze auf der Insel abgesucht?« Sie waren am Spielplatz gewesen und in der Scheune, wo die Traktoranhänger auf den Sommer warteten. Im Stall von Anders Svan hatten sie gesucht, wo vor ein paar Tagen ein Kälbchen geboren worden war, in das Ella ganz vernarrt war, und auch im Heuschober der Jorgensens. Nirgends von Ella eine Spur.

Die Flut drängte mit unvermittelter Macht in die Marsch. Rauschend verschlang das Wasser Stück für Stück des sicheren Landes. Beim Anblick der Flutsäule, an der sie vorbeiliefen, verkrampfte sich Jespers Magen und Übelkeit stieg in ihm auf. Markierungen an dem hölzernen Pfeiler zeigten, bis wohin der Wasserstand bei Sturmfluten angestiegen war. 1634 hatte es die Insel besonders schlimm getroffen. Wenn sich Jesper streckte, konnte er gerade mal so die Markierung erreichen. Aber selbst die Einkerbung des Jahres 2013 würde schon genügen, um ihnen allen ordentlich nasse Füße zu bescheren.

Gott, das durfte nicht wahr sein! Irgendwo dort draußen war ein kleines Mädchen und fürchtete sich. Warum war Ella nur in dieses Wetterchaos hinausgelaufen?

Wieder und wieder kreiste die Frage in seinen Gedanken. Was, um alles in der Welt, trieb eine Achtjährige bei einem solchen Wetter ins Freie?

Er versuchte, sich in Ella hineinzuversetzen, das hatte ihm vorhin bei Oscar geholfen. Egal, wie lange er grübelte, er kam nicht darauf. Okay, bei ihm als Kind hätte das Versprechen auf einen imaginären Goldschatz gereicht, um ihn zu überreden, bei Starkregen, Blitz und Donner vor die Tür zu gehen.

Seine Gedanken stoppten. Goldschatz! Da war etwas. Ein Gedanke. Eine Lösung. Ein Kribbeln auf der Haut, wie er es aus dem Job kannte, wenn eine bahnbrechende Idee sich gerade noch außerhalb seiner Reichweite befand. Er blieb stehen.

Olivia, die mit ihm zusammen ein Suchteam bildete, schloss zu ihm auf. Sie fror erbärmlich, das war ersichtlich. Ihre Lippen waren blau verfärbt, die Farbe ihrer Haut nicht mehr nur blass, sondern grau. Doch wann immer er ihr vorgeschlagen hatte, zurückzugehen, um ihrem Onkel und der Tante mit den Kindern zu helfen oder noch einmal in Haus und Stall nach Ella zu suchen, hatte sie vehement abgewunken. Olivia war auf Mandø aufgewachsen. Wenn irgendwer von den möglichen Geheimverstecken eines kleinen Mädchens wusste, dann sie.

»Was ist?«, fragte sie. »Brauchst du eine Pause?«

Jesper schüttelte den Kopf. »An dem Tag, als ihr die Schaumküsse gemacht habt, da war Ella doch auch dabei.«

Regen floss Olivia in Strömen übers Gesicht und tropfte von ihren Wimpern. »Ich verstehe nicht …«

»Das Märchen, von dem sie mir erzählt hat. Erinnerst du dich?« Mit jedem Wort, das er sagte, fügten sich die losen Fäden in seinem Kopf besser zusammen. »Das Märchen der Seekönigin, die Kinder dazu zwang, Perlen in Austern zu suchen. Das war doch Ella, die extra nachgefragt hat, ob die Austern hier auf den Austernbänken auch manchmal Perlen haben.«

Olivias Miene hellte sich auf. Sie begriff. »Per hat erzählt, dass sie sich gestern Abend durch seine Bibliothek gewühlt hat. Er hat ihr gesagt, dass er keine Kinderbücher hat, doch sie war auf der Suche nach einem Buch über die Gegend. Heute Morgen waren die beiden ganz versunken in einem Bildband über Jütland. Meinst du, ihr plötzliches Interesse an der hiesigen Flora und Fauna kam, weil sie mehr über die Austernbänke wissen wollte?«

»Könnte sein.« Jesper runzelte nachdenklich die Stirn. »Was ich nur nicht verstehe: Was will sie so dringend mit den Perlen anfangen, dass sie ausgerechnet heute dieses Abenteuer unternimmt? Ich verstehe schon, wie aufregend der Gedanke sein kann, einen Schatz zu finden. Aber dafür gibt es nun wirklich besser geeignetere Tage, und außerdem hätte sie einen von euch fragen sollen. Sie hätte nicht auf eigene Faust losziehen sollen«, sagte Jesper.

»Sie hängt an der Insel.« Olivia griff nach Jespers Schulter. So, als müsse sie sich festhalten, damit sie nicht umfiel. »Und sie ist immer so ernst. Natürlich hat sie mitbekommen, wie es um die Geschäfte steht. Es würde absolut zu ihr passen, die Rettung des Unternehmens selbst in die Hand nehmen zu wollen.«

»Weil ich gesagt habe, das Spenden-Konzert sei eine Schnapsidee … Sie hat wohl gelauscht. Ich hätte euren Plan nie so abtun dürfen.« Eine Welle von Schuldgefühlen überkam ihn. Diese Menschen machten alles in ihrer Macht Stehende, um zu retten, was ihnen lieb war, und da kam er und zerstörte alles mit ein paar unüberlegten Worten. Wenn Ella etwas zustieß, wäre das seine Schuld. Seine ganz allein.

»Es war nicht dein Fehler.« Olivia tänzelte von einem Bein aufs andere, sichtbar nicht erpicht darauf, ihre Zeit damit zu verschwenden, ihn zu beschwichtigen. »Wir müssen an den Austernbänken nach ihr gucken.« Sie öffnete die Öljacke und holte aus einer Innentasche ein Handy. Ihre Finger wirkten steif und ungeschickt, als sie auf dem Display herumwischte. »Blöder Regen«, fluchte sie. »Das verdammte Ding erkennt meinen Fingerabdruck nicht.«

»Soll ich mal?« Er streckte die Hand aus.

Sie ignorierte ihn.

»Ah, jetzt!« Sie hielt sich das Telefon ans Ohr. »Theo? Ja, ich bin's.« Eine kurze Pause, dann: »Nein, wir haben sie nicht. Aber, warte! Wir haben eine Idee ... ja, genau ... bei den Austernbänken ... Wir glauben, Ella hat sich auf die Suche nach Perlenaustern gemacht.« Wieder entstand eine Pause, und diesmal meinte Jesper, selbst über das Rauschen des Regens Theos aufgebrachte Stimme am anderen Ende der Leitung zu hören. »Ich hab doch auch keine Ahnung, Theo. Wir geben alle unser Bestes.« Sie nickte und zitterte. Jesper trat an sie heran und legte die Arme um ihren Körper. Wenn sie ihn abwies, weil dieses ganze Unglück auf seine Kappe ging, würde sein Ego das wegstecken müssen. Am liebsten hätte er sie vor allem bewahrt, was sie quälte. Das konnte er nicht. Doch ihr ein wenig Wärme schenken, ein wenig Schutz vor Wind und Regen, das wenigstens stand in seiner Macht.

»Ja, ich weiß. Wir sollten uns aufteilen. Wir suchen jetzt seit einer gefühlten Ewigkeit und haben keine Spur von ihr gefunden. Wenn wir uns alle auf die Austernbänke konzentrieren, können wir ein großes Suchgebiet abklappern.«

Sie nickte erneut. »Ja. Ja, gut. Schreib allen, damit wir nicht alle die gleiche Stelle umkrempeln. Wir machen uns auf den Weg Richtung *Koresand*. Die Seehunde haben Ella doch letztes Jahr so gut gefallen.« Noch einmal sagte Theo etwas.

Olivia runzelte die Stirn. »Sicher?«

Was immer ihre Zweifel gewesen waren, offenbar ließ sie sich von Theo überzeugen. »Okay, gut. Wenn du meinst.« Sie tauschten noch ein paar knappe Worte aus, dann beendete Olivia das Telefonat und befreite sich aus Jespers Umarmung.

Sie sah ihn an, pure Entschlossenheit im Blick. »Los!«, sagte sie. »Ich habe mit Theo besprochen, wo wir als Erstes suchen. Wir nehmen den Traktor, weil da, wo ich Ella vermute, steht jetzt schon alles unter Wasser. Wenn sie wirklich in Richtung der Seehundkolonie gelaufen ist, um dort Austern zu pflücken, bleibt ihr nicht mehr viel Zeit.«

Sie rannten los.

Es dauerte zu lange. Alles dauerte zu lange. Olivia saß auf dem Bock des Treckers und stemmte ihr ganzes Gewicht auf das Gaspedal. Doch sosehr sie sich mühte, Pers David-Brown-Traktor aus dem Jahr 1982 war eben ein alter Kerl. Eile mit Weile hieß das Motto, wenn man mit dem Teil unterwegs war, und bisher hatte Olivia sich nie daran gestört.

Jesper neben ihr knetete seine Finger im Schoß. Seine Anspannung war so stark, dass man sie förmlich greifen konnte.

Die Scheibenwischer kamen nicht damit nach, den Regen vom Glas zu verbannen. In der Hoffnung auf bessere Sicht hatten Olivia und Jesper die Seitenfenster des Führerhäuschens heruntergekurbelt.

»Ella! Wo bist du? Ella?« Olivia hing halb aus dem geöffneten Fenster. Ihre Kehle war wund vom vielen Rufen. Seit Stunden, so fühlte es sich an, rief sie den Namen des Mädchens. Wahrscheinlich kam sie nicht einmal gegen das Tuckern des Motors an, geschweige denn gegen das Toben der Natur.

»Wo sind diese Austernbänke überhaupt?« Jesper klang genauso besorgt wie sie. »Ich sehe überhaupt nichts. Bist du dir sicher, dass wir nicht lieber weiter zu Fuß …«

»Hast du mal nach unten geguckt?« Sie klammerte die Hände ums Lenkrad. Das Wasser der einfallenden Flut reichte mittlerweile bis zur Mitte der Vorderreifen. Dreißig Zentimeter, schätzte sie, vielleicht vierzig. Nichts, was der treue Trecker nicht schaffen würde, aber einer Achtjährigen würde das eiskalte Nass mittlerweile bis weit über die Knöchel reichen. Sie lachte, ein verzweifelter, bitterer Laut. »Ich weiß nicht mal, was schlimmer ist. Das Wasser oder die Kälte.« Ihr Lachen verwandelte sich in ein Schluchzen. »Hast du eine Ahnung, wie lange ein Kind bei diesen Verhältnissen aushält? Der Wind verstärkt die Kälte doch noch. Sie muss mittlerweile vollkommen unterkühlt sein.«

»Da!« Jespers Schrei stoppte ihr nervöses Gefasel. Mit dem Zeigefinger deutete er auf einen Punkt weiter vorne und rechts von ihnen. »Das sind doch Austernbänke, oder?«

Von den Austernbänken ragten nur noch die Längsstreben aus dem aufgewühlten Gischt, das Geflecht stand bereits komplett unter Wasser.

»Ja.« Olivia nickte und kniff die Augen zusammen. Außer den in regelmäßigen Abständen aus dem Wasser ragenden Stempen konnte sie nichts erkennen.

Dann sah sie es.

Das kleine Häuflein Mensch, das auf einer der Austernbänke hockte. Die Arme um die Knie geschlungen, machte sich Ella so klein es ging. Instinktiv tat sie genau das Richtige, um so wenig Körperwärme wie möglich zu verlieren. Sie trug einen gelben Regenmantel und dazu passende Gummistiefel, und das war ihr Glück, denn die Signalfarbe sorgte dafür, dass Jesper und Olivia das Mädchen inmitten des Unwetters bemerkten.

Olivia trat auf die Bremse.

Der Traktor stand noch nicht, da riss Jesper bereits die Beifahrertür auf und sprang ins Freie. Das Wasser platschte unter seinen Füßen.

»Ruf Theo an!«, brüllte er Olivia über die Schulter hinweg zu, bereits auf halbem Weg zu Ella.

Um ein Haar wäre Olivia das Handy aus der Hand gefallen, so sehr zitterten ihre Finger. Aufregung, Angst um Ella und eine erste Prise Erleichterung vermischten sich, bis sie eines nicht mehr vom anderen unterscheiden konnte. *Bitte. Oh bitte, bitte, bitte*, war alles, was sie noch denken konnte.

Ein paarmal knackte es in der Leitung, bis endlich das Freizeichen verstummte. Theo musste abgenommen haben.

»Wir haben sie.« Die ersten Tränen rollten über Olivias Wangen. Es war, als würden die Worte einen Damm brechen. Sie war so erleichtert. Alles war zu viel.

Durch den Tränenschleier beobachtete sie, wie Jesper Ella hochhob. Er schien zu wissen, was er tun musste. Olivia hatte einmal gelesen, dass Hypothermie-Opfer so wenig wie möglich bewegt werden durften.

Sie schluckte, schniefte. Am anderen Ende der Leitung wartete ein verzweifelter Vater auf Nachricht über den Verbleib seiner Tochter. Sie musste sich zusammenreißen. »Ruf den Notdienst! Und Ole. Jemand muss sich Ella anschauen, sobald wir mit ihr zurück sind!« Ole war einer der drei ausgebildeten Sanitäter auf der Insel. Da Mandø an mehreren Stunden jeden Tag von der Außenwelt – das heißt, auch von Krankenwagen und Notärzten – abgeschnitten war, finanzierte der Staat regelmäßig mehreren Insulanern eine Sanitäter-Ausbildung. »Sicher ist Ella fürchterlich unterkühlt. Im Zweifelsfall müssen die einen Hubschrauber aus Esbjerg schicken.« Sie hatte keine Ahnung, ob das bei diesen Wetterverhältnissen überhaupt möglich war.

»Oh, danke, lieber Gott.« Olivia hatte Theo noch nie beten gehört. Seine Stimme klang gepresst vor Tränen. »Olivia, ich … ich weiß nicht, wie ich dir das jemals …«

»Ruf den Rettungsdienst an«, verlangte sie noch einmal. Ihre Nase lief. Sie zitterte, sie wollte Ella an ihr Herz drücken und sich in Jespers Umarmung verkriechen. Er hatte Ella gefunden! Die ganze Zeit über war er an Olivias Seite gewesen. Er war ein guter Mann. Nicht nur sexy oder attraktiv und charmant, sondern gut. Ein Mensch mit

Fehlern, aber einem Herzen aus Gold. Ein Mann, wie sie ihn sich immer gewünscht hatte.

»Wir kommen so schnell es geht nach Hause«, erklärte sie Theo am Handy. »Und sag Hanne, sie soll schon mal Tee kochen und Decken bereitlegen.«

»Olivia?«

»Ja?«

»Danke.«

Sie beendeten das Telefonat.

Fast gleichzeitig erreichte Jesper mit Ella den Traktor. Wie es ihm gelang, mit dem Kind auf den Arm ins Innere der Fahrgastkabine zu klettern, war ihr ein Rätsel. Aber er schaffte es, und das war alles, was zählte.

Noch während Jesper die Beifahrertür hinter sich zuzog, startete Olivia den Motor und begann das Wendemanöver.

»Olivia?« Ellas Stimme klang so schwach wie das Piepsen eines aus dem Nest gefallenen Vögelchens. »Bist du sehr sauer?« Das Mädchen zitterte so stark, dass ihre Zähne aufeinander klapperten. Sie versuchte, sich in Jespers Arm aufzurichten, doch er ließ sie nicht.

»He, he«, schalt er sanft. »Immer schön langsam, Prinzessin. Bleib lieber liegen, bis ein Arzt dich angeschaut hat.«

»Ich bin nicht sauer, Prinsessen.« Olivia lachte und wischte sich Tränen aus dem Gesicht, so unendlich froh, Ellas Stimme zu hören. »Aber mach das nie wieder, ja? Versprich mir, dass du so etwas nie wieder machst.«

»Ich wollte die Austern mitnehmen. Ich habe einen ganzen Eimer voll. Hat Jesper den mitgenommen?« Sie sprach wie in Trance. Aus dem Augenwinkel sah Olivia Jespers Kopfschütteln.

»Nein, Prinsessen. Wenn das Wetter besser ist, suchen wir neue, einverstanden?«

»Meinst du, da waren Perlen drinnen?« Ellas kleine Nase hob sich bläulich von der Blässe des Gesichts ab. Sie kuschelte sich in Jespers Umarmung und vergrub ihr Gesicht an seiner Brust.

»Ich weiß nicht, Schatz.« Olivia hatte Probleme zu sprechen. In ihrem Kopf drehte sich alles. »Aber das ist jetzt auch nicht wichtig. Wichtig ist nur, dass du wieder warm wirst.«

»Wir brauchen die Perlen. Damit Far und Nora und Viggo und ich einen Ort haben, an dem wir uns treffen können. Wenn wir nicht mehr hierherkommen können, sehe ich Nora und Viggo nicht mehr oft.« Sie schluchzte. »Ich … Ich will sie nicht verlieren. Sie … Sie sind doch meine Geschwister.«

»Du, Nora und Viggo werdet immer ein Zuhause auf der Insel haben.« Jesper sprach mit einer Überzeugung, als wolle er mit seinen Worten allein die Welt aus ihren Angeln heben. »Ich weiß nicht, was du gehört hast, Prinsessen. Oder was du dir daraus zusammengereimt hast. Doch eins verspreche ich dir. Du wirst dein Heim hier nie verlieren.«

Wie konnte er das versprechen? Olivia wollte ihn am liebsten anschreien. Ausgerechnet er, der zugegeben hatte, dass sein Boss es vor allem auf das Bed and Breakfast abgesehen hatte, wenn es darum ging, das Interesse von Investoren zu wecken. Das *Klostergården* war ein einfaches

Pub, die Kelterei war klein, doch ihr Zuhause auf Mandø, das Haus, das schon seit Generationen allen Veränderungen trotzte, hatte Potenzial für etwas Großes. Olivia verstand das schon.

Der Protest erstarb ihr auf der Zunge, als sie den Ausdruck auf Jespers Miene entdeckte. Er glaubte, was er sagte. In diesem Moment gab er nicht nur Ella ein Versprechen, sondern auch ihr.

Die Enge in ihrer Kehle weitete sich. Wie ausweglos auch alles scheinen mochte, es gab immer noch Hoffnung.

Am Haus liefen ihnen Theo, Hanne und Jette entgegen.

»Wir müssen ihre Temperatur messen«, rief Theo ihnen schon von Weitem entgegen. »Wir haben mit einem Arzt gesprochen. Er bleibt am Telefon, wenn wir sie bei uns haben. Ole ist auch hier. Er kann aufpassen, dass wir nichts falsch machen.«

Mit Ella auf den Armen stieg Jesper aus. Theo eilte an seine Seite.

»Far«, flüsterte Ella und streckte die Hände nach ihrem Vater aus. Sacht ließ Jesper das Mädchen von seinen Armen in die ihres Vaters gleiten.

»Lille Pus.« Theo regnete Küsse auf die Stirn seiner Tochter. »Oh Gott, Süße. Tu das nie wieder, ja. Ich … wo … was …« Die Fragen erstickten an seinen Liebkosungen. Was er sagte, musste Olivia nicht hören. Sie verstand auch so.

Sie alle waren gerade noch einmal einer riesigen Katastrophe entgangen. Jetzt mussten sie zur Ruhe kommen, vernünftig und vorsichtig handeln, damit auf der Zielgeraden nicht doch noch etwas passierte.

In der Küche gab es warmen Tee mit viel Zucker für alle, die sich an der Suche beteiligt hatten. Das Wetter verhinderte, dass ein Hubschrauber zu ihnen auf die Insel gelangen konnte, und für den Krankenwagen war der Wasserstand zu hoch. Aber der Notarzt, der sie telefonisch betreute, versicherte, dass es sich trotz aller widriger Umstände nur um eine leichte bis mittelschwere Unterkühlung handelte, die Ella sich zugezogen hatte. Ihre Körpertemperatur lag bei knapp vierunddreißig Grad, sie war bei Bewusstsein, ansprechbar und hatte zwar einen beschleunigten, aber regelmäßigen Puls. Trotzdem sollten sie auf Nummer sicher gehen und darauf achten, dass Ella die Beine und Arme nicht zu viel bewegte. Die angewärmten Decken, die Hanne vorbereitet hatte, steckten sie nur um ihren Rumpf fest und ließen die Gliedmaßen aus.

Ella weinte. Erst jetzt schien ihr wirklich klar zu werden, in welcher Gefahr sie sich befunden hatte. Sie schämte sich. Für ihr Verhalten, für ihre ruinierte Kleidung. Dafür, dass sie alle so in Panik versetzt hatte. Sie schluchzte immer lauter und wurde hysterisch.

»Ich gehe dann mal.« Jesper, ebenso durchnässt wie sie alle, stand im Türrahmen zur Küche. Kaum zwei Schritte entfernt, auf der anderen Seite des Flurs, hatte er Oscar getröstet. War das wirklich noch keine zwei Stunden her?

Olivia folgte mit dem Blick seiner Stimme. Er wirkte einsam dort, am Rande des Geschehens. Ein Teil ihrer Gruppe, aber doch wieder nicht.

Sie trat auf ihn zu, nah genug, damit die Wärme ihrer beiden Körper sich vermischte. Ein Schauer rieselte über ihren Nacken. Nicht unangenehm, sondern wohlig. In dieser Nacht sollte niemand allein sein. Am wenigsten der Mann, der an ihrer Seite unerbittlich für Ella gekämpft hatte.

»Komm«, forderte sie ihn auf. »Wir werden hier nicht mehr gebraucht.«

»Olivia«, er stockte, fuhr sich mit der Hand durchs Haar. »Ich glaube, ich brauche jetzt wirklich eine heiße Dusche. Ich bin bis auf die Knochen durchgefroren.«

»Eine Dusche brauche ich auch.« Sie griff nach seiner Hand, verschränkte seine Finger mit ihren. Seine Haut war klamm, aber das machte ihr nichts. »Lass uns Wasser sparen. Gemeinsam duschen ist viel besser.«

»Du meinst …« Seine Pupillen weiteten sich und er schaute sie mit einem glühenden Blick an. Olivias Körper reagierte instinktiv. Hitze breitete sich zwischen ihren Oberschenkeln aus. Er sah von ihr zu den anderen im Raum, dann zurück zu ihr.

Sie befeuchtete sich die Lippen. »Du weißt, was ich meine.«

Langsam, sehr langsam nickte er. »Ich glaube, du hast recht. Wir sollten Wasser sparen.«

Sie machten sich auf den Weg ins Dachgeschoss, wo sich das kleine Appartement befand, das Olivia bewohnte. Hier hatte sie alles, was sie brauchte. Ein kleines Bad, eine winzige Küche, die sie so gut wie nie nutzte, weil sie lieber mit Per und Hanne zusammen aß. Aber am wichtigsten: Privatsphäre. Was hinter dieser Tür passierte, würde nur ihr und Jesper gehören.

»Und nach der Dusche nackt kuscheln«, erwiderte er. »Wegen der Körperwärme. Das habe ich im Erste-Hilfe-Kurs gelernt.«

Sie erreichten Olivias Wohnungstür. »Du bist ein sehr kluger Mann«, sagte sie, wobei sie die Arme um seinen Nacken legte. Taumelnd fanden sie den Weg in ihr Zimmer.

Mit dem Fuß schob er die Tür hinter ihnen zu.

Und dann, endlich, waren sie allein.

Ihre Haut schmeckte nach Salzwasser und Regen. Ihre Küsse spendeten Wärme, wo die Kälte ihm bis ins Mark gekrochen war. Sie taumelten und stolperten in Richtung Bad. Wo sie gingen, hinterließen sie nasse Kleidungsstücke, wie Hänsel und Gretel Brotkrumen im Wald. Hier ihr Sweater, dort sein Pullover. Socken, Hosen, seine Boxershorts und ihren Slip. Alles fiel von ihnen ab, gemeinsam mit jedem Vorbehalt, der ihn womöglich noch gequält hatte. Durfte er das wirklich? War es vernünftig, eine Affäre mit einer Adamsen anzufangen? Wahrscheinlich nicht. Aber Jesper Høgh war es leid, immer nur das Vernünftige zu tun. Das hier, sie zu fühlen, zu berühren, mit ihr gemeinsam unvernünftig sein, war wichtig und richtig. Sein Herz sagte es ihm.

In den letzten Nächten war Olivia durch seine Träume gewandert, als würden sie nur ihr gehören. Er hatte sich die Zartheit ihrer Haut ausgemalt und die Laute vorgestellt, die sie ausstieß, wenn er sie liebte.

Die Wahrheit war anders, als er sich vorgestellt hatte. Unbeholfener, verzweifelter, echter. Im Traum war die Liebe wie im Film, schöngefärbt und überzeichnet. Die Olivia in seinen Armen war keine Traumgestalt, sie war eine Frau zum Anfassen.

Gemeinsam stolperten sie, lachten, halb verlegen, halb getrieben von Lust. Als er die Brille absetzte und nur noch verschwommen sah, fühlte er noch mehr.

Das Bad war so klein, dass sie nur hintereinander stehen konnten. Der Duschkopf ragte direkt aus der Wand. Es gab keine Duschwanne, nur einen Abfluss und einen Vorhang, der den Rest des winzigen Raums vor zu viel Spritzwasser schützte.

Jesper legte die Hand auf die milchige Haut von Olivias Rücken, während sie sich nach vorne beugte, damit sie das Wasser anstellen konnte.

Ihr Hintern presste sich an seine Leiste. Sie musste spüren, wie es um ihn stand, denn ihr Lachen verwandelte sich in ein lustvolles Stöhnen.

»Oh«, machte sie. Statt vor ihm zurückzuweichen, drückte sie sich näher an ihn.

Ihm stockte der Atem vor Verlangen. Er umfasste ihren Nacken, die andere Hand ließ er in ihr Haar gleiten, in dieses wundervolle Haar, und zog sie zurück in eine aufrechte Position.

Er nahm die Hand nicht weg, auch dann nicht, als ihr Hinterkopf an seinem Brustbein ruhte, ihm den Hals zum Küssen darbot. Ein dunkler Hunger regte sich in ihm. Er musste sich zusammenreißen, um nicht ein Mal an ihrem Hals zu hinterlassen. Knutschflecken waren uncool. Doch der gierige, instinktgetriebene Teil von ihm hätte alles darum gegeben, der ganzen Welt zu zeigen, dass er es war, zu dem sie gehörte.

Er knabberte an der empfindlichen Haut unter ihrem Ohr.

»Ja, oh«, bestätigte er, rieb sich an ihr. Wasserdampf stieg von der Dusche auf, erfüllte den kleinen Raum mit Feuchtigkeit. Er schloss die Augen, inhalierte und genoss. Trotz des Wasserdampfs meinte er, eine Note ihres eigenen Dufts wahrzunehmen, ein Aroma, das von keiner Seife stammen konnte, sondern ganz und gar Olivia gehörte. »Du machst mich verrückt, weißt du das? Mit deinen Wahnsinnshaaren, deinen Kurven, deinem Lachen. Doch am allermeisten …« Mit der freien Hand griff er um sie herum, legte die Handfläche in das Tal zwischen ihren Brüsten, dort, wo er ihren Herzschlag fühlen konnte. »Am allermeisten machst du mich mit dem hier verrückt. Mit dem, was hier drinnen ist.«

Erneut stöhnte sie, mit seinem Körper schob er sie nach vorne, unter das warme Wasser. Sie zitterte ein wenig, aber er hoffte, dass es nicht mehr von der Kälte kam.

»Ich will dich«, sagte er, dann biss er ihr in die Schulter. Nicht fest. Nicht so fest, dass er ihr Schmerzen zufügen würde, doch fest genug, damit sie spürte, wie ernst es ihm war.

»Ich … dich auch.«

Mehr Aufforderung brauchte es nicht. Olivia schob einen Arm unter dem Vorhang hervor und schnappte sich ein Folienpäckchen aus dem winzigen Kästchen über dem Waschbecken neben der Dusche. Sie streifte ihm das

Kondom über. Ihre Hände auf seiner Haut, ihr Griff, sicher und selbstbewusst, war das Erotischste, was er seit Langem erlebt hatte. Er mochte Frauen, die wussten, was sie wollten und nicht zu schüchtern waren, es sich zu nehmen.

Auch er nahm. Streichelte, liebkoste, erkundete. Schaum vom Duschgel machte ihre Haut glitschig und weich. Nicht lange, dann konnte er nicht mehr warten. Er drang in sie ein, sie war bereit für ihn. Er nahm sie sich. Im Stehen von hinten. Sie beugte sich vornüber, die Hände an die nasse Wand gedrückt. Er hinter ihr. Eine Hand an ihrer Hüfte, die andere auf den Fliesen über ihrem Kopf. Es war nicht einfach, den richtigen Winkel zu finden, die richtige Position. Ihre Füße rutschten auf dem nassen Boden, sie keuchten und lachten und stöhnten.

Er musste sich abstützen, um nicht zu fallen. Das, was sie hier teilten, machte ihm die Knie weich, doch nichts in der Welt hätte ihn jetzt noch aufhalten können. Immer wieder und wieder glitt er in sie, in ihre feuchte Wärme. Im Rhythmus seiner Stöße rief sie seinen Namen.

»Jes-per, Jes-per«, brachte sie hervor, bis sein Name sich auf ihren Lippen in ein Keuchen verwandelte und dann in einen erstickten Schrei. Er spürte, wie sie ihn fest umklammerte. Und dann riss sie ihn mit sich. Alles drehte sich, und doch fühlte es sich an, als ob die Erde stillstünde. Sie rangen beide nach Atem. Langsam glitt er aus ihr heraus, ließ sich zu Boden sinken und zog sie mit sich auf seinen Schoß.

Von oben prasselte Wasser auf sie hinab. Sie sagten kein Wort, gefangen in dem Nachbeben ihrer Lust. Wenn aus

Leidenschaft Ruhe und Zufriedenheit wurde und die Welt vor der Tür noch ein wenig warten musste.

Irgendwann stellte Olivia die Dusche aus. »Wir sollten hier rausgehen, ehe das warme Wasser verbraucht ist. Wäre doch eine Schande, wenn ich wieder anfange zu frieren, jetzt, wo mir endlich warm ist.« Aber statt aufzustehen, schmiegte sie sich an seinen Körper. Sie rieb ihre Wange an seiner Brust, grub ihre Nase in den spärlichen Flaum, der dort wuchs, dann hob sie ihr Gesicht und küsste seine Nasenspitze. »Danke«, flüsterte sie. »Fürs Aufwärmen.«

»Gern geschehen. Jederzeit.« Er für seinen Teil müsste nie wieder frieren, solange sie ihn auf diese Weise ansah.

Sie rieben ihre Nasen aneinander. Eskimoküsschen hatte Svetlana, sein Kindermädchen, früher dazu gesagt. Er lächelte. Die Geste war so zärtlich, geradezu unschuldig, vor allem nach dem, was sie gerade getan hatten, aber das war genau richtig so. Von Olivia wollte er alles. Ihre wilden und die sanften Seiten, ihre Zweifel und Ängste und Träume. Er war noch lange nicht fertig mit dieser Frau.

8

Stille weckte Olivia. Kein Trommeln von Regen mehr gegen das Fenster, kein Sturmrauschen oder Wellentreiben. Nicht einmal die Vögel schrien. Nur … die Ruhe nach dem Sturm und dazu der regelmäßige Atem eines anderen Menschen.

Sie öffnete die Augen und ihr Blick fiel auf Jespers Brust, ganz nah. Sie atmete den Duft seiner Haut ein, inhalierte tief. Mit einem anderen Menschen aufzuwachen, war ein seltener Luxus in ihrem Leben. Nicht oft konnte sie das Gefühl genießen, ihre Zehen zwischen die Waden eines anderen zu schieben, wo sie geborgen waren, sicher und warm.

Ein Laut entschlüpfte ihr, der fast wie das Schnurren einer Katze klang.

»Guten Morgen.« Sie hatte nicht gewusst, dass Jesper wach war, doch jetzt regte er sich, zeichnete mit einer Fingerspitze Kringel und Kreisel auf ihren nackten Rücken.

»Mhhhh.« Noch einmal schnurrte sie. Er hatte recht behalten. Nackt kuscheln war eine prima Idee. Die beste überhaupt.

»Morgen.« Sie gähnte leise.

Den Daumen der freien Hand legte er unter ihr Kinn. Er wollte es anheben, um sie zu küssen, aber sie entzog ihm den Mund.

»Mhm.« Heftig schüttelte sie den Kopf. »Ich hab noch nicht Zähne geputzt. Morgenatem ist eklig.«

»Nichts an dir ist eklig«, sagte er, doch er respektierte ihren Wunsch. Stattdessen küsste er sich einen Weg von ihrem Hals über das Schlüsselbein, weiter nach unten, unter die Decke.

Jesper konnte wundervolle Dinge unter dieser Decke tun. Das hatte er in der vergangenen Nacht wieder und wieder bewiesen. Aber jetzt war Morgen, ein neuer Tag, und sie konnten nicht ewig so tun, als ließe die Welt sich aussperren.

Wenn schon nicht ewig, dann wenigstens für fünf Minuten.

Er fand die kitzelige Stelle, direkt an ihrer Hüfte. Sie grub die Hände in seine Haare und lachte. »Was machst du da?«

»Da?« Er strich mit der Zunge tiefer. »Du hast gesagt, ich soll nicht deinen Mund küssen.«

»So habe ich das nicht gemeint.«

»Aha? Wie dann? Erzähl mir mehr.« Oh, er wusste, wie er ihr die Sprache rauben konnte. Jesper Høgh war ein intelligenter Mann, und wie alle klugen Menschen war ihm klar, dass Wissen Macht bedeutete. Jedes Stöhnen von ihr, jedes Keuchen und Atemstocken hatte er sich gemerkt. Olivia war sicher, müsste er ihren Körper kartographieren, er könnte jede noch so geheime Stelle, die ihr Lust bereitete, mit einem X kennzeichnen. Auch diesmal kapitulierte sie und ergab sich dem Zauber seiner Liebkosungen.

Sie schloss die Augen, schwelgte in seiner Zärtlichkeit. Als sie die Lider wieder hob, hinterher, noch immer außer Atem und befriedigt von einem Mann, von dem sie nicht viel mehr wusste, als dass er in ihr Leben gekommen war, um ihres zu zerstören, erblickte sie vor dem Fenster etwas, womit sie nicht gerechnet hatte.

»Es hat geschneit«, sagte sie verblüfft. Als Kind hatte der Tag des ersten Schnees immer eine besondere Magie für sie besessen. Wünsch dir was, hatte Far oder Tante Hanne dann zu ihr gesagt. An den meisten Tagen glaubte Olivia nicht mehr an Magie, aber der Anblick des ersten Schnees berührte sie immer noch an Orten, an die Worte nicht gelangten. Jeder von ihnen war einmal ein Kind gewesen. Bereit, an Wunder und Wünsche zu glauben, und jedes Jahr, wenn Mandø das erste Mal wieder einen filigranen Schleier aus Schnee trug, erinnerte sich Olivia daran.

Die Decken raschelten, als Jesper unter ihnen hervortauchte. »Was?«

Sie strich ihm die Haare aus dem Gesicht. »Da, sieh nur.« Mit dem Kinn deutete sie zum Fenster. »Es hat geschneit. Deshalb ist alles so ruhig.«

Er ließ sich neben sie fallen, legte seinen Kopf auf das Kissen, doch statt aus dem Fenster zu schauen, starrte er ins Nichts. »Ich wünschte, wir könnten hierbleiben, in diesem Zimmer hier. Mit dir unter einer Decke könnte ich alt werden.« Er drehte den Kopf zu ihr und grinste.

»Nee«, erwiderte sie kopfschüttelnd. »Spätestens in ein paar Stunden würde uns der Hunger aus dem Bett treiben.«

»Hunger wäre mir als Motivator immer noch lieber als Arbeit.« Er atmete tief aus. »Mein Chef wartet auf ein Status-Update von mir. Der hat mich in letzter Zeit ohnehin auf dem Kieker.«

Was an träger Zufriedenheit von ihrem Liebesspiel in der Luft gehangen hatte, verpuffte.

Abrupt richtete sich Olivia auf. »Was heißt das? Er hat dich auf dem Kieker?« Was sie eigentlich wissen wollte, war, was das für sie und das Familienunternehmen zu bedeuten hatte. Doch um das zu fragen, fehlte ihr der Mut.

»Es ist … kompliziert.«

Olivia schnaubte. »Ist es das nicht immer?«

»Da sagst du was.« Er fuhr sich mit der Hand durch die Haare am Hinterkopf. Die Beule war mittlerweile sicher verheilt, dachte sie. Gab es überhaupt irgendwas, das er von Mandø und ihr mit nach Berlin nehmen würde, wenn seine Zeit auf dem Eiland abgelaufen war? Gegen die Realität kam auch der Zauber des ersten Schnees nicht an.

Ehe er antwortete, nahm er seine Brille vom Nachttisch und setzte sie auf. Normalerweise liebte sie den Liebenswerter-Nerd-Look, den seine Brille ihm verlieh. Jetzt bescherte ihr der Anblick einen bitteren Geschmack auf der Zunge. *Farvel elskede, velkommen investering boligha*j. Bye bye Lover, willkommen Investment-Hai.

»In diesem Fall ist es aber ganz besonders kompliziert«, erklärte er. »Meine Ex Annkathrin arbeitet auch bei *Windfall*. Wir waren … Früher waren wir ein wirklich gutes Team.«

Das hieß dann wohl, diese Annkathrin war zielstrebig und ehrgeizig. All die Dinge, die Olivia nicht war, und das war kein Gejammer. Olivia kannte ihre Qualitäten. Sie war loyal und warmherzig. Sie interessierte sich für Menschen und hatte ein großes Herz. Einen Drang, mehr zu werden als das, was sie war, hatte sie jedoch nie besessen.

»Deshalb hat Ulrich uns oft zusammen eingesetzt. Wir mussten ihm versprechen, dass unsere Beziehung nicht die Arbeit beeinflussen wird, und das hat sie auch nicht.«

»Bis sie es dann doch hat.«

Jepser lachte bitter. »Oh ja. Wir sollten uns um dieses Investment-Projekt kümmern. Zwei Typen, die eine Sprach-, Geräusch- und Bilderkennungssoftware entwickelt haben, die Filme simultan in Hörfilmfassungen übersetzt. Echt irre, was die geleistet haben.«

Olivia musste kurz überlegen, was genau Jesper damit meinte. »Hörfilmfassungen machen Filme für Blinde sichtbar, oder?«

Jesper nickte »Ja. Bisher mussten die teuer produziert werden. Aber mit dieser neuen Software kommt die Hörfilmfassung einfach per App aufs Handy. Bisher funktioniert die Applikation für englisch- und deutschsprachige Filme, aber weitere Sprachen können folgen.« Selbst im Liegen untermalte Jesper seine Schilderung mit Gesten, so sehr nahm ihn das Thema gefangen. »Stell dir vor, mit dieser App können Blinde ins Kino gehen oder Fernsehgucken, ohne sich dabei ausgeschlossen zu fühlen. Sie können über Kopfhörer dem Geschehen auf der Leinwand oder jeder Sendung auf dem TV-Bildschirm folgen und haben dieselbe Filmauswahl wie Sehende.«

»Klingt cool«, meinte Olivia.

»Es ist bahnbrechend!« Dann wurde er wieder ernst.

»Und es sollte mein letztes Projekt als Junior Berater sein, ehe mich Ulrich zum Senior macht. Nicht nur, dass ich dann mehr verdienen würde, ich könnte auch selbst bestimmen, in welche Projekte *Windfall* sich künftig einkauft. Es wäre ein riesiger Schritt auf meiner Karriereleiter.«

»Deine Karriere ist dir sehr wichtig, was?«

»Sie ist das Einzige, was ich habe. Wenn man der Sohn eines Astrophysikers und einer Botschafts-Attachée ist, lernt man früh, dass Leistung das Einzige ist, das zählt. Menschen kommen und gehen. Das, was man im Kopf hat, kann einem niemand wegnehmen.«

Olivia schluckte. Was für eine einsame Art, auf die Welt zu schauen.

»Du hast diese Beförderung nach dem App-Projekt nicht bekommen?«, mutmaßte sie.

Er schüttelte den Kopf. »Annkathrin und ich wurden uns nicht einig, wie wir das Projekt vorantreiben. Die Erfinder wollten die Software so günstig wie möglich verkaufen und hauptsächlich über Werbung und Crowdfunding finanzieren. Ihr Ziel war es, möglichst viele Menschen mit ihrer Innovation unterstützen zu können. Ich wollte diese Vision fördern.«

»Und Annkathrin wollte das nicht?«

»Worauf du wetten kannst. Sie sah das Potenzial und das Geld und hat Ulrich davon überzeugt, wie viel Gewinn mit teuren Abo- und Pay-per-view-Modellen gemacht werden kann.«

»Lass mich raten: Dein Chef hat auf sie gehört und nicht auf dich.«

»Natürlich hat er das!« Jesper schob sich die Brille auf die Stirn, um sich mit Daumen und Zeigefinger in die Nasenwurzel kneifen zu können. »Früher wäre das vielleicht noch anders gewesen. Vor seiner Scheidung. Aber seit seine Frau ihn vor ein paar Jahren verlassen hat, hat er sich verändert.« Er schnaubte. »Wie auch immer. Auf jeden Fall hat er meine Beförderung zurückgezogen und einen Wettbewerb daraus gemacht. Zwischen Annkathrin und mir. Wer bei seinem nächsten Auftrag mehr Investoren an Land holt und die lukrativeren Deals aushandelt, wird Senior Partner.«

Nur nach und nach begriff sie, was Jesper ihr da gerade enthüllte.

»Was …« Sie fuhr sich mit der Zunge über die Lippen. »Was bedeutet das für uns? Für meine Familie?«

Ein schwer zu deutender Ausdruck spiegelte sich auf seiner Miene wider. Irgendetwas Weiches, Warmes. Mitgefühl vielleicht, aber ohne Mitleid. »Ich weiß es nicht. Ehrlich, Olivia, ich hab keine Ahnung. Meine Karriere ist mir wichtig. Nicht nur meinetwegen. Seit über einem Jahrzehnt ist Ulrich ein sehr wichtiger Mensch in meinem Leben. Er hat mich unter seine Fittiche genommen. Er war für mich da, wie …« Er stockte. Aus dem Augenwinkel sah sie, wie er mit der Zunge an der Innenseite seiner Unterlippe entlangstrich, als müsste er die Worte erst abwägen. »Wie der Vater, den ich nie hatte.«

Ahhh, verdammt. Ihr wurde schwer ums Herz. Übertriebenen Ehrgeiz als Antriebsfeder für seine Karrierewünsche hätte sie ihm vorwerfen können. Das hätte den unweigerlichen Abschied vereinfacht. Aber das? Unmöglich. Zu gut wusste sie, wie es sich anfühlte, sich nach jemandem zu sehnen, für den man nicht nur eine Randnotiz war, sondern der ganze Inhalt. Dasselbe hatte sie immer nach dem Ende einer Beziehung empfunden.

Er griff nach ihrer Hand, drückte ihre Finger. Sie spürte die Berührung kaum.

»Ich kann dir sagen, was das Vernünftigste für mich wäre. Ich sollte Per davon überzeugen, seine Firmenanteile komplett in die Kelterei zu bündeln. Die zu verlieren, wäre für Ulrich kein großer Verlust. Dann sollte ich nach einem Franchise suchen, das das *Klostergården* übernimmt. Eine vegane Burger-Kette, oder was weiß ich. Irgendetwas Modernes, Trendiges.«

Das *Klostergården* ein Burgerladen, wie es sie zuhauf gab? Das Pub, das ihrer Familie seit Jahrhunderten gehörte, ein Franchise-Restaurant ohne Seele, ohne eigenes Gesicht? Unmöglich. Olivia wollte ihm sagen, er sollte aufhören zu reden, doch eine morbide Kuriosität hatte sie gepackt. Was mochte er sich noch ausgemalt haben?

»*Hotel Hygge*? Das lassen wir so – mehr oder weniger. Es soll die Rezeption, das Empfangsgebäude für ein neuartiges Ferienresort werden. Sagt dir Glamping was?«

Sie schüttelte den Kopf. Wenn sie jetzt etwas sagen würde, würde sie womöglich in Tränen ausbrechen. Allein das Wort passte auf ihre kleine Insel wie Gummistiefel ins Schloss Amalienborg.

»Glamping bedeutet Luxus-Camping. Glamour und Camping, verstehst du?«

Sie war sich nicht sicher, ob sie überhaupt verstehen wollte.

»In die Dünen hinter dem Haus stellen wir Komfort-Zelte mit richtigen Betten, Heizung, privaten Feuerstellen und allem Pipapo. Wir holen uns die Baugenehmigung für einen Wellness-Tempel mit zig verschiedenen Saunen und Dampfbädern und so. Beim Schwitzen kann man die Watttiere im kalten Wind beobachten. Ist doch toll, oder?«

Sie musste ihm zugutehalten, dass er zumindest ironisch klang, als er das verkündete. Dennoch brachte sie es nicht fertig, etwas zu erwidern.

»Animateure bieten Vogel-Wanderungen an und Nordic-Walking zu den Robbenbänken und so. Und in den Werbeprospekten steht dann was von *Urlaub in der Natur*. Oder *Erleben Sie Dänemark ganz ursprünglich*. Toll, oder? Dafür bekomme ich Investoren ohne Ende.«

»Du …« Wieder und wieder schluckte sie. Die Finger in Jespers Griff fühlte sie nicht mehr. Das alles war zu viel. »Dafür kriegst du niemals eine Baugenehmigung.«

Er zuckte mit den Schultern. »Mit genug Geld ist alles möglich.«

»Ich …« Ihre Stimme verweigerte ihr den Dienst. Er hatte sich das alles bereits ausgemalt. Das war keine spontane Idee von ihm, das war ein ganz konkreter Plan. Während er mit ihr über die Insel spaziert war, nach Ella gesucht und sie mit Geschichten über eine einsame Kindheit in ihr Herz geschlichen hatte, hatte er all das schon im Kopf gehabt. Um seine Karriere zu retten, würde er sie und ihre Familie ohne mit der Wimper zu zucken an den Galgen liefern. Er hatte es ihr direkt erzählt: Menschen kamen und gingen, und am Ende war jeder sich selbst der Nächste. Sie, mehr als alle anderen, hätte es wissen müssen. Sie hätte …

»Aber, Olivia?« Seine Stimme klang verzerrt in ihren Ohren. Wie von ganz weit weg. Sie sah, wie sich seine Lippen bewegten, doch es kostete sie Mühe, den Sinn in den Worten zu begreifen.

Sie blinzelte. Sie würde alles verlieren. Alles. In ihr Zuhause würden Fremde kommen. Nicht Gäste, die Hanne und sie zu Familienmitgliedern auf Zeit machten, sondern echte Fremde. Luxusreisende mit Luxusproblemen. Ihr Mund öffnete sich. Jesper wartete auf eine Antwort von ihr. Nun, er würde noch länger warten müssen.

»Ich habe gesagt, das alles Ulrich vorzuschlagen, wäre das Vernünftige. Ich habe nicht behauptet, dass ich es mache.«

»Tust du nicht?« Sie schaute ihn an, bemühte sich zu fokussieren. »Doch gerade …«

»Gerade habe ich erklärt, was ich machen müsste, um meine Karriere zu retten. Aber ich habe Ella ein Versprechen gegeben. Ich habe dir ein Versprechen gegeben. Ich … Mir wird schon was einfallen. Für den Moment halte ich Ulrich einfach hin. Ich …«

Sie ließ ihn nicht weiterreden, sondern warf sich in seine Arme. Alle Hoffnung, die sie hatte, jeder Strohhalm, an den sie sich klammern konnte, warf sie in diese Umarmung. Wenn Jesper wirklich bereit war, noch einmal umzudenken, brachte der erste Schnee vielleicht doch Magie in die Welt.

»Wir finden gemeinsam einen Weg!«, meinte sie. »Wie du deine Karriere retten kannst. Und wie wir auch das Pub und das Hotel behalten können. Wenn es doch keine Genehmigungen gibt, wenn sich der Umweltschutz einschaltet oder im Fall des *Klostergården* der Denkmalschutz, irgendeine Lösung muss es geben, um deinen Investoren aufzuzeigen, dass sie uns besser einfach so weitermachen lassen sollten wie bisher. Bis mein Vater uns verlassen hat, war auch alles gut.«

»Wir werden es versuchen.« Er zog sie enger an sich, schlang beide Arme eng um ihre Körper. Irgendwann würde auch das hier enden. Hinhaltetaktik gut und schön, aber in nicht allzu ferner Zukunft würde der Tag kommen, an dem Jespers echtes Leben wieder nach ihm rief. Bis dahin allerdings wollte Olivia jede einzelne Sekunde genießen.

»Jesper, komm, schnell! Du musst die Fische streicheln. Ihhhh!« Ella brach in ein fröhliches Kichern aus. »Die sind ganz glitschig. Schau doch!«

»Dürfen die Fische angefasst werden?« Er lehnte sich zu Olivia hinunter und raunte ihr die Frage zu. Ella sollte nicht glauben, er unterstelle ihr Schwindeleien, aber von Streichelfischen hatte er noch nie etwas gehört.

Olivia konnte genauso schön kichern wie Ella. »Das geht schon klar. Lauf rüber und schau es dir an. Da ist extra ein Streichelbecken.«

Nun gut. Immerhin war der Ausflug ins Fischerei- und Seefahrtsmuseum in Esbjerg Ellas Wiedergutmachung für den Vormittag im Krankenhaus. Obwohl noch am Abend schnell klar geworden war, dass das Mädchen mehr Glück als Verstand gehabt hatte und außer mit einem Satz kalter

Füße ohne Verletzungen oder Schäden von ihrer Schatzsuche ins Watt zurückgekommen war, hatte Theo darauf bestanden, sie direkt heute Morgen zu einem gründlichen Check in die nächstgelegene Kinderklinik zu fahren. Mit einer für Ella ungewöhnlichen Vehemenz hatte sich das Mädchen beim gemeinsamen Familienfrühstück gegen Theos Plan gewehrt. Immerhin, so Ella, sähe sie ihre Geschwister selten genug und schon morgen müsse sie zurück nach Kopenhagen. Da wolle sie die restliche Zeit nicht in einem blöden Krankenhaus vergeuden.

Der anschließende Familienausflug ins Museum war der Kompromiss. Und so waren alle in ihre Autos gestiegen und hatten die halbstündige Fahrt auf sich genommen. Jette mit Ebbe und den Jungs, Mads, Joshua, Olivia und Jesper. Jespers Mietwagen ließen sie dort stehen, wo er schon die vergangenen Tage nach und nach unter einem Film aus Frost und Schnee versank: auf dem Parkplatz vor dem Hühnerhaus. Jeden Morgen, wenn Olivia sich aufmachte, um die Hühner zu versorgen, kratzte sie lustige Gesichter in den Frost auf den Scheiben. Nicht nur Olivia, auch Mads diente der protzige Wagen als ewiger Grund zur Erheiterung. Im Grunde hatten sie ja auch recht. Jesper hätte den Porsche längst zurück an die Autovermietung geben können. Allerdings hätte das mit Sicherheit Fragen von Ulrich provoziert, und denen wollte er so lange ausweichen wie nur irgendwie möglich. Außerdem konnte man nie wissen, ob er nicht doch einmal einen fahrbaren Untersatz brauchte. Bisher war er wunderbar ohne ausgekommen, aber er war gern auf alle Eventualitäten vorbereitet.

Nora war begeistert von dem Familientag, wie auch der kleine Viggo, den Mads in einer Art Rucksack auf dem Rücken trug. Für Anton, den zweijährigen Sohn von Jette und Ebbe, hatte Jette einen Buggy dabei, dessen Tragenetz voll beladen war mit Snacks, Getränken, mehreren Sets Ersatzkleidung und Hygieneartikeln. Bis heute Vormittag war Jesper nicht bewusst gewesen, dass mit Kindern ein Ausflug ins Museum in der Nachbarstadt in etwa dieselbe Vorbereitung benötigte wie die Umsiedlung eines ganzen Dorfes. Mittlerweile war er über jeden Zustand von Überraschung hinaus. Nichts erstaunte ihn mehr, was diese Familie betraf.

Als er heute Morgen gemeinsam mit Olivia zum Frühstück erschienen war, hatte er mit Ablehnung und Missbilligung gerechnet. Er machte sich nichts vor. Natürlich war jedem Familienmitglied klar, was in der Nacht zuvor zwischen ihm und Olivia geschehen war. Doch selbst Per und Hanne hatten getan, als sei es das Normalste der Welt, wenn der Mann, der gekommen war, um ihren Besitz zu zerrupfen, mit der Nichte schlief. Mads hatte Jesper grinsend einen großen Becher frisch aufgebrühten Kaffee gereicht und gemeint: »Ohne Koffein geht nach einer langen Nacht bei mir gar nichts.«

Jette hatte seelenvoll gelächelt und weiter Äpfel in ihr Quinoa-Müsli geschnitten, während ihr Mann Anton das Frühstücksbrot in kleine Rippchen schnitt.

Theo hatte sein Frühstück offenbar bereits beendet und balancierte einen Laptop auf dem Schoß. Er hob den Blick und richtete ihn auf Jesper. »Sag mal, läuft bei Olivia oben das WLAN vernünftig? Mir stürzt dauernd die Verbindung ab«, war alles, was er zu dem Thema von sich gab.

Dass Olivia sich und Jesper in Mads Mini einlud, um an dem Familienausflug teilzunehmen, schien da nur wie eine weitere Selbstverständlichkeit. Weil die Hunde bei Hanne und Per zurückblieben, hatten Mads und Joshua noch Platz im Auto. Ob es angemessen war, dass Jesper die Adamsens ins Museum begleitete, wurde nicht einmal mit einer Andeutung infrage gestellt.

So also kam Jesper in den Genuss, das erste Mal in seinem Leben Fische zu streicheln. Ella hatte recht. Die schuppigen Körper fühlten sich unter Wasser ganz glitschig an. In einem vieleckigen Bassin schwammen mindestens zehn Tiere. Ein Hinweisschild über der Wasseroberfläche erklärte, wie man die Meeresbewohner richtig anfassen sollte und wie nicht.

Ein relativ großer Geselle mit vielen schwarzen Punkten auf dem langgestreckten Körper und einer flachen, breiten Schnauze war besonders verschmust. Immer wieder schwamm er auf die Menschen zu und forderte die Besucher richtiggehend auf, ihn zu berühren.

Ella, Nora und Anton jauchzten vor Vergnügen. Nur der vierjährige Oscar hatte Angst, vor allem, als sein Vater ihm erklärte, dass der Schmusefisch ein Katzenhai sei.

Jesper lachte still in sich hinein. Wer hätte gedacht, wie viel Freude es ihm bereitete, Fische zu streicheln? Nicht einmal der eigenwillige Geruch im Raum störte ihn. Niemals hätte er geglaubt, welche Faszination ein mit bläulichem Licht angestrahltes Becken voller Quallen auf ihn ausübte oder wie aufregend ein digitaler Hubschrauberflug über den Hafen von Esbjerg, einer der größten Industriehäfen Europas, sein würde. Je mehr er in das

Leben der Adamsens eintauchte, desto unmöglicher erschien ihm, zu tun, was er Olivia noch heute Morgen aufgezeigt hatte. Endlich in seinem Projekt Gas geben und auf diversen Ämtern und Behörden nach Baugenehmigungen und Erschließungsfonds zu betteln. Jedes Mal, wenn er Ulrich am Telefon fadenscheinige Ausreden auftische, warum er nicht vorankam, wurde sein Chef ungeduldiger.

»Jetzt zu den Robben!« Nora hatte als Erste genug von den Streichelfischen. »Ich will die Robben sehen!«

»Schiffe!«, verlangte Anton und klatschte dazu in die Hände. »Schiffe, Schiffe, Schiffe!« Dabei hopste der Junge so aufgeregt auf Ebbes Arm herum, dass dieser seine liebe Not hatte, den Sohn vor einem Sturz ins Becken zu Katzenhaien und Rochen zu bewahren.

»He, he, he, Vorsicht, junger Mann.« Sofort war Olivia zur Stelle und half dem Mann ihrer Cousine. Sie griff den Zweijährigen unter den Armen und stellte ihn sicher auf den Boden. Dann streckte sie ihm die Hand hin. »Du willst dir die alten Schiffe im Hof anschauen?«

Anton nickte begeistert.

»Dann also: nächster Halt – Freilichthafen!« Über die Schulter warf sie Jesper einen entschuldigenden Blick zu.

Er winkte lächelnd ab. Ihm machte es Freude, Olivia beim Umgang mit ihrer Familie zuzusehen. Jede Zärtlichkeit, jedes Lächeln und jedes Zeichen, dass ihr Familientreffen in Jütland keine lästige Pflicht für sie war, saugte er auf, als gälte sie ihm. Die Zeit im Kreis dieser Familie konnte nicht aufwiegen, was er nie gehabt hatte. Aber er konnte sie genießen. Er würde jede Minute in

Dänemark tief in sein Gedächtnis einbrennen, damit er immer dann, wenn er wieder einmal an der Menschheit zu verzweifeln drohte, etwas hätte, woran er sich erinnern konnte.

»Ich will aber zu den Robben!« Nora hielt von Antons und Olivias Plan, sich als Nächstes die Fischkutter anzuschauen, gar nichts.

Zum Glück gab es ihren Onkel Mads. »Wenn Prinzessin Nora zu den Robben will, müssen wir ihren Wunsch natürlich erfüllen. Ritter Mads meldet sich zur Stelle.« In verschwörerischem Tonfall fügte er hinzu: »Wusstest du, dass Robben die größten Raubtiere Dänemarks sind?«

»Wirklich?«

»Mhm.« Mads nickte. Seine Haare hatten dieselbe Farbe wie das Licht in dem Quallen-Aquarium, Scheinwerferlicht spiegelte sich in den Strasssteinen, die seine Ohrringe zierten, wider. Bei jeder Handbewegung klimperten die Bänder um seine Handgelenke aneinander. Aber irgendwie machte seine Exzentrik, die spielerische Leichtigkeit, mit der er seiner Nichte die Welt näherbrachte, in der ihr Vater aufgewachsen war, umso rührender.

»Wenn du mich fragst«, meinte er zu Nora, »sind Robben fast so etwas wie Drachen. Ich nenne sie den dänischen Tatzelwurm. Hast du schon mal ihr Gebiss gesehen? Sie haben sooooo große Zähne.« Er kitzelte das Mädchen am Bauch, bis ihr glockenhelles Lachen das Museum füllte. Anschließend gingen Onkel und Nichte Hand in Hand in Richtung des Außengeländes, wo sich das Robbarium befand. Ella schloss sich ihnen an, während Jette mit ihrem Älteren und Ebbe zur Ausstellung über Offshore-

Bohrungen schlenderte. Dort konnte man riesige Rotorblätter von Windanlagen bestaunen und einen Bohrarbeiter bei seinem Alltag auf einer Bohrinsel begleiten.

»Es ist wie bei *Zehn kleine Fische*. Jetzt bin nur noch ich übrig mit dem bösen, hungrigen Hai.« Ohne, dass Jesper es bemerkt hatte, war Theo an ihn herangetreten.

Jesper hob den Kopf und rüstete sich innerlich. Da war eine Schärfe in Theos Stimme, die bisher noch nicht da gewesen war.

»Ich weiß nicht, was du meinst.« Er nahm die Finger aus dem Streichelbecken und verschränkte die Arme vor der Brust. Himmel, könnte er irgendwie noch defensiver wirken?

»Ein Kinderreim«, erkläre Theo. »Darin schwimmen zehn kleine Fische im Meer, aber aus Angst vor dem großen, bösen Hai würden sie lieber in einen kleinen Teich umziehen.«

»Ich ahne, wie die Geschichte ausgeht. Am Ende werden alle Fische gefressen?«

»Einer nach dem anderen.« Theo grinste. In Wahrheit wirkte die Geste mehr wie ein Zähnefletschen. »Arme Fische.«

Langsam dämmerte es Jesper, wohin diese Unterhaltung führte. »Lass mich raten, ich bin der böse Hai. Du unterstellst mir, Olivia sei nur ein Happen auf meinem heutigen Speiseplan. Wenn ich künftig nicht die Finger von ihr lasse …«

»Mit wem meine Cousine schläft, ist ihre Sache.« Theo wischte Jespers Einwand mit einer Geste beiseite. »Sie ist eine erwachsene Frau, und du bist nicht der erste Durchreisende, der ihr für ein paar Wochen das Bett wärmt. Sie wird es überstehen.«

Warum Theos nonchalanter Ton ihm einen Stich in die Magengrube versetzte, konnte Jesper nicht einmal sagen. Natürlich hatte er nicht geglaubt, etwas Besonderes für Olivia zu sein. Das zu hoffen, wäre der reinste Wunschtraum. Ihnen war beiden bewusst, dass Jespers Tage in Jütland gezählt waren. Ein paar Wochen noch, mit etwas Glück zumindest bis zu dem Mittwinter-Konzert, dann müsste er endgültig zurück nach Berlin.

»Aber ich habe nicht vor, dir und deinen Investment-Heinis unser Familienunternehmen kampflos zu überlassen. Wenn du glaubst, deine Affäre mit Olivia würde uns in handzahme Hündchen verwandeln, hast du dich getäuscht.«

»Dein Vater hat einen Großteil der Firmenanteile bereits an *Windfall* verkauft. Er konnte seine Rechnungen nicht mehr bezahlen. Komm schon, Theo, du bist vom Fach, du weißt, dass es kein Zurück mehr gibt.«

»Und *du* weißt, dass dies nicht die erste dumme Geschäftsentscheidung meines Vaters war. Ich habe mir die Bücher angeschaut. Egal, wer in den vergangenen fünf Jahren an ihn herangetreten ist, er hat finanzielle Unterstützung zugesagt.«

Ja, Per Adamsens Hang, ein zu weiches Herz zu haben, war mit ein Grund für die finanziellen Schwierigkeiten, in denen die *Adamsen ApS* steckte. Es soll ein alter Kutter hergerichtet werden, um als Museumsschiff das Wattenmeer zu befahren. Per Adamsen übernimmt die Anschaffungskosten für das Boot. Tierschützer rufen eine koordinierte Jagd auf Füchse und Marderhunde aus, weil diese drohen, den Bestand diverser Vogelarten zu gefährden. Per Adamsen ermöglicht mit seiner Spende die Medienkampagne, um Anwohnern und Touristen zu erklären, dass es hier um Artenschutz und nicht um das blutige Hobby einer Handvoll Insulaner geht. Es werden Gelder benötigt, damit ein Fortbildungsprojekt für Handwerker ins Leben gerufen werden kann, die in Zukunft besser dafür geschult sein sollen, örtlich verankertes Baukulturerbe zu schützen? Per Adamsen öffnet die Brieftasche. Innerhalb von nicht einmal drei Jahren hatte Per Adamsen nicht weniger als zwölf derartiger Projekte mit teilweise astronomischen Summen unterstützt. In Berlin, als Jesper einen ersten Blick auf die Bücher der *Adamsen ApS* geworfen hatte, hatte er geglaubt, es mit einem senilen Greis oder einem Verrücken zu tun zu haben. Mittlerweile sah er das anders. Doch davon konnten weder er noch Theo die Geschäfte retten.

»Aber es gibt einen Unterschied zwischen einem stillen Geldgeber und einer feindlichen Übernahme«, konstatierte Theo, »und bei dir bin ich mir nie sicher, für welches Team du spielst. Ich habe mir die Webseite von *Windfall* angeschaut.«

Daher also wehte der Wind. Es sollte ihn nicht wundern. Dass *Windfall* nicht gerade als ein Wohltätigkeitsverein bekannt war, wusste er schließlich. Er blickte kurz nach oben und holte Luft. »Ich habe nicht vor, euch euer Zuhause zu nehmen. Das habe ich Ella und Olivia geschworen und ich verspreche es auch gerne dir noch einmal. Wir werden eine Lösung finden, mit der alle glücklich sind.« Er fuhr sich mit der Hand durchs Haar. Diese Angewohnheit wurde langsam zur Marotte. Wenn er nicht wirken wollte wie ein unsicherer Nerd, sollte er sich das Gefummel schleunigst wieder abgewöhnen. Er riss sich zusammen. »Ich muss an Geld kommen, ohne dabei das Bed and Breakfast oder das *Klostergården* anzurühren. Bloß schade, dass ich mein Studium nicht in Hogwarts absolviert habe. Aber irgendwas wird mir schon einfallen. Ich arbeite daran, okay?«

Das erste Mal, seit sie sich zu zweit unterhielten, verlor Theos Miene etwas von seiner Härte. Vielleicht hatte er auch Mitleid mit Jesper. Theo wusste ebenso gut wie er, dass es eine Sisyphosaufgabe war, zu der Jesper sich da verpflichtet hatte. Etwa so erfolgversprechend wie einen Ball dazu zu bringen, bergauf zu rollen.

»Dann lässt du dir besser etwas Gutes einfallen. Olivia haben schon zu viele Menschen enttäuscht und im Stich gelassen. Wünsch dir lieber, dass du nicht der Nächste bist. Das hat sie nicht verdient.«

Wow, damit hatte er nicht gerechnet. Am wenigsten von dem sonst so korrekten Theo. Für die Dauer eines Herzschlags nahm die nur unzulänglich verhüllte Drohung von Olivias ältestem Cousin Jesper den Atem.

Doch dann, langsam, breitete sich ein Grinsen auf seinem Gesicht aus. Sollte ihm Theo doch die Zähne einschlagen, wenn er meinte, Jesper verdiente es. Olivia wurde geliebt, und das war am Ende des Tages das Wichtigste.

Tage vergingen, die Olivia erschienen wie ein Wunder. Mit Jesper schlafen, mit Jesper träumen. Mit Jesper spazieren gehen und die Insel erkunden. Es war Winter geworden auf ihrem kleinen Eiland in der Marsch. Wenn sie gemeinsam über den Deich stiegen, hinunter zum Strand, knirschte gefrorener Sand unter ihren Stiefelsohlen. In rauchigen Wolken trieb Wind Seenebel über die Flächen. Die Schwaden tanzten zum Säuseln und Zischeln der Luft. Weiter vorne, an der Flutlinie, hatte Frost die Wellen erstarren lassen. Mit jedem Schritt brachen Olivia und Jesper die Kruste aus Salz und Eis unter ihren Sohlen auf. Das Knacken, das dabei erklang, bildete einen harmonischen Kontrast zum leisen Gurgeln der trägen Wellen. An der Seite von Jesper war die ganze Welt voller Farben und Töne. Vor allem am Morgen, wenn die Sonne die Wolken von hinten anstrahlte und der Himmel zur Leinwand eines unsichtbaren Künstlers wurde. Der Schnee lag nicht hoch genug, damit er den ganzen Boden bedecken konnte. Aber er sammelte sich in Furchen und Tälern zwischen Dünengras und Heckenzweigen. Gerade genug, um das Sonnenlicht zu brechen, wenn sie das Wintergrau besiegte. Dann glitzerten die Kristalle wie kostbare Diamanten.

Weil Jesper nicht reiten konnte, führten sie die Islandpferde spazieren. Er freundete sich mit der alten Rokka an und verzichtete darauf, Handschuhe anzuziehen, weil er es so sehr liebte, die Hände ins dicke Winterfell des Ponys zu graben.

Um sich aufzuwärmen, gab es heißen Cider mit Honig und Ingwerplätzchen. In langen, gemütlichen Testreihen fanden sie heraus, welche Sorten des Hausgetränks Jesper besonders mochte und welche weniger. Am liebsten war ihm der Fruchtwein aus Sommerapfel mit einer Note von Blaubeeren.

Kein Tag verging, an dem das Haus nicht nach süßen Köstlichkeiten duftete. Hanne überschlug sich in der Küche. Gemeinsam mit den Kindern glasierte sie Nüsse und Mandeln mit Knusperkaramell, kochte Bonbons und backte Pebernødder, Gewürzplätzchen mit leckerem Inger- und Anisaroma.

Alle zusammen bastelten sie Weihnachtsgirlanden und hingen sie über den Türstöcken auf. Jedes Mal, wenn Theo Ella für die Wochenenden auf die Insel holte, staunte das Mädchen, was sich wieder verändert hatte.

Weil die Tage kurz und dunkel waren, leuchteten im Hof ab vier Uhr nachmittags tausend Lichter an einer Lichterkette. Käpt'n Hook verbachte die meisten seiner Tage in der Innenvoliere. Nur, wenn Jettes Söhne mit Posh und Baby für Radau im Hof sorgten, kam er durch sein Vogeltürchen hinaus und feuerte die Spielenden mit seiner krächzenden Papageienstimme an.

Wenngleich im Winter das Leben in Ribe und Umgebung an Geschwindigkeit verlor, bestand die Zeit nicht nur aus Müßiggang. Wenn sie gebraucht wurde, übernahm Olivia Schichten im *Klostergården*. Manchmal saß dann in einer der Nischen ein junger Mann mit windzerzausten Haaren allein an einem Tisch mit seinem Laptop und arbeitete still vor sich hin. Dann wurde es in ihrer Brust warm und ihr Herz schlug schneller als normal.

Olivia wusste noch immer nicht genau, was Jesper machte, wenn er arbeitete. Aber wann immer sie fragte, versicherte er ihr, dass er alles daransetzte, seinen Chef mit Ausflüchten so lange hinzuhalten, bis er eine zündende Idee hatte, wie er das Familienunternehmen der Adamsens retten konnte.

Mads, Jette und Ebbe bereiteten alles für das Konzert des englischen Popstars im *Hotel Hygge* vor. Joshua fungierte als ihr Kontaktmann in London, während sie Flyer drucken ließen. Diese legten sie an allen Touristenpunkten der Gegend aus. Ein Stapel in der Touristeninfo in Ribe, einen im *Vadehavescentret*, dem Nationalparkmuseum Wattenmeer, einen im Stadtmuseum, wo Besuchern die Geschichte der Gegend nahegebracht wurde. Während die Kinder ausgelassen im Schnee tobten, Schneemänner bauten und Bilder für die Nissen, die kleinen Weihnachtskobolde, malten, damit sie ihnen keine Streiche spielten, verbrachte Mads Stunden am Telefon und rief jeden Freund und Bekannten an, den er noch in der Gegend hatte. Alle, die er kannte, lud er ein. In seiner überschwänglichen Art erzählte er von Brad Sinclair und was für eine Gelegenheit es wäre, gemeinsam mit einem aufkommenden Star auf einer Bühne zu stehen. Per und Ebbe vereinten ihre Kräfte, um die Scheune aufzuräumen. Krimskrams und Plunder von Jahrzehnten kamen zutage. Alte Tische, Bänke, Werkzeug. Alles wurde von den beiden Männern sortiert. Was nicht mehr zu gebrauchen war, fuhren sie mit einem Anhänger zum Wertstoffhof, und was übrig blieb, wurde abgestaubt, geputzt und so präsentiert, dass es am Tag des Mittwinterkonzertes für den guten Zweck versteigert werden konnte. Als sie mit dieser Arbeit fertig waren, konnte jeder erkennen, was die Scheune einmal gewesen war. Ein

Gildesal. Ein Raum für Feiern und Gemütlichkeit, wie es ihn in vielen alten Gehöften der Gegend gab. Nicht Bar, nicht Schuppen oder Scheune, sondern ein Ort, wo man in geselliger Runde zusammen sein und machen konnte, worauf immer man Lust hatte, sei es singen, Karten spielen, trinken oder einfach nur reden. Eine bessere Location für ihre Veranstaltung hätten sie sich gar nicht ausmalen können. Sogar eine kleine Bühne gab es.

Nun befand sich Mads auf dem Weg zum Flughafen nach Billund, um Brad Sinclair abzuholen, der von Joshua in London in ein Flugzeug nach Jütland gesetzt worden war. Olivia, Hanne, Jette und Per trafen die letzten Vorbereitungen im Saal und dem Innenhof.

Alle waren schrecklich gespannt auf den Nachwuchs-Rockstar. Ein echter Star auf ihrer kleinen Insel. Egal, wie dieses Konzert ausging, davon würden noch die Kinder ihren Kindeskindern erzählen. Wer bei all der Besonderheit und Individualität, die die Adamsens den Besuchern morgen zu dem Konzert hier bieten würden, nicht die Kronen rollen ließ, dem war nicht mehr zu helfen. Darin waren sie sich alle einig.

»Oh, das müssen sie sein!« Das Geräusch von Autoreifen auf dem mit Schnee bedeckten Kies ließ Olivia aufhorchen. Sie ließ den Lappen sinken, mit dem sie Biertische abwischte, und schaute aus dem Fenster.

»Nee, ich glaube nicht.« Jette putzte die Fenster und hatte daher einen besseren Beobachtungsposten. Sie schüttelte den Kopf. »Das ist nicht Mads' Wagen. Hat irgendeiner der Nachbarn zuletzt im Lotto gewonnen?«

»Nee. Warum fragst du?«

»Na, weil ich niemanden hier kenne, der einen riesigen schwarzen Mercedes fährt, du?«

Olivia runzelte die Stirn. Sie trat näher ans Fenster. Der Wagen hatte ein deutsches Kennzeichen, das mit B anfing. B wie Berlin. Sie schluckte.

Ausgerechnet in diesem Moment war Jesper nicht an ihrer Seite. Er saß in seinem Ferienappartement und telefonierte sich die Seele aus dem Leib. Weiß Gott, wen er gerade wovon überzeugen wollte.

»Nein.« Ihre Stimme klang schwächer, als sie sich wünschen würde.

Die Fahrertür öffnete sich. Ein glänzender Herrenschuh kam zum Vorschein, dann ein Anzughosenbein. Ein Stich fuhr hinter ihr Brustbein, ausgelöst von einer bösen Ahnung. Der Mann, der ausstieg, trug einen perfekt geschnittenen schwarzen Anzug. Selbst bei Wind konnte man erkennen, wie tadellos das Kleidungsstück saß. Er hatte grau meliertes Haar und einen Haarschnitt, der wahrscheinlich mehr gekostet hatte, als das *Klostergården* an einem Abend Umsatz machte.

Mit energischen Schritten näherte er sich dem Gartentor, und Olivia hatte das Gefühl, es wäre der Sensemann selbst, der da an ihre Tür klopfte.

9

Der Kopf auf dem Hals des Fremden wackelte bei jedem Schritt hin und her. Irgendwie erinnerte er Oliva an einen Löffelreiher, der beim Essen seinen Kopf auch immer so lustig hin und her schwang. Trotz seines makellosen Äußeren hatte der Unbekannte etwas an sich, das Olivia Unbehagen bereitete. Mit Blicken suchte er den Innenhof ab.

An Jettes Seite trat Olivia vor die Tür.

Mit ausgreifenden Schritten kam der Fremde direkt auf sie zu. »Ulrich Berg«, stellte er sich vor. Statt seine Hand zum Gruß anzubieten, nickte er nur knapp.

Unwillkürlich schob Olivia die Hände in die Jeanstasche. Ihre Finger waren aufgeweicht vom Putzwasser, die Knöchel rot und rissig. Dieser Ulrich Berg wirkte wie die Art von Mann, der Angst hatte, eine winzige Berührung mit einer Frau wie ihr könnte sein tadelloses Auftreten ruinieren.

Bergs Oberlippe kräuselte sich, als er Olivias Geste beobachtete, vielleicht bildete sie sich das aber auch bloß ein.

»Mein Mitarbeiter Jesper Høgh erwartet mich.« Er sprach auf Deutsch, wie selbstverständlich ging er davon aus, dass jeder in Dänemark seine Sprache verstehen würde.

Olivia spielte mit dem Gedanken, sich absichtlich dumm zu stellen, um ihm seine Arroganz heimzuzahlen, doch dazu kam sie nicht mehr.

Die fünfjährige Nora stürmte durch das Tor, das vom Innenhof zum Pferdestall führte. An ihren gelben, dick gefütterten Gummistiefeln klebte Mist, einzelne Strohhalme hatten sich in den Haaren verfangen und ihre Wangen waren mit Schmutzstreifen bedeckt. Die salzige Meerluft übertünchte nicht das Aroma von Pferdeäpfeln, das das Mädchen umwehte. Trotz Dreck und Gestank strahlte sie übers ganze Gesicht.

»Ich hab Farmor beim Ausmisten geholfen!«, schrie sie ihnen entgegen, noch den halben Innenhof von ihnen entfernt. »Ich durfte selber das dreckige Stroh wegmachen. Es war so toll! Und weil die Mistgabel zu groß für mich ist, habe ich alles mit den Händen gemacht!« Wie Siegestrophäen streckte sie ihre Hände in die Höhe. »Da schaut! Ganz allein!« Die Hände waren noch dreckiger als ihr Gesicht.

Vor ihrem kleinen Grüppchen blieb Nora abrupt stehen. Erst jetzt schien ihr aufzufallen, dass ein Fremder in der Mitte stand. Sie musterte Ulrich Berg mit konzentriertem Blick, dann streckte sie ihm ihre beschmierte Hand hin. »Hallo!«, sagte sie. »Ich bin Nora Dyreborg und ich kann Pferdeäpfel wegmachen. Wer bist du?«

Ulrich starrte Nora an, als sei sie ein Haufen Wattwurmkacke. Nicht das winzigste Lächeln umspielte seine Lippen.

Jette reagierte zuerst. Sie fasste ihre Nichte am Kragen und zog das Mädchen sanft von Berg zurück. »Sicher spricht er kein Dänisch. Besser, du wäschst dir die Hände, bevor du irgendwas anfasst.«

Gleichzeitig flog die Tür zu Jespers Ferienappartement auf.

»Ulrich!« Eiligen Schrittes trat er auf sie zu. »Da bist du ja.« Auch er sprach jetzt Deutsch. »Das ist wirklich eine Überraschung. Hast du alles gut gefunden?« Lachend fuhr er sich mit der Hand durchs Haar. Ganz kurz glitt sein Blick in Olivias Richtung, und für die Dauer eines halben Herzschlags meinte sie, so etwas wie Verlegenheit oder Reue in seinen Augen zu erkennen. Aber dann konzentrierte er sich wieder ganz auf den Neuankömmling und es war, als wäre sie gar nicht da. Derselbe Mann, der sie heute Morgen vor dem Aufwachen zärtlich geliebt hatte, tat jetzt, als sei sie eine Fremde. Doch wenn sie gemeint hatte, das sei bereits eine Kränkung, hatte sie sich getäuscht. Es kam noch schlimmer.

»Ich kann dir sagen, bei meiner Ankunft habe ich mich fürchterlich verschätzt mit der Tidenzeit und konnte erst mal nicht weiterfahren«, erzählte Jesper. »Es war ein Albtraum.«

Vielleicht übertrieb sie, aber zu hören, wie Jesper einen der wundervollsten Abende ihres Lebens als einen Albtraum bezeichnete, schmerzte Olivia mehr, als sie zugeben wollte. Instinktiv spannte sie die Bauchmuskeln an, als würde sich ihr Körper gegen einen Schlag rüsten, der nur mit Worten ausgeführt wurde.

»Nun. Wie mir scheint, war deine Ankunft nicht das Einzige, was bei diesem Projekt bisher nicht nach Plan lief.« Die Stimme dieses Ulrichs triefte vor Sarkasmus. »Hat man dir hier ein Büro zur Verfügung gestellt? Wir haben viel zu tun.«

»Oh, ja, ähm.« Jesper zeigte in Richtung seines Appartements. »Büro ist etwas übertrieben gesagt. Aber ich habe mich in meinem Studio hier eingerichtet. Komm, ich führe dich rum. Du weißt ja: Man gewöhnt sich an alles.«

Beide Männer lachten. Fassungslos starrte Olivia ihnen nach.

»Was war das denn?« Jette neben ihr schien nicht weniger fassungslos als Olivia selbst. »So habe ich ihn ja noch nie erlebt. Der hat dich nicht mal beachtet. Wusstest du überhaupt, dass er seinen Boss erwartet?«

Olivia schüttelte den Kopf.

Die folgende Stille dauerte einen Deut zu lange, um zu verhehlen, wie unangenehm die ganze Situation gewesen war. Nicht nur hatte Jesper sie nicht beachtet, er war ein ganz anderer Mann gewesen. Sein Lachen hatte anders geklungen, der Ton seiner Stimme, selbst seine Gesten waren ihr auf einmal fremd erschienen.

Sogar Nora schien das aufgefallen zu sein. Sie zupfte an Olivias Ärmel, bis sie die Hand aus der Hosentasche nahm und das Mädchen die Finger mit ihren total verschmutzten verschränken konnte.

»Nicht traurig sein«, meinte sie so ernst, wie ein fünfjähriges Mädchen nur sein konnte. »Mein bester Freund im Kindergarten ist auch manchmal komisch.«

»So? Wie denn?«, erwiderte Oliva halb lachend, halb

schluchzend. Nun suchte sie schon Bestätigung bei einer Fünfjährigen – absurd!

An der Tür zu seinem Appartement drehte sich Jesper noch einmal zu ihr um. Dieser Berg hatte ihm eine Hand auf die Schulter gelegt, und so betrachtet könnten sie fast Vater und Sohn sein.

»Olivia?«, rief er ihr zu.

Nora biss sich auf die Unterlippe, um den Wortstrom zu unterbrechen, den sie offensichtlich gerade im Begriff gewesen war auszusprechen.

»Ja?«

»Kannst du uns zwei Kaffee bringen?« Er lächelte schief. Doch statt schüchtern-charmant wie am Abend, als sie sich kennengelernt hatten, wirkte es einstudiert.

»Sicher«, antwortete sie, rührte sich allerdings nicht vom Fleck.

Kaum fiel die Tür hinter den beiden Männern ins Schloss, konnte sich Nora nicht mehr zurückhalten. »Liam, so heißt mein bester Freund. Von dem wollte ich dir erzählen. Immer, wenn wir zu zweit sind, sagt er, wir sind allerbeste Freunde. Aber kaum will einer der Jungs mit ihm spielen, vor allem der William, der ist der Älteste in unserer Gruppe, dann tut Liam so, als ob wir uns gar nicht kennen.«

»Das ist ziemlich gemein«, bestätigte Olivia.

»Hm.« Nora nickte ernst. »Deshalb bin ich so gerne hier. Pferde sind viel besser als Jungs! Und auf denen kann man sogar reiten!«

Diesmal war es Jette, die lachte. Prustend stupste sie Olivia in die Seite. »Hört, hört! Man unterschätze niemals den Rat einer Fünfjährigen.«

»Niemals«, stimmte Olivia zu und drückte Nora einen Kuss auf den Scheitel. Die Kleine strahlte.

Aber sosehr sie sich bemühte, für Nora ein zuversichtliches Lächeln aufzusetzen, in ihrem Inneren zog sich etwas ganz tief in sich selbst zurück. Sie hatte nicht die große Liebe erwartet, als sie sich auf das Abenteuer mit Jesper eingelassen hatte. Ein paar Wochen, mehr stand ihr nicht zu. Das hatte sie von Anfang an gewusst. Wenn sie jetzt auf den Schmerz hörte, mit dem sich ihr Inneres verkrampfte, nur, weil Jesper sich ihr gegenüber so seltsam verhalten hatte, hatte sie dennoch auf mehr gehofft. Und dafür zahlte sie nun den Preis.

Ulrich legte Jesper eine Hand auf die Schulter, während dieser sich mit dem Türschloss des Appartements abmühte. Erst mit Verspätung fiel ihm ein, dass er nicht abgeschlossen hatte, und zwar schon seit seiner Ankunft auf der Insel nicht mehr. Herrgott! Warum brachte ihn Ulrichs Auftauchen derart aus der Fassung?

»Hier sind wir.« Indem er mit großer Geste die Tür aufstieß, versuchte er, sein peinliches Herumhantieren zu überspielen. »Klein, aber fein. Wie ich schon am Telefon gesagt habe.«

Nie war er froher gewesen, dass er das Ferienappartement nur als Büro nutzte, seit er quasi bei Olivia eingezogen war. Ihre gemeinsame Zeit war zu eng bemessen, um sie zu verschwenden. Also verbrachte er die Nächte in den Armen seines Feenmädchens und kam nur in das Ferienappartement, wenn er in Ruhe arbeiten wollte.

Alles war tadellos aufgeräumt. Auf dem Tisch in der Küche stand sein Laptop, umgeben von allerlei Akten und Papierausdrucken sowie Broschüren mit Informationen über die Gegend. Den Stapel Konzertflyer ließ er im Vorbeigehen möglichst diskret in einer Küchenschublade verschwinden.

»Gut, gut.« Ohne auf eine Aufforderung seitens Jesper zu warten, nahm Ulrich auf einem der Stühle Platz. Er warf einen Blick auf den Monitor des Notebooks, doch zum Glück war bereits der Bildschirmschoner angesprungen. Jesper konnte sich nicht vorstellen, dass sein Chef allzu begeistert darüber sein würde, dass Jesper in regem Austausch mit einer der örtlichen Umweltgruppen stand. Diese versorgte er hinter dem Rücken von *Windfall* mit Informationen, welche Eingriffe der Bau eines Glamping-Platzes auf die örtliche Fauna haben könnte.

Vom Monitor schweifte Ulrichs Blick durch den Raum und dann zum Fenster in den Innenhof hinaus, wo Olivia, Jette und Nora gerade wieder auseinanderstoben.

Sowie Ulrich ihn jetzt wieder anschaute, grinste er. »Das ist ja echtes Hinterland, in das es dich hier verschlagen hat. Nicht, dass dagegen was einzuwenden sind. An solchen Orten sind die Weiber wenigstens noch echte Weiber. Kittelschürze und Wischlappen inklusive. Da fragt man sich direkt, was unter dieser biederen Schürze steckt, oder?«

Jesper lächelte gezwungen, auch wenn er ahnte, dass es mehr auf eine Grimasse hinauslief. Olivia und Jette waren keine Weiber, ganz sicher nicht. Seinen Boss zu verbessern, dass es keine Kittelschürze war, die Olivia trug, sondern eine Wachsjacke, die wasserfest war und sich leicht reinigen ließ, verkniff er sich. Seit seiner Scheidung vor drei Jahren wurde es immer schlimmer. Aus dem zugewandten Förderer von früher war ein selbstgefälliger, sexistischer Idiot geworden. Besonders oft bekam Caro, Ulrichs Assistentin, seinen Chauvinismus ab. Caro war brillant in ihrem Job. Lob vom Chef? Fehlanzeige. Dafür durfte sie sich regelmäßig von ihrem Boss anhören, dass der Hauptzweck ihrer Anwesenheit bei *Windfall* die Verschönerung der Inneneinrichtung sei.

Vielleicht war es aber ja auch Jesper, der sich verändert hatte. Weil er mit jedem erarbeiteten Erfolg ein bisschen weniger nach Bestätigung hungerte, ein bisschen mehr spürte, dass er mehr war als ein Stolperstein im Lebensweg seiner Eltern.

Übertrieben begeistert rieb sich Jesper die Hände. Ganz sicher würde er nicht mit Ulrich über *Weiber* sprechen. »So. Was also bringt dich hierher? Ich habe Caros Mail vor nicht mal einer Stunde erhalten. Wenn ich gewusst hätte, dass du auf dem Weg hierher bist, hätte ich dich doch anders empfangen.« Und mich besser darauf vorbereitet, wie ich rechtfertigen soll, was ich die letzten Wochen hier gemacht habe.

Ulrich setzte dazu an, etwas zu sagen, da klopfte es an der Tür.

»Herein.«

»Herr Høgh, ich bringe Ihnen den Kaffee. Wie Sie bestellt haben.« Zum ersten Mal, seit er sie kannte, sprach Olivia Deutsch mit ihm. Er würde wetten, dass sie es nur machte, damit sie ihm die umständliche Höflichkeitsform um die Ohren hauen konnte. Er hatte es nicht besser verdient.

»Wo darf ich servieren?«

»Dort, bitte.« Er deutete auf die Küchenzeile und brachte es nicht fertig, sie anzuschauen. »Ulrich, mit Zucker, ohne Milch, wie immer?«

»Kennst mich doch.« Ulrich lachte bellend. »So lange haben wir uns auch nicht gesehen, dass ich in der Zwischenzeit meine Gewohnheiten geändert habe.«

Natürlich hatte Olivia Ulrichs Antwort auch gehört. Sie machte sich daran, Kaffee aus der Thermoskanne auf ihrem Tablett in eine der mitgebrachten Tassen zu füllen. Was vollkommen idiotisch war. Er hatte in dem Appartement auch Tassen, Becher und einen Kaffeefilter. Er hätte ohne Weiteres selbst für sich und Ulrich die Erfrischung kredenzen können. Jemand anderen um diesen Gefallen zu bitten, war ein Automatismus gewesen. Lächerliches Statusgehabe. Mittlerweile wurde ihm die ganze Situation zunehmend unangenehm.

Er nahm Olivia die Kanne aus der Hand. »Ich erledige das schon. Danke«, flüsterte er ihr leise auf Dänisch zu.

Deutlich lauter antwortete sie auf Deutsch: »Darf es sonst noch etwas sein, Herr Høgh?«

»Olivia …«

»Nein? Gut. Wenn Sie mich noch einmal brauchen, rufen Sie mich an. Die Nummer haben Sie.«

Hoch erhobenen Hauptes stolzierte sie, das Tablett unterm Arm, nach draußen.

Ulrich lachte leise vor sich hin. »Sieh an, sieh an. Kein Wunder, dass du dich so schwer von deiner Expedition ins Wikingerland lösen kannst. Unter den ganzen Schichten Dreck ist ja ordentlich was versteckt.« Mit den

Händen formte er zwei riesige Brüste vor seinem Oberkörper.

Jesper wollte kotzen. Als blutjunger Werkstudent war er zu *Windfall* gekommen, grün hinter den Ohren und geradezu lächerlich unbeholfen in sozialen Interaktionen. Ulrich hatte sein Potenzial trotzdem erkannt und ihn unter die Fittiche genommen. Das, was Jesper heute an Durchsetzungsvermögen und Selbstbewusstsein besaß, hatte Ulrich ihm geschenkt. Daran änderte auch das schrecklich antiquierte Frauenbild seines CEOs nichts. Selbst wenn er als Vaterfigur nicht mehr taugte, Ulrich war immer noch sein Chef. Ausrasten kam leider nicht infrage. Den verbalen Ausfall einfach zu akzeptieren, ging allerdings auch nicht.

Er atmete einmal tief durch. Was er jetzt am wenigsten gebrauchen könnte, wäre eine zittrige Stimme. Genügte schon, dass sein Magen nervös flatterte. »Es ist wirklich unangebracht, so über die Familienmitglieder zu sprechen. Olivia Adamsen leistet tolle Arbeit für die *Adamsen ApS*. Sie kümmert sich im Sommer um die Gäste, hilft im Pub aus, pflegt die Webseite und weiß unglaublich viel über die Geschichte der Region. Die Größe ihrer Brüste ist dabei absolut irrelevant.«

Ulrichs Kichern steigerte sich zu einem fiesen Lachen. »Junge, Junge, zieh mal den Stock aus dem Hintern. Das war ein Witz. Wir sind doch unter uns. Niemand da, der uns hört.«

»Ob uns jemand hört, sollte keinen Unterschied …«

Geschlagen hob Ulrich die Hände. »Gut, gut, ich nehm's zurück. Ich versteh es ja. In deinem Alter hab ich auch noch geglaubt, wir müssten sie beschützen. Aber glaub mir, hinter diesen großen, warmen Augen steckt bei den meisten Frauen nur Berechnung. Wag es bloß nicht, einmal nicht nach ihrer Pfeife zu tanzen, dann rammen sie dir ein Messer in den Rücken. Oder warum meinst du, sitzt jetzt meine Ex in der schicken Dachgeschosswohnung in Zehlendorf und verprasst den Unterhalt, den ich ihr zahlen muss, während ich gucken kann, wo ich bleibe?«

Jesper wollte Ulrich nicht anschauen, wenn der ihm sein Leid klagte. Er füllte sich selbst eine Kaffeetasse und setzte sich Ulrich gegenüber an den Tisch.

»Wie auch immer. Was bringt dich hierher?«

Ulrich gab ein theatralisches Seufzen von sich. »Ich wollte nach dem Rechten sehen. Was sonst? Annkathrin kommt ohne mich klar. Die gibt richtig Gas.«

»Ist sie schon fertig mit ihrem Konzept? Alles steht auf festen Beinen.«

»Aber hallo.« Ulrich nickte anerkennend. »Das ist 'ne echte Powerfrau, sag ich dir. Die weiß, was sie will. Die lässt sich nicht so einfach abwimmeln, wenn sie auf Antworten wartet.«

Jesper bemühte sich, den Seitenhieb mit einem großen Schluck Kaffee hinunterzuspülen. Was seine Ex anstellte, sollte ihm egal sein.

»Und da Annkathrin problemlos«, redete Ulrich weiter, »auf mich verzichten kann, dachte ich, ich schau mal bei dir vorbei. Du weißt doch, ich bin immer für dich da.«

»Ja, natürlich.« Selbst wenn er ganz ehrlich mit sich war, konnte er nicht einmal sagen, wann er mehr Druck auf sich verspürte. Wenn Ulrich die Daumenschrauben anzog, oder wenn er einen auf liebevollen Mentor machte. Er schätzte, es war die Mischung, die ihn jedes Mal wieder kriegte.

»Was ist das eigentlich für ein Radau dort draußen? Fangen die schon an auszumisten, weil sie wissen, dass ihre Zeit hier auf der Insel vorbei ist? Dann wärst du ja doch schon weiter, als ich gedacht hatte.«

»Ähm, nein. Sie … Morgen veranstalten sie ein Benefizkonzert hier auf dem Hof. Die Einnahmen sollen helfen, die schlimmsten Löcher in den Firmenkonten …«

Weiter kam er nicht. Ulrichs bellendes Lachen unterbrach ihn mitten im Satz. »Ein Benefizkonzert? Ehrlich? Das ist ja süß. Mit ein paar Aushilfswikingern, die in historischen Kostümen um ein Lagerfeuer tanzen oder so?«

»Also, eigentlich haben sie einen ziemlich angesagten Künstler aus London verpflichtet. Der stellt seine Single vor, und dazu gibt es dann ein Open-Stage, wo jeder, der will, etwas vortragen kann.«

»Großartig, wirklich.« Ulrich kriegte sich gar nicht mehr ein. »Hast du nicht mal erzählst, dass du als Teenager auch die Klampfe gezupft hast?«

»Es war klassische Gitarre, aber ja.« Jesper spürte, wie ihm Hitze in die Wangen stieg. »Meine Eltern meinten, das Erlernen eines Instruments gehöre dazu.«

»Sag bloß, ich krieg dich dann morgen auch zu hören!« Dass Ulrich sich nicht vor ungläubiger Freude auf die Oberschenkel klopfte, war auch das Einzige. »Das wäre ja ein Spaß. Das muss ich mit dem Handy filmen. Annkathrin und die anderen im Büro werden sich totlachen, wenn sie das sehen.«

Ja, das fürchtete Jesper auch. Aus Schulzeiten konnte er sich noch sehr gut daran erinnern, wie es war, die Pointe eines schlechten Witzes zu sein.

»Ich fürchte, daraus wird nichts.« Er schob die beiden leeren Kaffeetassen zur Seite und zog sich den Rechner heran. Das hier musste aufhören. »Du bist sicher zum Arbeiten gekommen, oder?«

Ein leichtes Rucken an der Maus ließ den Bildschirm zum Leben erwachen, ein paar Tastenklicks und die Korrespondenz mit dem Heimatschutzverband verschwand und machte Platz für die Präsentation, die Jesper vorbereitet, aber nie geplant hatte, abzuschicken. Er hatte Olivia versprochen, alles dafür zu geben, eine Lösung zu finden, die ihr Leben so wenig veränderte wie möglich. Er hatte nie versprochen, dass ihm sein Vorhaben auch gelang.

10

Olivia führte den Stock hinter die Schulter und schleuderte ihn mit aller Kraft nach vorne. Leider handelte es sich in Wahrheit eher um ein ärmliches Zweiglein. Das Ergebnis ihres Wutausbruchs blieb also wenig befriedigend. Das Stöckchen kreiselte durch die Luft und landete dumpf im Gesträuch. Zitternd warfen die Äste ihre Schneelast ab und erinnerten damit ein wenig an die Hunde, wenn sie sich nach dem Spiel schüttelten. Splitterndes Holz, lautes Krachen und Getöse wäre Olivia lieber gewesen. Wenigstens Posh und Baby störten sich nicht an dem langweiligen Ergebnis. Fast gleichzeitig sprinteten die Hündinnen los. Posh hatte längere Beine und war muskulöser, daher erreichte sie als Erste das Ziel. Wie ein Sportpferd im Miniaturformat setzte sie zum Sprung an und folgte der Beute ins Gebüsch. Baby ging die Sache weniger elegant an. Ihr Sprung ähnelte eher einem Bauchplatscher mitten in den Schnee.

Ein paar Augenblicke lang verschwanden die Hunde komplett im Geäst. Ein Fasan verließ laut schnatternd und empört mit den Flügeln schlagend seinen Unterschlupf. Über ihren Köpfen tanzte ein Schwarm Stare. Von den Hunden hörte man nur spielerisches Bellen und Knurren, bis Posh sich als Siegerin durchsetzte und, den Kopf stolz in die Höhe gereckt, mit der Beute in der Schnauze zurück auf den Weg kam. Sie sah so stolz aus, als hätte sie im Alleingang die Welt erobert. Ganz wie die Prinzessin, die sie laut der Stickerei auf ihrem Mäntelchen war. Einzig die Schneekristalle, die ihr im Haarschopf und dem Wirbel an ihrer Rute klebten, dämpften ihre Anmut.

Baby ließ sich nicht von Poshs Angeberei beeindrucken. Sie blieb im Gebüsch. Es raschelte und rumorte zwischen den Ästen, aber alles, was Olivia sehen konnte, waren die weißen Locken der Hündin zwischen den wintermüden Zweigen.

»Was macht sie denn da?« Fragend sah Olivia zu Mads auf. »Es klingt, als würde sie einen Schatz ausgraben.«

»Keine Ahnung.«

Das Rätsel wurde wenige Sekunden später gelöst. Baby tauchte zerrend und knurrend wieder auf. Zweige, Blätter und Bollen aus Schnee hingen ihr im Fell. Vor allem an ihren Beinen hatten sich ganze Trauben aus Schneebällen gebildet. Hinter sich her zerrte sie einen Stock, der mindestens zweieinhalbmal so groß war wie sie selbst.

Mads brach in Gelächter aus. »Oh, Baby, meine Süße, das hast du aber fein gemacht. So ein feines Stöckchen hast du gefunden.«

Posh blickte hochmütig auf ihre Hundefreundin hinab. Sie ließ ihren eigenen Stock fallen und beschnupperte neugierig das lose Ende von Babys Baum. Scheinbar war sie unentschlossen, ob es sich lohnen würde, ihrer Kumpanin die Beute abzujagen.

Olivia schnaubte. »Deiner Hündin muss mal jemand sagen, dass Größe nicht das Einzige ist, was zählt.«

»Och, ich weiß nicht. Das Ding, das Baby sich da gesichert hat, ist ja groß und dick, und meiner Erfahrung nach …«

»He!« Olivia presste ihm eine Hand über den Mund. »Lalala. Ich will das gar nicht hören. Du bist mein Cousin!!!«

»W's'n mpf.« Olivias Hand verschluckte Mads Protest. Immer noch grummelnd ließ sie von ihrem Cousin ab. Klar, Mads Hunde waren niedlich zu beobachten, doch sie hatte schlechte Laune. Normalerweise gelang es ihrem Lieblingscousin immer, sie aufzuheitern, aber heute halfen nicht einmal seine Sprüche.

Als wäre er kurz vor dem Ersticken gewesen, atmete Mads auf. »Also, jetzt Klartext, Cousinchen. Welche Laus ist dir über die Leber gelaufen? Sonst machst du dir bei ein bisschen Zweideutigkeit auch nicht gleich ins Höschen.«

»Hier macht sich niemand ins Höschen.«

»Sie schon.« Grinsend wies Mads auf die Hunde. Wie aufs Stichwort platzierte sich Posh über das hängende Ende des Astes und markierte das Beutestück. Ohne Baby oder dem Stock einen weiteren Blick zu schenken, stolzierte Posh davon. Einen kurzen Augenblick lang starrte Baby der anderen Hündin verwirrt hinterher. Wie jetzt, schien sie zu sagen. Ich erledige die ganze Arbeit, und du beanspruchst das Ding einfach für dich? So kann das nicht weitergehen!

Nach dem ersten Schock ließ auch Baby von dem Ast ab und jagte in gestrecktem Galopp und mit fliegenden Ohren der Chinese-Crested-Hündin hinterher. Der Superfund war vergessen. Stattdessen gingen die beiden Hunde dazu über, sich gegenseitig zu jagen. Immer wieder wechselten sie dabei ab, wer den Jäger und wer den Gejagten mimte.

Sie kickte einen Eisbrocken fort, der sich aus der Kruste auf dem Boden gelöst hatte. Sie hatte nicht vor, aus einer enttäuschten Liebelei auf Zeit eine Staatsaffäre zu machen, aber Mads wusste, dass Schweigen manchmal die beste Art war, sie zum Reden zu bringen. Früher oder später knickte sie immer ein.

»Jespers Boss ist heute vollkommen unerwartet bei uns aufgetaucht. Das war kurz bevor du mit Brad vom Flughafen angekommen bist.« Direkt nach ihrer Ankunft auf der Insel hatte sich der Musiker in seinem Ferienappartement zurückgezogen, da er sich von der Anreise erholen wollte. Bisher hatte außer Mads noch niemand mit dem geheimnisvollen Sänger und Songwriter gesprochen. Der einzige Blick, den Olivia auf ihn geworfen hatte, hatte einen jungen, schmächtigen Mann gezeigt, der wirkte, als wollte er sich zwischen seinen hochgezogenen Schultern verstecken.

»Wow. Und was will der hier? Meinst du, Jesper hat ihn eingeladen? Zu unserem Konzert?«

»Was weiß ich.« Im Vorbeigehen hob Oliva einen kleinen Zweig auf und warf ihn in Richtung der Hunde. Die hielten in ihrem Spiel inne und nahmen stattdessen die Verfolgung des Geschosses auf.

»Auf mich wirkte er nicht, als würde der sich für ein Impro-Konzert extra auf den Weg hierher machen. Das war einer von der Sorte *Man neige das Haupt vor mir und reiche mir das Zepter*. So einer, der denkt, weil er irgendeinen tollen akademischen Grad hat, ist er was Besseres. Jesper hat vor dem gekatzbuckelt, als wäre er ein König.«

»Idiot.« Mads schnaubte, und es war nicht ganz klar, ob sein vernichtendes Urteil Jesper galt oder Ulrich Berg.

»Doch ich schätze, wir können nichts dagegen tun, dass dieser Typ hier ist.« Sein Frust spiegelte sich in seiner Stimme wider. »Ich meine, genau genommen gehört dem die Hälfte von allem, was unserer Familie gehört, oder? Theo meinte, er hat alles geprüft, aber die Lage ist nicht mehr umkehrbar. Per hat fünfzig Prozent aller Firmenanteile an diese Investmentgruppe verkauft.«

Olivia schlug die Hände vors Gesicht. »Ich kann immer noch nicht glauben, dass dein Vater das wirklich getan hat. Wie konnte er einfach die Hälfte der Firma verkaufen, ohne uns einzubeziehen? Ich meine, das ist doch auch unser Erbe. Unsere Vergangenheit.« Sie holte kurz Luft. »Und was macht Jon? Nachdem Theo ihn mit Anrufen und Mails bombardiert, lässt er uns einfach wissen, wie leid ihm die Situation tut, erklärt jedoch im selben Atemzug, dass ihm aber aufgrund der Entfernung die Hände gebunden sind. Ich meine …« Sie stockte, schüttelte den Kopf, setzte erneut an, leiser jetzt, fast resigniert. »Ich verstehe ja, dass er in Brasilien ein neues Leben hat, aber hat er schon mal von Flugzeugen gehört?«

Mads legte ihr einen Arm um die Schulter, allerdings

spendete die Geste nur wenig Trost. »Es ist zum Kotzen, ich weiß. Und es ist auch zum Kotzen, dass die Glücksblase mit deinem Jesper schon zerplatzen musste, bevor er überhaupt abgereist ist, aber du wusstest von Anfang an, dass mit euch nichts für die Ewigkeit sein konnte. Hast du je mit dem Gedanken gespielt, mit ihm nach Berlin zu gehen? Um zu schauen, was aus euch noch werden kann.«

Nach Berlin? In eine Stadt mit mehr als drei Millionen Einwohnern und mindestens viermal so vielen Touristen jährlich? Ganz sicher nicht. Zugegeben, in einem schwachen Moment hatte sie sich Bilder im Internet angeschaut und ein paar Jobbörsen durchstöbert. Doch was sie über die deutsche Hauptstadt gelesen hatte, hatte ihr in erster Linie Angst eingejagt. Allein die Vorstellung, in einer Stadt zu wohnen, wo sich Wohnung an Wohnung reihte, gleichgültig wie hochwertig diese designt sein mochte, bereitete ihr Magengrummeln.

»Heilige Scheiße!«, rief Mads aus. »Du hast wirklich darüber nachgedacht!«

Offenbar hatte sie zu lange geschwiegen.

Höchste Zeit, ihre Sprache wiederzufinden. »Und wenn, dann habe ich den Gedanken längst wieder verworfen. Es ist, wie es ist. Mandø ist mein Zuhause.« Und wenn es sich mit jedem Tag auch ein wenig mehr anfühlte wie ein Gefängnis, lag das nur daran, wie spielend es Jesper gelungen war, sich in ihr Herz zu schleichen. Zu wissen, dass sie ihn verlieren würde, so wie sie alle anderen verloren hatte, die dem beschaulichen Leben auf der Insel den Rücken kehrten, tat weh.

Unglücklich hob sie die Schultern. »Es ist, wie du sagst: Wir wussten beide von Anfang an, dass das mit uns nur eine Sache auf Zeit ist. Von Fernbeziehungen habe ich mehr als genug, das habe ich dir schon am Tag deiner Ankunft erzählt. Jedes Mal, wenn ich es doch probiert habe, ist es nach hinten losgegangen. Ich passe nicht in seine Welt und er nicht in meine.«

Sie entschlossen sich, ihren Spaziergang zu beenden und sich auf den Rückweg zu machen. Unter ihren Sohlen knirschte der Schnee. Olivias Wangen brannten vor Kälte, und trotz ihrer Handschuhe verwandelten sich ihre Finger langsam, aber sicher in Eiszapfen. Selbst die Hunde schienen müde zu sein. Das Tollen im Schnee hatte sie ordentlich erschöpft. Statt sich gegenseitig zu jagen, trotteten sie neben Olivia und Mads her.

Im Grunde war alles zu dem Thema gesagt, trotzdem fuhr sie seufzend fort. Eine frostige Atemwolke stieg von ihren Lippen auf. »Aber was kümmert sich schon das Herz darum, was der Kopf weiß. Ich schätze, ich konnte das Hoffen nicht lassen, und da war die Art, wie er mich vor seinem Chef total ignoriert hat, ein ziemlicher Weckruf. Immer mach ich denselben Fehler, und am Ende stehe ich doch wieder alleine da.«

Mads drückte ihr einen Kuss auf den Scheitel. »Ich hätte dir wirklich gewünscht, dass es diesmal anders ist. Aber weißt du was? Irgendwann wird einer kommen, der für dich alles stehen und liegen lässt und dich behandelt wie die Prinzessin, die du bist. Wirst schon sehen, das verspreche ich dir.«

Sosehr sich ihr Cousin bemühte, sie aufzuheitern, Olivia

empfand keine Erleichterung. Sie wollte niemand anderen. Sie wollte Jesper. Sie hatte ihm geglaubt, als er ihr geschworen hatte, er würde für sie kämpfen.

Für sie kämpfen – dass sie nicht lachte! Kaum tauchte sein Chef auf, behandelte er sie wie ein Dienstmädchen und würdigte sie keines Blickes mehr.

Bis heute Vormittag hatte sie mit wachsender Panik an den Moment gedacht, wenn es für Jesper und sie hieß, Lebewohl zu sagen. Jetzt konnte sie kaum abwarten, dass er abreiste. Ihm so nah zu sein und ständig vor Augen geführt zu bekommen, wie wenig sie ihm in Wahrheit bedeutete, war eine ganz eigene Art von Folter. Eine Welle von Traurigkeit überfiel sie.

»Ach Mann, ich will nicht, dass es so ist!« Sie vergrub die Nase in Mads' Schulter und atmete den vertrauten Duft ihres Cousins ein. Einatmen, ausatmen. Vielleicht gelang es ihr so, nicht in Tränen auszubrechen. »Ich mag ihn wirklich, weißt du? Nicht den schleimigen Business-Typen, aber den Insel-Jesper. Den hab ich wirklich gerne. Ich wollte daran glauben, dass es einen Weg für uns gibt. Dass wir irgendeine Lösung finden, wie er seine Karriere vorantreiben kann und ich weiter hier glücklich bin und wir uns trotzdem regelmäßig sehen und alles. Ich meine, wir wären doch nicht das erste Paar, das es schafft, eine Fernbeziehung zu führen.«

»Ja, allerdings das erste Paar, das glücklich wird, obwohl es der Job des einen Partners ist, das Leben des anderen zur Hölle zu machen. Du liebst diese Insel.« Mads Tonfall war beschwörend. »Seine Aufgabe ist es, unser Heim in Geld zu verwandeln. Das ist gar nicht böse gemeint, es ist einfach eine Tatsache.« Sie glaubte Mads, dass er es nicht böse meinte, dennoch schmerzten seine Worte. Sie trat ein Stück zur Seite und starrte auf den Boden.

»Du hättest hundertmal die Gelegenheit gehabt, woanders hinzugehen«, sprach er weiter. »Irgendwohin, wo es einfacher ist, neu anzufangen. Aber du bist immer hiergeblieben. Weil deine Wurzeln dir wichtiger waren als irgendwelche Träume.«

»Jesper ist nicht so. Er will so viel wie möglich erhalten.«

»Bist du dir da sicher? Immer noch?«

»J …« Sie stockte. Sie konnte nicht antworten. Nicht mehr. Nicht nach dem, wie Jesper sie heute Vormittag behandelt hatte. Die Erkenntnis zerbrach ihr fast das Herz und raubte ihr die Worte.

Den Rest des Weges legten sie schweigend zurück. Wenigstens Posh und Baby schienen glücklich. Zufrieden und mit heraushängenden Zungen trotteten sie neben ihren Menschen her. Immer wieder drückte Baby sich an Olivias Bein.

Zurück am Haus steuerten die Hunde direkt auf die Eingangstür zu. Olivia und Mads folgten langsamer.

Während Posh geduldig darauf wartete, von ihrem Herrchen die Pfoten mit einem Handtuch abgeputzt zu bekommen, ließ sich Baby mit einem theatralischen Seufzen mitten im Flur fallen. Aus dem Fell der kleinen Hündin rieselten kleine Schneeflocken. Ihre ganze Haltung sagte: bis hierhin und keinen Schritt weiter. Olivia würde es nicht wundern, wenn Baby in Kürze in einer Schmelzwasserpfütze liegen würde.

Sie zog sich die fellgefütterten Stiefel aus und rückte sie unter der Garderobe gerade.

Ehe sie sich wieder aufrichtete, streichelte sie die Havaneserhündin. »Arme Baby, hat das böse Herrchen dich durch die Gegend gescheucht? So müde?«

Grunzend kugelte sich Baby noch enger zusammen. Selbst mit Mühe konnte jetzt niemand mehr erkennen, wo bei diesem Hund vorne und wo hinten war.

»Pfft«, machte Mads und stieg gekonnt über den lebenden Flokati. »Ich habe gar nichts gemacht. Niemand hat die Prinzessin gezwungen, wie eine Wilde durch den Schnee zu jagen.«

»Mads? Olivia? Seid ihr das?« Hannes Stimme klang aus dem Wohnzimmer. Im Hintergrund war laute Musik zu hören. Irgendeine Volksmusikhymne, die vor Jahren mal die dänischen Charts gestürmt hatte und jetzt von irgendwem vollkommen falsch interpretiert wurde.

Kreischendes Kichern untermalte den schiefen Gesang, dann brach das Lied mittendrin ab.

»Onkel Mads! Endlich! Da bist du ja!« Das war Nora, die da schrie.

»Wo bleibt ihr denn?« Hanne klang fast ebenso aufgeregt wie das Mädchen. »Glaubt ja nicht, ihr kommt drum herum, auch mal ans Mikro zu müssen. Seid nur froh, dass ihr Per verpasst habt.«

»Was?« Neugierig betrat Olivia das Wohnzimmer. Sie hatte keine Ahnung, was hier vor sich ging.

Alle Familienmitglieder hatten es sich bequem gemacht. Das Zimmer war erhellt vom Licht der Kalenderlys, der Adventskerze, die Per und Hanne jeden Abend mit ihren Enkeln abbrannte. Zahlen von eins bis vierundzwanzig sowie ein Regen aus goldenen Wachssternen zierten die dicke weiße Stumpenkerze. Jeden Tag dufte ein anderes Kind den Docht entzünden. Dann, wenn gerade so viel von der Kerze abgebrannt war, dass eine weitere Zahl verschwand, fiel einem anderen Enkel die Ehre zu, die Kerze auszublasen, bis abends darauf das Adventslicht wieder erstrahlte. Früher hatte Olivia diesen Brauch geliebt. Ihren Großcousinen und -cousins ging es nicht anders.

Nun saßen die Kinder auf Kissen auf dem Boden, Per stand in der Mitte des Zimmers, ein glitzerndes Mikrofon in der Hand. Ebbe hielt seine Jette auf der Couch auf dem Schoß, und Theo hatte in einem der Ohrensessel Platz genommen. Auf dem TV-Bildschirm blinkte eine Rangliste, und ein Avatar mit zwei Zöpfen und knallenger Glitzerhotpants winkte den Zuschauern. Offenbar hatten Hanne und Per die Spielekonsole ausgepackt, die immer nur dann zum Einsatz kam, wenn ihre Enkel sie besuchten. Bei Jette und Ebbe war elektronisches Spielzeug verpönt, aber schließlich waren Großeltern dazu da, ihre Enkel zu verwöhnen.

»Wir üben!« Oscar klatschte begeistert in die Hände. »Für morgen. Zuletzt hat Farfar gesungen. Schau mal, er hat ganz viele Punkte. Dabei sagt Farmor, Farfar klingt wie ein schangierter Gänserich.«

»Stran-gu-lierter«, verbesserte Hanne und alle lachten.

Olivia betrachtete die High-Score-Liste auf dem Fernseher genauer. Jeder hatte sich schon am Mikrofon versucht, und tatsächlich war Per nicht einmal der Schlechteste. Wie gut, dass sie bis gerade unterwegs gewesen war. Singen gehörte eindeutig nicht zu ihren Stärken.

Mads stürmte an ihr vorbei ins Wohnzimmer. »Ohhh, ich liebe Karaoke! Das ist mein absolutes Lieblingsvideospiel. Bühne frei für Mads Adamsen!« Er warf die Hände in die Höhe und wackelte übertrieben mit dem Hintern in der engen Jeans. Sein ganzer Auftritt wirkte total daneben, denn seine Füße steckten in dicken Lammfellpuscheln und die Haare hingen ihm von der Feuchtigkeit in der Luft beim Spaziergang müde in die Stirn. Selten hatte Olivia ihren Cousin weniger glamourös erlebt, doch das bremste seine Begeisterung kein bisschen.

»Was habt ihr in der Playlist? Ich will etwas für die Massen! Wird Zeit, dass hier mal jemand diese müde Gesellschaft aufmischt! Lady Gaga, Queen, Kiss?«

Ella schnappte sich die Fernbedienung und navigierte in die Auswahlliste. Ihre Augen funkelten vor Freude.

Für Nebensächlichkeiten wie die richtige Songauswahl hatte Mads keine Geduld. Er begann schon mal damit, sich warm zu singen. Leider hatte er das Gesangstalent von seinem Vater geerbt.

»Ahhh, Mads, hör auf!« Jette warf mit einem Sofakissen nach ihrem Bruder.

»Schnell, Ella, schnell!« Theo feuerte seine Tochter an. »Mit der richtigen Hintergrundmusik trifft Onkel Mads vielleicht wenigstens einen Ton!«

»Phh«, stieß Mads hervor. »Ihr habt nur keine Ahnung von Kunst.«

Alle grinsten. Olivia schnappte sich ein Kissen und setzte sich zwischen Ella und Nora auf den Boden. Auf dem Couchtisch stand eine Schale mit gerösteten Erdnüssen. Sie schnappte sich eine Handvoll und ließ sie in ihren Mund rieseln.

Die anderen hatten noch nicht genug davon, Mads zu ärgern und zogen ihn liebevoll auf. Es wurde gelacht und geneckt. Es roch nach warmem Cider und Hannes Weihnachtsgebäck. Das Fensterglas brach das Licht der Weihnachtsbeleuchtung im Innenhof zu funkelnden Sternen, und für den Augenblick gab es keinen Ort auf der Welt, an dem Olivia lieber sein wollte als genau hier. Gemeinsam mit ihrer Familie in ihrem Wohnzimmer. Es war dumm gewesen, auf mehr zu hoffen. In diesem Raum hatte sie ihre ersten Schritte gemacht. Hier hatte sie die ersten Worte gesprochen und ihre ersten Träume geträumt. Mochten die anderen in die Ferne schweifen. Wenn sie sich zwischen der großen weiten Welt und ihrem kleinen Paradies entschieden musste, dann …

Urplötzlich zerbrach ein Schrei die Idylle. Dazu das Quietschen eines Hundes. Lautes Gepolter, das Fluchen eines Mannes.

Chaos brach aus.

Echtes Chaos, nicht die gemütliche Unordnung, die entstand, wenn sich zu viele Leute im selben Raum befanden.

Die Kinder sprangen auf, Baby rannte ins Wohnzimmer, eingezogene Rute, den Rücken gekrümmt. Zielstrebig suchte die Hündin Schutz bei Mads.

Aus dem Windfang, wo Baby gerade noch gelegen hatte, drangen unterdrückte Schmerzenslaute.

Hanne war bereits auf dem Weg dorthin.

Jette tröstete den brüllenden Anton, den das plötzliche Durcheinander erschreckt hatte.

»Ahh, Au, verdammt. Ist … oh, Mist, ist … es tut mir leid, ist …« Englische Satzfetzen begleiteten das Gepolter im Windfang. Eine böse Ahnung machte sich in Olivia breit.

»Himmel noch mal, Mads!« Theo fand als Erster aus ihrer Familie die Sprache wieder. »Hab ich nicht immer gesagt, jemand wird noch mal über diesen Hund fallen? Nun sieh, was passiert ist.«

»Ähhm.« Ein junger Mann tauchte im Türrahmen auf. Seine Haare waren verwuschelt, das verblichene Band-T-Shirt hing ihm halb von der einen Schulter, mit der einen Hand hielt er sich die andere nah vor die Brust. Er hatte einen blutigen Kratzer auf der Wange und belastete sein eines Bein kaum.

Selbst der aufgewühlte Anton hörte auf zu schreien und musterte den Fremden nun mit großen, tränenfeuchten Augen.

Bisher hatte Olivia Brad Sinclair nur auf Fotos im Internet gesehen. Dennoch wusste sie sofort, wen sie vor sich hatte. Verdammt!

Nicht nur Olivia, alle Anwesenden starrten auf den Typen im Türrahmen.

Brad räusperte sich, dann verzog er das Gesicht. »Ich glaube … Ich glaube, ich hab mir den Finger gebrochen.«

Blaues Blinklicht drang durch die kleineren Fenster im hinteren Bereich seines Ferienappartements. Jesper blinzelte.

Stunden vor dem Bildschirm hatten seine Augen ermüdet. Ulrich lag auf dem Bett im Schlafzimmer und fummelte an seinem Handy herum. Angeblich hatte sein Chef sich zurückgezogen, um E-Mails zu checken, aber immer wieder drang seine tiefe Stimme durch die zugezogene Innentür. In Jespers Ohren klang das eher, als würde sein Boss am Telefon einer Geliebten Honig ums Maul schmieren, doch er verscheuchte den Gedanken. Was Ulrich in seiner Freizeit tat, ging ihn nichts an.

Zumindest war er gut vorangekommen. Auf jede Frage von Ulrich hatte er eine Antwort gewusst. Er hatte das Konzept für den Glampingplatz ausformuliert und eine ordentliche Liste mit offenen Fragen erstellt. Eine davon war die Versorgung der Feriengäste im Notfall. Wie schnell eine medizinische Lage auf so einem abgelegenen Eiland eskalieren konnte, hatte Ellas Schatzsuche im Watt verdeutlicht.

Was ihn zurück zu dem Blinklicht brachte.

Sich streckend trat er ans Fenster. In seinem Nacken knackten ein paar Wirbel. Wenn in den letzten Tagen der Nacken oder die Schulter ihn geärgert hatten, hatte Olivia ihm die harten Muskeln massiert. Er hatte sich revanchiert, indem er ihre kalten Füße gewärmt und ihr sanft den Rücken gekrault hatte. Genau so, wie sie es besonders gern mochte. Nach dem Desaster mit Ulrich konnte sich Jesper heute wohl eine Massage abschminken. Olivia war sauer auf ihn, und das zu Recht.

Er hatte beobachtet, wie sie mit Mads und den Hunden auf einen langen Spaziergang aufgebrochen war, während die Kinder ausgelassen im Schnee tollten. Da jetzt, kurz nach Mads und Olivias Rückkehr, plötzlich ein Krankenwagen vor dem Haus stand, verkrampfte sich vor Sorge sein Magen. Wenn extra der Rettungsdienst vom Festland kam, musste etwas Ernstes passiert sein.

»Ulrich!« Er öffnete die Tür zum Schlafzimmer. Sein Boss fläzte mit den Schuhen auf dem Bett. Das Licht des Handydisplays beschien seine Gesichtszüge, und aus dem Gerät ertönte das nervige Gedudel eines bekannten Geduldspiels. So also sah Arbeit bei Ulrich Berg aus.

Jesper musste seine Irritation ignorieren. Er war immer noch wütend auf Ulrich, weil dieser Olivia wie ein Stück Fleisch behandelt hatte. Dennoch war Ulrich der Boss und hatte nach einer langen, anstrengenden Anreise jedes Recht, sich eine Auszeit zu gönnen, während er seinen Mitarbeiter für sich arbeiten ließ.

»Im Haus muss etwas passiert sein. Da ist ein Krankenwagen. Ich sehe nach, ob ich helfen kann.«

»Was?« Ulrich legte das Handy weg. »Wie willst du denn helfen? Hast du seit Neustem eine Sanitäterausbildung?«

»Nein, aber …«

»Eben. Jeder, der da rumsteht, behindert die Profis.« Er ließ das Mobiltelefon in der Brusttasche seines Hemdes verschwinden. »Doch wenn der Krankenwagen gerade da ist, heißt das wohl, momentan kommt man gut von der Insel.«

»Wahrscheinlich schon.«

Schnell sprang Ulrich vom Bett. »Dann mach ich mich mal besser auf die Socken. Ist ja kaum zu glauben, dass es nirgends hier in der Gegend ein ordentliches Business-

Hotel gibt. Das nächste Vier-Sterne-Haus hat Caro in Esbjerg gefunden. Ist das weit?«

Jesper erinnerte sich an einen Tag voll Kinderlachen und Alltagswundern im Museum und seufzte. »Nicht weit. Ungefähr eine Stunde von hier.«

»Na dann. Wir sehen uns morgen. Wenn ich abreise, nehme ich dich mit nach Berlin. Hier versauerst du uns nur und verlierst deinen Biss. Das können wir nicht gebrauchen.« Er griff sich seinen Mantel, den er über die Lehne des Stuhls gehangen hatte, und warf ihn sich über die Schulter. Mit der freien schlug er Jesper freundschaftlich auf den Rücken.

Jesper biss die Zähne aufeinander, um ein Stöhnen zu unterdrücken.

»Bis morgen. Schaust du dir das Konzert an?«

»Nur, wenn du singst.« Wenn Ulrich grinste, blitzten seine Zähne auf wie bei einem Schakal. Er wackelte mit den Augenbrauen, die ganze Miene eine einzige Herausforderung.

Jesper schnaubte. »Ganz sicher nicht.«

»Ach komm schon. Gönn uns was.«

»Wolltest du nicht gehen?«

»Ist das ein Rauswurf?«

»Das hast du gesagt.«

»Mach's gut, mein Junge. Fang schon mal an, die Koffer zu packen. Deine Recherchen hier sind beendet. Den Rest kannst du genauso gut von Berlin aus erledigen. Am Sonntag geht's auf nach Hause.«

Am Sonntag. Mit einem hohlen Gefühl im Bauch blickte Jesper Ulrich nach, ehe er sich in die andere Richtung wandte, um zu sehen, was auf dem Parkplatz passierte.

Gerade zum rechten Moment, wie es schien, denn eben führten zwei Sanitäter einen jungen Mann in ihrer Mitte zu dem gelbschwarz lackierten Van mit der Aufschrift AMBULANCE an der Seite. Im Dunkeln konnte Jesper nur Schemen erkennen, aber das genügte, um festzustellen, dass er den Verletzten noch nie im *Hotel Hygge* gesehen hatte. Der Typ barg seine linke Hand vor der Brust. Es wirkte, als könnte er sie nicht benutzen, denn die Sanitäter mussten ihm dabei helfen, in den Krankenwagen zu steigen.

Mist. Wenn das Brad Sinclair war, der Hauptact, der morgen allen den Abend retten sollte, waren das ganz schlechte Neuigkeiten. Wie sollte dieser Sinclair Gitarre spielen, wenn er sich die Hand ernsthaft verletzt hatte?

Jesper hielt es nicht mehr in dem Appartement aus. Er warf sich eine Windjacke über. Im Innenhof herrschte ein heilloses Durcheinander. Auf den ersten Blick zumindest wirkte es, als sei die ganze Familie draußen versammelt. Die Luft schien vor Anspannung zu knistern. Wo das magere Licht der Lichterketten die Gesichter der Anwesenden nicht ganz erhellte, verzerrten tiefe Schatten ihre Mienen.

Wie konnte Ulrich an diesen Menschen vorbeigegangen sein, ohne Anteil zu nehmen?

Instinktiv suchte Jesper nach Olivia. Er fand sie im Schatten von Pers Feuerschale, die Arme eng um Mads geschlungen. Der jüngste Sohn der Adamsens wirkte sichtlich mitgenommen. Mads und Olivia waren die Einzigen in der Gruppe, die keinen Partner an ihrer Seite hatten. Joshua war schon vor Wochen zurück nach London geflogen, um sich während der umsatzstarken Vorweihnachtszeit um die Hundemodeboutique zu kümmern. Daher war Mads allein. Und Olivia …

Ein scharfer Schmerz fuhr Jesper hinter die Brust. Olivia sollte nicht allein sein. Er war hier, keine zwanzig Schritte entfernt, und es fühlte sich an, als würden ganze Ozeane sie trennen.

Er fasste sich ein Herz. Er hatte es verbockt, nur er konnte wiedergutmachen, was er angerichtet hatte.

Olivias Zurückzucken, sobald sie ihn bemerkte, kratzte an seinem Mut, doch so einfach ließ er sich nicht vertreiben.

»Ich habe den Krankenwagen gesehen. Ist irgendwas Schlimmes passiert?«

»Aber nein, wo denkst du hin?« Selbst im dunklen Innenhof konnte Jesper Olivias Augenverdrehen erkennen. »Die Sanitäter wollten nur mal einen Ausflug nach Mandø machen.«

»Brad ist gestürzt.« Mads strich sich durchs Haar. Der Unfall seines Bekannten musste Olivias Cousin ziemlich mitnehmen. »Ich kann nicht glauben, dass das passiert ist. Baby lag ganz friedlich im Flur. Ich hatte Brad gesagt, wenn er sich von der Anreise ausgeruht hat, soll er einfach zu uns ins Wohnzimmer kommen, damit er die Familie besser kennenlernen kann. Und dann …« Er stockte.

»Er ist über Baby gefallen und hat sich dabei verletzt?« Obwohl die Situation alles andere als lustig war, merkte Jesper, wie seine Mundwinkel zuckten. Er selbst konnte sich gut daran erinnern, wie er am Tag seiner Ankunft um ein Haar über den Flokati gestolpert wäre.

»Als ob man die so einfach übersehen könnte!« Fassungslosigkeit, Ärger und vielleicht auch eine kleine Portion Schuld schraubten Mads Stimme in nie gekannte Höhen. »Immerhin ist sie ein Lebewesen und kein Badvorleger oder so. Man kann doch nicht einfach auf sie drauftreten!«

»Und Brad?« Jesper hielt es für klüger, das Gespräch wegzulenken von der Hündin und ihrer Neigung, Menschen zu Fall zu bringen. »Hat er sich schlimm verletzt? Als ich ihn durchs Fenster gesehen habe, schien es, dass er etwas an der Hand hätte.«

Olivia durchbohrte ihn mit einem mörderischen Blick und presste die Lippen zusammen. Von mir erfährst du kein Wort mehr, drückte ihre ganze Haltung aus.

»Die Sanitäter meinten, es sieht aus, als ob er sich den Daumen gebrochen hat. Sicher kann das aber nur ein Röntgenbild sagen.«

»Verdammt.« Jesper wusste, welche Hoffnungen die Adamsens auf das Konzert gesetzt hatten. Wenn ihnen jetzt der Star fehlte, um auch andere zu ermutigen, auf die Bühne zu kommen, konnte das üble Folgen für die Veranstaltung haben. Dann würden weniger Gäste erscheinen, und weniger Gäste bedeuteten weniger Spenden und Eintrittsgelder. »Habt ihr schon überlegt, was ihr morgen bei dem Konzert macht, wenn er nicht spielen kann?«

»Was wohl? Bietest du dich an?«, fuhr Olivia ihn an. Gleich darauf kniff sie wieder die Lippen zusammen. Ihre Nerven lagen blank, das war nur allzu deutlich. Kein

Wunder, wenn er bedachte, was in den letzten Stunden alles passiert war.

Nach und nach löste sich die Gruppe im Innenhof auf. Jette wollte noch einmal nach den Pferden schauen, Theo erinnerte die Mädchen an ihre Schlafenszeit.

Es war so typisch für diese Familie, dass nicht nur einer, sondern alle Brad begleitet und ihm den Rücken gestärkt hatten, als es dem Musiker nicht gut ging. Der Sänger und Songwriter aus England war ein Fremder, aber es brauchte nicht mehr als einen halben Tag im Bed and Breakfast und die Adamsens adoptierten ihn als einen von ihnen. So, wie sie es mit Jesper getan hatten. Und dann war er hingegangen und hatte in wenigen Augenblicken alles zerstört. Wie hatte er sie nur glauben lassen können, er hätte ihnen Ulrichs Ankunft wissentlich verschwiegen?

Er trat von einem Bein aufs andere.

Mads seufzte. »Ich schätze, ich lass euch zwei dann mal alleine.« Olivias Cousin hatte keinen Grund, die Wogen für Olivia und ihn zu glätten. Umso dankbarer war Jesper ihm für diese Gelegenheit.

Schweigend sahen sie Mads nach.

Irgendwo schrie ein Nachtvogel.

Irgendwie musste dieses Gespräch ja anfangen. Jesper straffte die Schultern und stellte die erste Frage, die ihm durch den Kopf schoss. »Wollen wir ein Stück gehen?«

»Ich bin gerade von einem eineinhalbstündigen Spaziergang zurückgekehrt, als das mit Brad passiert ist.«

»Okay. Dann …« Er leckte sich die Lippen. »Willst du dich aufwärmen? Vielleicht bei mir im Zimmer?«

»Soll ich dir noch mal einen Kaffee servieren?«

»Olivia …«

»Nein!« Sie hob eine Hand, stoppte seinen Versuch, zu ihr durchzudringen. »Komm mir nicht mit Olivia. Ich kenne meinen Namen, und der tut hier nichts zur Sache. Wir beide wissen seit heute Nachmittag sehr genau, dass es nur den richtigen Typen in deiner Nähe braucht, und du bist nur allzu bereit zu vergessen, wer ich bin.«

»Er ist mein Boss!« *Sei ruhig. Sei brav. Reiß dich zusammen.* Das waren die Grundsätze seiner Kindheit gewesen. Und so hart er dafür gearbeitet hatte, ein anderer zu werden, wann immer sein Temperament sich in ihm regte, hörte er genau diese Worte wieder in seinem Kopf. Er hasste es, seine Eltern zu enttäuschen, er hasste es, die Kontrolle zu verlieren. Also zügelte er seine Stimme. »Ich wusste nicht einmal, dass Ulrich auf dem Weg hierher ist. Was hätte ich denn machen sollen? Ich habe Wochen damit verbracht, das Projekt, das ich eigentlich vorantreiben soll, zu sabotieren. Wie meinst du, würde es ankommen, wenn mein Boss rausfindet, dass du und ich …« Er verstummte.

Bitter lachte Olivia auf. »Ja, genau das ist der Punkt, nicht wahr? Dass du und ich was?« Sie strich sich ein paar Strähnen aus dem Gesicht, dann schlang sie sich die Arme um die Taille. Gerne hätte er sich eingeredet, dass sie nur versuchte, sich so vor der nächtlichen Winterkälte zu schützen. Sich selbst zu belügen, war nie eine seiner Stärken gewesen.

Alles in ihm verlangte danach, sie zu trösten und zu beschützen, doch dazu hatte er kein Recht. Der Nachtfrost hatte nichts mit ihrem Frösteln zu tun, für ihren Schmerz trug einzig er die Verantwortung. Aber wenn er sie schon nicht berühren durfte, wollte er sie wenigstens mit Worten umarmen. Tausend Gedanken schwirrten ihm im Kopf herum. Dinge, die er ihr sagen wollte. Dass die Zeit mit ihr hier auf der Insel die schönste in seinem Leben gewesen war. Dass er so etwas wie mit ihr und ihrer Familie noch nie erlebt hatte. Dass er ihr dankbar war für so vieles, das er ihretwegen über sich selbst gelernt hatte. Dieser Winter würde ihm für immer als der schönste in seinem Leben in Erinnerung bleiben. Doch anstatt sich all das von der Seele reden, kam aus seinem Mund etwas ganz anderes.

»Ich muss am Sonntag zurück nach Berlin. Ulrich besteht darauf, mich spätestens am Montag im Büro zu sehen.« Dass sein Chef es als Selbstverständlichkeit betrachtete, dass Jesper auch über die Feiertage arbeitete, kommentierte er nicht weiter. Das tat hier nichts zur Sache.

»Dann ist ja alles gesagt. War schön mit dir. Kurz und schmerzlos. Ganz wie geplant.«

Nein! So war das nicht gedacht. Dieses Gespräch sollte kein Abschied werden, sondern ein Anfang. Eine Entschuldigung. Irgendwas, das ihm den Weg ebnete, um nach vorne zu gehen. Gemeinsam mit Olivia.

Sie wandte sich ab und ließ ihn stehen.

Panik drohte ihn zu überwältigen. Er schlug einen Haken um sie herum und hinderte sie so am Weiterlaufen. Die romantische Beleuchtung im Innenhof wirkte geradezu grotesk in dieser Situation. Von wegen, besinnliche Vorweihnachtszeit. »Bitte, Olivia. Hör mir zu.«

Sie wollte sich nicht von ihm aufhalten lassen, wich ihm aus, gab ihm nicht einmal die Gelegenheit, sich zu erklären.

Beinahe rutschte sie auf dem schneebedeckten Kies des Innenhofs aus.

Er tat das Einzige, das ihm noch einfiel. Das Einzige, was er machen konnte. Mit beiden Händen umfasste er ihr Gesicht, zog sie an sich heran und küsste sie.

Ihre Lippen schmeckten nach Salz und Freiheit. Genau so, wie sie schmecken und wie sie sich anfühlen mussten, die Haut ein wenig rau. Kein Modepüppchen, keine Juppiebraut auf der Suche nach der nächsten Trophäe. Olivia. Seine Olivia.

Ihre Haare, diese unglaublichen Haare, die er so sehr liebte, umspielten seine Finger.

Er stöhnte dicht an ihrem Mund, verlangte mit seiner Zunge Einlass. Nicht genug. Niemals konnte ein einziger Kuss von ihr genug sein, aber er war ein Anfang. Wenn sie sich satt geküsst hatten, konnten sie reden. Dann würden sie eine gemeinsame Lösung finden, dann …

Ein Schlag gegen den Oberkörper stieß ihn aus seiner Fantasiewelt.

Er öffnete die Augen. Seine Hände glitten von ihren Wangen.

Olivias Augen funkelten genauso eisig wie die Schneekristalle an den Fenstern. Nicht vor Leidenschaft. Vor Wut.

»Sag mal, spinnst du?« Ihre Brust hob und senkte sich, als wäre sie einen Marathon gelaufen. In wütenden Frostwolken stieg ihr Atem in den Nachthimmel. »Wenn dir die Worte ausgehen, meinst du, so einfach Tatsachen zu schaffen? Wo sind wir denn hier?«

»Ich …«

»Weißt du was?«, unterbrach sie ihn. »Mir ist es scheißegal, was du wolltest oder nicht wolltest oder geplant hast oder nicht geplant hast. So behandelt man nicht jemanden, den man respektiert. Einer Frau, die man respektiert, erteilt man keine Anweisungen wie einem Dienstmädchen. Man ignoriert sie nicht, sobald die großen Jungs in den Sandkasten kommen, um zu spielen, und ganz sicher küsst man sie nicht nur im Dunkeln, wo es ja niemand mitkriegt. Ich bin doch nicht irgendein dreckiges Geheimnis, das du verstecken musst! Zwischen uns ist alles gesagt.«

Er starrte ihr nach, unfähig, sich zu bewegen. »… liebe dich«, beendete er den Satz, den sie nicht hatte hören wollen. Eine Böe fegte durch den Innenhof, wirbelte Flocken vom Dachsims und trug seine Worte in den Wind.

Ich liebe dich. Ich. Liebe. Dich. Eine ganze Nacht und einen Tag lang echoten die Worte durch ihren Kopf.

Ich.

Liebe.

Dich.

Sie lag in ihrem Bett, Dunkelheit, so weit das Auge reichte. Wolken verschlucken selbst das letzte bisschen Sternenlicht, und alles, woran sie denken konnte, waren diese Worte.

Hatte sie die nur geträumt? War ihr Wunsch nach einem Menschen, für den sie nicht nur nettes Beiwerk bedeutete, sondern die ganze Welt, so groß, dass sie fantasierte?

Jesper liebte sie nicht. Er konnte sie gar nicht lieben.

Und wenn doch?

Sie wälzte sich von einer Seite auf die Seite umher, konnte nicht schlafen. In den Laken hing noch immer der Duft seines Körpers. Seife und Salz.

Er hatte einen Fehler begangen, indem er sie vor seinem Chef ignoriert hatte. Aber machten nicht alle Menschen Fehler? War es nicht auch ein Fehler gewesen, ihn derart abzukanzeln und ihm nicht einmal die Gelegenheit zu geben, sich ihr gegenüber zu erklären?

Ihre Beine kribbelten. Sie wollte aufstehen. Zu ihm gehen. Ihm gestehen, dass sie ihn gehört hatte und ihn immer hören würde. Egal, was er zu sagen hatte. Sie wollte ihm zuhören. Sie wusste zu gut, wie es sich anfühlte, allein zu sein. Auch dann, wenn die Welt voll war von Menschen, die einen liebten. Das Schlimmste war nicht echte Einsamkeit. Das Schlimmste war, unter Menschen zu sein, die einem das Alleinsein vor Augen führten.

Doch dann dämmerte der Morgen, und mit ihm kamen die Zweifel. Was half Liebe, wenn das Leben andere Pläne hatte? Bedeutete lieben nicht auch loslassen? Zu sich selbst zu stehen, ohne den anderen zwingen zu wollen, sich in ein Leben zu fügen, das nicht für ihn gemacht war?

Olivia gehörte nach Mandø. Um ruhig schlafen zu können, musste der Wind ihr ein Nachtlied singen. Sie brauchte das Farbenspiel des Himmels an einem regnerischen Tag, das Kreischen der Vögel und die Ruhe an den seltenen Tagen, wenn es einmal absolut windstill war.

Jesper brauchte seine Karriere, damit er glücklich sein konnte. Sein Verhalten ihr gegenüber vor seinem Chef war nicht einer bösen Absicht geschuldet gewesen, sondern der Angst zu verlieren, was ihm am wichtigsten war.

Ihr Wecker klingelte. Es war Zeit aufzustehen. Wie in Trance tapste sie ins Bad, putzte sich die Zähne, wusch sich und zog sich an

»Wo bleibst du denn?«, fragte Mads ungeduldig, als sie die Küche betrat. »Wir haben heute Abend hier jede Menge Gäste.«

Sie rieb sich die Augen. »Gibt es Neuigkeiten von Brad?«

»Er hat geschrieben. Gebrochen ist zum Glück nichts, aber er hat sich das große Daumenband oder wie das heißt angerissen.«

»Oh Mist.« Das klang gar nicht gut.

»Das kannst du laut sagen. Die ganze Hand ist immer noch stark geschwollen. Er hat jetzt eine Schiene bekommen und muss die Hand für eine Weile absolut ruhig halten.«

»Das war es dann wohl mit seinem Auftritt heute.«

»Er hat angeboten, a cappella zu singen.«

»Das ist ja schön und gut. Aber er hat echt Schmerzen. Außerdem ist nur so eine A-cappella-Nummer nicht gerade ein Stimmungsmacher. Es wäre schon besser, wenn ihn wenigstens jemand auf der Gitarre begleiten könnte oder so.«

Mads verdrehte die Augen. »Klar, kennst du jemanden, der fit genug auf der Gitarre ist, um innerhalb von Stunden ein Set zu lernen, für das Brad nicht einmal Noten mitgebracht hat?«

Sie knirschte mit den Zähnen. »Eher nicht.«

»Eben.« Mads kippte einen Rest Kaffee aus seinem Becher in den Abfluss und fuhr sich mit der Hand durch die Haare. »Schätze, das Konzert wird ohne Opening-Act auskommen müssen. Sehen wir zu, dass wir das Beste draus machen.«

Das Beste draus machen. Das wollte sie auch mit Jesper. Aber jetzt brauchte erst einmal ihre Familie sie. Alles andere musste warten, egal, wie schwer es ihr fiel.

11

Am zweiten Tag seiner Anwesenheit in Jütland verlangte Ulrich, dass Jesper sich mit ihm traf, um ihm eine Führung durch die Gegend zu geben. Natürlich war Jesper nicht der Richtige für so eine Aufgabe. So gut es ging, versuchte er wiederzugeben, was er bei seinen Ausflügen mit Olivia und den Adamsens gelernt hatte.

Doch wenn er über Fachwerkhäuser sprach, über einen Wikingermarkt aus dem achten Jahrhundert nach Christus oder das schwere Leben der Fischer von Esbjerg, war das nicht dasselbe. Seine Erzählungen klangen hohl und langweilig, während Olivia mit Worten eine ganze Welt entstehen ließ.

»Ganz schön ausgestorben hier.« Trotz einladender Weihnachtsdekoration zeigte sich außer ihnen keine Menschenseele in Ribe. Andere Touristen hätten sich darüber womöglich gefreut. Die ganze Stadt wirkte wie die Kulisse für einen Weihnachtsfilm. Schnee bezuckerte die Schindeldächer der Fachwerkhäuser, dicke Lichtergirlanden aus Tannengrün überspannten das Kopfsteinpflaster der Straßen. Wie flüssiges Gold perlte Licht aus den Sprossenfenstern der Häuser und brachte so Wärme und das Gefühl von Heimeligkeit in die winterliche Stadt. Vom Dach des *Borgertårnet*, des Bürgerturms aus dem vierzehnten Jahrhundert, strahlte der Stern von Bethlehem, und die Tanne vor der *Vor Frue Kirke* war mit Dutzenden Lichterketten geschmückt.

Statt sich von dem romantischen Ambiente verzaubern zu lassen, rümpfte Ulrich die Nase.

»Es ist eben Nebensaison«, verteidigte Jesper die Idylle. Eine Duftwolke nach Würstchen und Zwiebeln wehte durch die Gassen. Jespers Magen knurrte. Aus Angst vor einer weiteren Abfuhr hatte er heute Morgen die Küche der Adamsens gemieden. Vielleicht verkaufte irgendein Stand hier Hot Dogs?

Auf jeden Fall machte sein Hunger ihn unleidlich. Er blieb stehen und griff seinen Vorgesetzten am Ärmel. »Warum bist du wirklich gekommen, Ulrich? Dass es hier um diese Zeit nicht viel zu sehen gibt, habe ich dir mehrfach geschrieben. Ich habe dir Fotos geschickt und Updates von meinen Verhandlungen mit den Behörden. Traust du mir nicht mehr?« Diese Frage spukte ihm seit Ulrichs Auftauchen im Kopf herum.

Auch sein Boss stoppte. Sie waren ungefähr gleich groß, dennoch hatte Jesper das Gefühl, Ulrich würde auf ihn herabblicken. »Vertrauen kann ich mir nicht leisten, Jesper. Ich habe ein Unternehmen zu führen. Ich habe dir immer den Rücken gestärkt …«

»Nicht immer!« Jesper konnte sich nicht erinnern, dass er seinen Mentor je unterbrochen hatte, aber die Worte waren heraus, ehe er sie zurückhalten konnte.

Nun gut, dann konnte er ebenso gut weiterreden. »Du hast so lange zu mir gehalten, wie ich genau das getan habe, was du wolltest. Kaum habe ich mich einmal auf die Hinterbeine gestellt, hast du Annkathrin und mich gegeneinander ausgespielt.«

»Willst du mich für das Scheitern deiner Beziehung verantwortlich machen?«

»Nein.« Und das stimmte. Um Schuld war es ihm nie gegangen. Annkathrin und er hatten nicht zusammengepasst. So einfach war das. Das einzig Traurige an der ganzen Sache war, dass es einen beruflichen Konflikt gebaucht hatte, damit Jesper dies erkannt hatte. Nicht die Zeit, die er privat mit Annkathrin verbracht hatte. Erst viel zu spät hatte er begriffen, dass Bequemlichkeit nicht dasselbe war wie Liebe. Auf dem Papier waren sie ein Traumpaar. Ähnliche Interessen, derselbe Ehrgeiz, regelmäßiger Sex zweimal die Woche, meistens sonntags und mittwochs. Mit echter Liebe hatte das nichts zu tun, aber woher hätte er das wissen sollen?

»Dann verstehe ich nicht, was das hier soll«, fuhr Ulrich fort. »Seit Wochen versteckst du dich in diesem Niemandsland hier. Du machst Dienst nach Vorschrift und schlägst deine Zeit mit weiß Gott was tot. Hältst du mich für dumm genug, nicht zu merken, dass du irgendetwas vor mir geheim hältst?«

»Ich bin dir keine Rechenschaft schuldig. Nicht, was mein Privatleben betrifft.« Er wusste im selben Moment, dass er das Falsche gesagt hatte.

Ulrich hob die Augenbrauen und pfiff leise durch die Zähne. »Wusste ich es doch. Die Kleine mit den Wahnsinns …?«

»Olivia!«, verbesserte er. »Ihr Name ist Olivia Adamsen.«

Mit der Hand fuchtelte Ulrich in der Luft herum. »Egal, wie sie heißt, beende es.«

»D …« Weiter kam Jesper nicht.

Noch näher trat Ulrich auf ihn zu, nah genug, dass die Stoffe ihrer Mäntel sich berührten und das Aroma von Ulrichs teurem Parfum Jesper in die Nase stieg. Sein Hals brannte auf einmal. Er wusste genau, welche Marke es war. Er selbst hatte das gleiche Cologne getragen, bis er nach Jütland gekommen war. Gott bewahre, dass er sich auch nur in so einer winzigen Sache wie der Wahl seines Duftes auf seinen Instinkt und nicht das Vorbild seines Mentors verlassen hätte.

»Ich meine es ernst, Jesper!« Scharf brachte Ulrich ihn zum Schweigen. »Du willst dir das Bett wärmen? Glaub mir, niemand hat dafür mehr Verständnis als ich. Aber Schnaps ist Schnaps und Job ist Job. Wenn du mit der Kleinen in die Kiste steigst, bringt mir das Ärger. Ihr steht auf unterschiedlichen Seiten. Also lass es.«

Mir. Ulrich hatte *mir* gesagt. Nicht *uns*. Nicht dem Projekt oder *dem Job*. Mir.

Jesper presste die Zähne aufeinander, bis er sein Kiefergelenk knacken hörte. »Ich muss zurück auf die Insel. Wenn du die Boss-Karte ziehst und verlangst, dass ich morgen mit dir zurück nach Berlin fahre, muss ich packen.« Er trat einen Schritt rückwärts. Dann noch einen. Sollte Ulrich doch denken, dass er gewonnen hatte. Das hier war keine Niederlage, sondern ein Rückzug.

Schon ehe er den *Låningsvejen* ganz überquert hatte, wartete die nächste Überraschung auf ihn. Die Fahrt über den Schotterweg durchs Meer war in seiner Zeit in Jütland zur Routine geworden. Jetzt im Winter boten die dunklen Kiesel einen besonders interessanten Kontrast zu den Schneepolstern, die sich in die Senken zwischen dem Dünengras legten, nur um Tag für Tag von der Flut weggeschmolzen zu werden. An manchen Tagen, immer dann, wenn die Nacht besonders kalt gewesen war, bildete sich ein feiner Eisfilm an der Kante zum Wasser, unter dem man das Spiel der Wellen sehen konnte.

Je mehr er sich nun der Insel näherte, desto schneller schlug sein Herz. Die glänzenden Grenzsteine, das Aufstieben der Vögel, wenn der Wagen sie aus ihren Verstecken aufschreckte – das alles war zu einer lieb gewonnenen Gewohnheit geworden. So sagte die Insel dem Reisenden Willkommen.

Heute parkten bereits vor dem Deich die ersten Autos. Hauptsächlich Fahrzeuge mit dänischen Kennzeichen, aber auch ein paar deutsche Wagen erkannte er.

Das Konzert! Er warf einen Blick auf die Ziffernanzeige im Armaturenbrett. Sechzehn Uhr dreißig. Genau um diese Zeit öffnete laut den Flyern das Bed and Breakfast seine Tore für Besucher der Mittwinter-Bühne.

Direkt vor dem Haus fand er keinen Parkplatz. Also stellte er sein Auto hinter den Deich in eine Lücke. Den Mantelkragen nach oben geklappt, stapfte er den Weg entlang zurück zum Haus. Mit jedem Schritt fühlte er sich aufgeregter. So viel Herzblut, so viel Mühe und Arbeit war in die Vorbereitung dieser Veranstaltung geflossen. Er wünschte sich so sehr, dass all die Anstrengungen mit einem Erfolg belohnt wurden.

Schon von Weitem drang ihm aus dem Innenhof Stimmengewirr entgegen. Er beschleunigte seine Schritte, musste sich daran erinnern, gleichmäßig zu atmen, sonst hätte er die Luft angehalten.

Die Veränderung, die das kleine Gehöft in den letzten Stunden durchgemacht hatte, war erstaunlich.

Die Adamsens hatten sich selbst übertroffen! Mehrere Feuerschalen spendeten im Innenhof Licht und Wärme. Bistrotische waren aufgestellt, Hanne stand hinter einem mit Tannengrün und Mistelzweigen geschmückten Tresen und verkaufte warmen Cider. Die Türen zum Gildesaal standen offen. Rechts und links davon waren Plakate angebracht, die die Geschichte der Familie und ihre Verquickung mit der Gegend schilderte, abgerundet von einem Spendenaufruf.

Ganz von allein suchte Jesper nach Olivia.

Er fand sie nicht. Stattdessen blieb sein Blick an Mads hängen, der am Rand des Innenhofs neben Brad Sinclair stand und heftig gestikulierend auf den Engländer einredete.

Ohne echten Plan gesellte sich Jesper zu den beiden Männern. Das Gespräch verstummte, sie richteten ihre Aufmerksamkeit auf Jesper.

Die linke Hand des Musikers steckte in einer Schiene, die seinen Fingern kaum Bewegungsspielraum erlaubte, sein Gesichtsausdruck wirkte elend. Mit dieser Hand würde er heute nicht auf der Bühne stehen und Gitarre spielen. Um das zu wissen, musste Jesper kein Arzt sein.

»Kann ich dir irgendwie helfen?«, erkundigte sich Mads, auch wenn er nicht wirklich klang, als wollte er sich gerade mit Jesper beschäftigen.

»Das wollte ich eigentlich dich fragen.« Aus Rücksicht auf Brad sprach Jesper Englisch. Er ließ seinen Blick durch den gut besuchten Innenhof schweifen. »Ist ja ziemlich was los hier. Wissen die Leute schon, dass Brad ausfällt?«

Mads schnaubte. »Nee. Die Freudenbotschaft hebe ich mir, solange es geht, auf.« Er legte eine Hand auf Brads Schulter und beugte sich etwas zu dem Musiker vor. »'tschuldige, Mann. Ich muss mal zu den Technikern gucken, ob auf der Bühne alles bereit ist. Geh ruhig schon mal rein und hol dir einen von unseren leckeren Weihnachtscidern.«

»Danke, Mads.« Das war der erste Satz, den Jesper von Brad hörte. Der Engländer sprach ungewöhnlich leise, fast schon schüchtern. Kaum zu glauben, dass das derselbe Brad Sinclair war, den Mads ihnen im Internet gezeigt hatte. Auf den Bühnenvideos hatte er immer gewirkt wie ein Gott, hatte die Massen um seinen Finger gewickelt.

Hier im Innenhof zog er die Schultern nach oben und wirkte sichtbar erschüttert. »Mann, das tut mir so leid. Mads ist echt ein feiner Kerl und ich habe ihm ein Versprechen gegeben. Ich weiß, wie viel ihm an dieser Veranstaltung liegt. An diesem Hof, und dann komm ich und mache alles kaputt.«

»Es war ein Unfall. Da kann niemand etwas dafür.«

»Trotzdem. Am Ende des Tages fragt niemand nach dem Warum. Am Ende des Tages zählt nur, was wir machen und was nicht. Worte sind schön und gut, aber die Welt gehört den Machern. Ich hätte helfen können und hab es nicht getan. Das ist, woran sich am Ende alle erinnern werden, wenn eine Familie ihr Zuhause verliert, die schon seit Jahrhunderten auf dieser Insel lebt.«

Jesper biss die Zähne zusammen. Brad konnte nicht wissen, wie sehr er ins Schwarze traf. Nur lag der Rockstar mit einer Sache falsch. Nicht Brad war schuld an der ganzen Misere, das ging allein auf Jespers Kappe. Er hatte sich in Lippenbekenntnissen verloren, statt Nägel mit Köpfen zu machen. Es gibt nichts Gutes, außer man tut es, hieß es, und hier gab es etwas Gutes, das er ganz konkret tun konnte, um den Abend noch zu retten. So viele Menschen! Olivia war vollauf damit beschäftigt, den Service im Gildesal zu schmeißen.

Am vergangenen Tag schon hatten sie Fässer mit Bier und flaschenweise Cider aus dem *Klostergården* auf die Insel geschleppt. Dazu gab es eine abgespeckte Variante der Pub-Speisekarte. Verschiedene Chipssorten in kleinen Tüten. Geröstete Erdnüsse, Blocher von einer befreundeten kleinen Manufaktur auf Fünen.

Die meisten Gäste kannte Olivia. Sie kamen aus Ribe oder Esbjerg. Menschen, mit denen entweder sie, ihre Cousins und ihre Cousine oder ihr Vater und ihre Tante zur Schule gegangen waren. Hier und da tauchte aber auch ein fremdes Gesicht auf.

Wann immer sie zwischen Gläser abräumen, Cider servieren und abspülen einen der Anwesen fragte, ob er seinen Auftritt schon geplant habe, erhielt sie die gleiche Antwort, dass man erst mal abwarten würde. Damit hatten sie gerechnet. Aus genau diesem Grund hatte Mads Brad organisiert. Brad, der mit seinem verletzten Daumen unmöglich spielen konnte.

Zum wiederholten Male warf Olivia einen sorgenvollen Blick auf die Uhr. Draußen dämmerte es, die Gäste strömten in den Gildesal. Auf diesen Augenblick hatten sie erwartet. Das war der Moment, in dem Mads das Mikro ergreifen und den Anwesenden noch einmal erklären sollte, worum es ging.

Ein Impro-Benefiz-Konzert zur Rettung von *Hotel Hygge*. Ein Abend unter Freunden, bei Musik und Trank und Geselligkeit, der alle daran erinnerte, warum sie nicht aufgeben durften, was sie hatten. Denn Abende wie dieser gehörten zu ihrer Kultur. In einem Land, in dem die Winter lang und dunkel waren, war das Erleben von Gemeinschaft und Gemütlichkeit das Licht im Leben der Menschen. Sie hatten sogar ein Wort dafür. *Hygge*. Um genau diese Atmosphäre auch Gästen ihres Bed and Breakfast zu schenken, arbeiteten sich Hanne und Olivia täglich die Hände wund. Aus diesem Grund hatten sie dem Gästehaus auch den Namen *Hotel Hygge* gegeben.

Ein lautes Klopfgeräusch riss sie aus den Gedanken. Ihr Blick wanderte zur Bühne.

Mit zwei, drei behänden Sprüngen nahm Mads den Platz im Rampenlicht ein. Er tippte mit dem Zeigefinger oben auf das Mikro. Wie abgesprochen, dimmte Jette die Deckenbeleuchtung im Saal, bis nur noch die Bühne deutlich zu sehen war. Durch die Fenster fiel gelblich das Licht der Feuerschalen im Innenhof.

»Hey Leute, wow, schön, dass ihr da seid. Und so viele von euch.« Mads machte dieses Ding, das er besonders gut konnte. Er grinste und lächelte und wirkte dabei gleichzeitig überwältigt, offenherzig und ein bisschen verlegen.

Er wartete den antwortenden Applaus ab, dann sprach er weiter. »Heute soll ein ganz besonderer Abend werden. Wir haben euch Brad Sinclair versprochen, einen echten Internet-Star aus London. Brad, wink mal ...«

Vom Bühnenrand aus lehnte sich Brad ins Scheinwerferlicht und winkte mit der gesunden Hand, wobei er dennoch schmerzverzerrt guckte. Im Schatten, gerade außerhalb des Lichtkegels, erahnte Olivia eine weitere Gestalt. Einen Mann, den sie sehr gut kannte. Ihre Augen mussten ihr einen Streich spielen, denn Jesper hatte eine Gitarre in der Hand? Nein, das konnte nicht sein.

»Wie ihr seht: Wir haben unser Versprechen gehalten. Brad Sinclair ist extra aus England angereist, um euch warmzuspielen. Blöderweise hat er sich gestern verletzt und wird deshalb nicht spielen können.«

Ohhhh-Rufe hallten durch den Saal.

Mads hob eine Hand, um sich wieder Gehör zu verschaffen. »Aber Leute, wäre doch gelacht, wenn wir uns davon aufhalten lassen, oder? Wie viele von euch können ein Instrument spielen? Wie viele können singen? Wir hier in Jütland, wir haben was zu sagen. Wir brauchen niemanden, der von außerhalb kommt und uns zeigt, wie es geht.«

Applaus brandete auf, noch lauter als zuvor.

Diesmal ließ Mads das Spektakel länger laufen, ehe er es unterbrach. »Heute ist Mittwinter. Der dunkelste Tag des Jahres. Aber wie jedes Jahr wird es nach diesem Tag wieder heller werden. Auch das haben wir Jütländer schon vor Urzeiten gelernt. Wir haben einander, wir hören einander zu, und wenn jemand Hilfe braucht, dann sind wir hier. Weil ihr daran glaubt, seid ihr heute gekommen. Und deshalb geben wir euch diese Bühne. Gebt euren Herzen eine Stimme, lasst uns wissen, was euch wirklich wichtig ist!«

Wieder Applaus, wieder Begeisterung, doch als diesmal der Jubel abebbte, blieb Stille zurück.

Olivia ballte die Hände zu Fäusten. Mist. Genau davor hatten sie Angst gehabt. Wenn niemand den Anfang machte, wäre diese Veranstaltung schneller zu Ende, als sie angefangen hatte.

Panisch überlegte sie, ob sie etwas beitragen konnte. Doch sie war weder eine gute Sängerin, noch war sie eine Poetry-Slammerin oder eignete sich als Stand-up-Comedian. Sie war einfach nur sie. Die Frau, die gern Cider servierte und Gäste verwöhnte.

Ihr Herz sank, da erst wurde ihr bewusst, dass es leise geworden war im Saal. So ruhig, um genau zu sein, dass man eine Stecknadel hätte fallen hören können.

Mads hatte die Bühne verlassen. Jemand anders trat an seine Stelle.

Ihr Atem stockte.

Jesper. Jesper war es, der die Bühne betrat. Mit einer Gitarre unterm Arm ließ er sich gerade einen Hocker von den Zuschauern in der ersten Reihe geben. Etwas linkisch rückte er ihn zurecht, ehe er darauf Platz nahm.

Mads tauchte noch einmal auf, steckte das Mikrofon auf einen Ständer und platzierte es so, dass Jesper direkt hineinsingen könnte.

»Wusstest du das?« Die Frage kam von Hanne.

Olivia schüttelte den Kopf.

Ein paarmal noch rutschte Jesper auf seinem Hocker hin und her, die Gitarre auf dem Schoß.

»God Aften«, sagte er – guten Abend – und fuhr sich mit der freien Hand durch sein Haar. Seine Brille verrutschte ein wenig, er rückte sie wieder gerade.

Nie mehr seit ihrem Kennenlernen hatte er sie so sehr an den süßen Typen erinnert, der vor einem Monat im *Klostergården* aufgetaucht war.

»Ich, ähm …« Er fummelte an dem Mikro. »Ich bin nicht der Internet-Star, für den ihr eigentlich gekommen seid. Und natürlich wisst ihr auch alle, dass ich keiner von euch bin. Ich …« Er wippte mit seinem Fuß, offenbar nervös. Dass es Jesper nicht leichtfiel, über sich selbst zu sprechen, hatte sie schon einige Male bemerkt.

»Ich spreche Dänisch, weil mein Vater Däne war, aber weil er beruflich viel unterwegs war, hatte er wenig Zeit, mir meine Wurzeln näherzubringen«, erklärte er. »Ich, ähm, ich bin hauptsächlich in Internaten aufgewachsen und wusste kaum etwas von dem Land meines Vaters.« Er machte eine kurze Pause, senkte den Blick. Als er ihr wieder hochsah, erkannte Olivia Verletzlichkeit in seinen Augen.

»Aber es gab dieses Lied«, fuhr er fort, »von dem er eine CD hatte und das er immer wieder gehört hat. Ich habe nie verstanden, was er an diesem Lied fand. In meinen Ohren klang es altmodisch und schief und irgendwie … sentimental.« Er lachte ein bisschen, schüttelte den Kopf. »Doch dann kam ich hierher. Auf diese Insel. In dieses Haus, zu dieser Familie. Und auf einmal habe ich begriffen, was es bedeutet.« Seine Finger schlugen ein paar Akkorde auf der Gitarre an. »Ich bin nicht der beste Sänger. Und ich habe lange nicht mehr gespielt. Aber das hier …«

Die Akkorde zerfaserten, formten sich zu einer Melodie. Einer Melodie, die nicht nur Olivia kannte, sondern wahrscheinlich jeder im Saal. »Das hier ist für euch, Mads, Per, Hanne, Jette und Theo, und natürlich für dich, Olivia. Weil du was ganz Besonderes bist.«

Den Song, den Jesper spielte und sang, war eine alte Weise aus Norddänemark. Jeder kannte ihn, denn seit seinem Entstehen vor Jahrhunderten war sie von zahlreichen Künstlern interpretiert und wiederinterpretiert worden.

So schön wie von Jesper gesungen, hatte Olivia das Lied noch nie gehört. Jesper hatte recht. Er war nicht der beste Sänger und wahrscheinlich auch nicht der begabteste Gitarrenspieler. Aber er spielte gut genug, um seiner Stimme Halt zu geben, und die Ehrlichkeit, die in seinen Song floss, machte ihr Herz so leicht, dass es ihm entgegenflog.

Das Lied handelte von einem Haus am Meer. Von Feldern, deren Früchte die Menschen ernährten und von dem Leben, das in diesem Haus herrschte. Es erzählte von der harten Arbeit, die das Land den Menschen abverlangte, von Rückschlägen und Wiederaufbau. Von Sturmflut und Feuer sowie dem unbedingten Willen weiterzumachen.

Es war kein Liebeslied, das er ihr gewidmet hatte, und doch hätte er keine bessere Wahl treffen können, um ihr zu zeigen, dass er sie sah.

Als die letzte Note verklang, brach der Saal in Jubel aus. Jesper erhob sich von seinem Hocker und dankte dem Publikum. Der nächste Künstler stand schon am Bühnenrand bereit. Jespers Beitrag hatte das Eis gebrochen.

Olivia wischte sich eine Träne aus dem Augenwinkel.

»Na, geh schon zu ihm.« Hanne strich ihr über die Wange. »Wir kommen hier auch ohne dich zurecht.«

»Aber …«

Ihre Tante schüttelte den Kopf. »Nichts aber. Du hast oft genug für uns zurückgesteckt. Das hier solltest du ganz für dich machen.«

Für die Dauer eines Wimpernschlags zögerte sie, dann gab sie sich einen Ruck. Das hier sollte sie für sich tun.

»Jesper!« Sie suchte sich einen Weg durch die Menge, doch es waren zu viele Gäste im Gildesal, und alle achteten auf die Bühne, wo ein Mädchen von vierzehn, vielleicht fünfzehn Jahren jetzt stand. Zwischen ihren Fingern hielt sie einen Zettel, wahrscheinlich wollte sie ein Gedicht vortragen, doch nichts, was sie sagen könnte, war für Olivia noch von Bedeutung.

»Jesper, warte!« Er hörte sie nicht. Oder vielleicht wollte er sie nicht hören. Von der Bühne aus waren es nur ein paar Schritte bis zur Tür. Ein paar Schritte mehr und er wäre zurück in seinem Ferienappartement.

Und wenn schon. Wenn nötig, würde sie die Tür einschlagen, um bei ihm zu sein.

In dieser Nacht.

An diesem Abend, an dem er ihr ein kostbares Geschenk gemacht hatte. Er hatte ihr nicht nur einen Song geschenkt, er hatte ihr gegeben, was sie sich am meisten wünschte. Sich selbst.

Rohe Gewalt war nicht nötig, wie sich herausstellte.

Der Innenhof wirkte leer gefegt. Nur ein paar Raucher standen um die Feuerschalen, in denen rötlich die Glut schimmerte.

Ein paar Raucher und Jesper.

Er drehte sich um. Nein, das stimmte nicht. Zunächst blickte er sich nur über die Schulter. Vorsichtig, als wäre er auf der Hut und sie eine Gefahr, die auf ihn zurollte.

Sie schüttelte den Kopf, lächelte, begann zu rennen.

»Danke!«, rief sie. »Für das Lied. Du warst … Du warst großartig!«

Er fing sie auf. Später wusste sie nicht, wer wen zuerst an sich gezogen hatte. Aber plötzlich lagen ihre Arme um seinen Nacken. Mit den Beinen klammerte sie sich an seinen Körper. Er hielt sie unter dem Po. An ihrer Brust fühlte sie das Schlagen seines Herzens.

Einer der Raucher applaudierte, ein anderer Pfiff, viele lachten.

Auch Olivia. Sie küsste Jesper und lachte, und zwischendurch, wenn sie Luft bekam, flüsterte sie süße Nichtigkeiten in sein Ohr.

»Tut mir leid« und »So schön« und »Danke«, immer wieder »Danke, danke, danke.«

Auch Jesper lachte. Und statt sie zurück auf die Füße zu stellen, schob er ihren Körper weiter nach oben, mit einer Kraft, die sie ihm nicht zugetraut hatte, bis sie vornüberkippte und hilflos über seiner Schulter hing.

Ihre Zuschauer brachen in amüsierten Jubel aus.

Die Welt drehte sich. Alles stand kopf. Dank des Mannes, der eigentlich ihr Feind sein sollte, empfand sie einen Augenblick perfekten Glücks.

Ein Arm von Jesper fixierte sie über den Oberschenkeln, die freie Hand gab ihr einen spielerischen Klaps auf den Po.

»Hab ich dich«, sagte er zufrieden.

Eine neue Welle der Begeisterung brandete durch den Hof. Mehr als nur ein paar Stimmen. Ihre Versöhnung war zur Hauptattraktion des Abends geworden.

»So ist's richtig«, rief eine ältere Männerstimme Jesper zu. »Hol sie dir!«

»Worauf du dich verlassen kannst!« Auch in Jespers Stimme klang ein Lachen.

»Genau!«, mischte sich noch einer der Zuschauer ein. »Zeig ihr, wo Thor den Hammer trägt.«

Olivia quietschte und strampelte. Dabei wollte sie gar nicht entkommen. Nicht wirklich.

Sie wollte, dass Jesper sie festhielt. Nicht nur heute Nacht, sondern für immer.

Die Stimmen und Anfeuerungsrufe wurden leiser, als sie die Treppe hinauf zu Olivias Appartement erklommen. Hinter ihnen fiel die Tür ins Schloss.

Drei letzte große Schritte und Jesper setzte sie auf der Küchenarbeitsplatte ab.

»Warte«, verlangte er leise, dann wandte er sich ab, um die Rollos zu schließen.

Im Stillen danke Olivia ihm für seine Weitsicht. Dort draußen, zwei Stockwerke unter ihnen, tummelten sich zu viele Leute, und das hier ging nur sie und ihn etwas an.

»Alle wissen, was wir jetzt hier drinnen machen werden.«

Er kam wieder zu ihr. Auf dem Weg betätigte er den Schalter einer dimmbaren Stehlampe und regelte die Intensität so weit herunter, bis nur noch ein warmer Schimmer das Zimmer beleuchtete.

Gerade genug, um zu sehen, wie seine Brust sich heftig hob und senkte. Zwar war sie kein Schwergewicht, aber eine Puppe war sie auch nicht.

»Stört es dich?« Mit Zeige- und Mittelfinger strich er über ihre Wange, ganz langsam, als wollte er jede Sekunde der Berührung auskosten. Sein Blick folgte der Berührung. Den Hals hinab, über das Schlüsselbein, hinein in die Kuhle über ihrem Brustbein.

Sie leckte sich über die Lippen, schüttelte den Kopf. »Nein, es macht mir nichts aus. Ich …« Sie schluckte. Ihr Herz raste. »Ich will dich.«

»Gut!«, erwiderte er atemlos.

Als hätte er auf genau diese Bestätigung gewartet, hielt er sich nicht länger zurück. Er küsste sie wie ein Ertrinkender, schlang seine Arme um sie, drückte sie an sich. Ihr Schoß rieb sich an seiner Gürtelschnalle. Aus seinem Portemonnaie holte er ein Kondom, dann zerfloss die Wirklichkeit und zurück blieben nur noch er und sie.

Er gab ihr, was sie wollte. Alles, was sie sich je von einem Mann gewünscht hatte, ließ er Wirklichkeit werden.

Sie liebten sich wild und hemmungslos in der Küche. Halb angezogen. Ihre Jeans noch immer von einem Bein hängend, seine nur am Bund offen, gerade so weit, damit zusammenfinden konnte, was zusammengehörte. Ihre Leidenschaft war wild und drängend, ohne Raffinesse, nur zwei Körper, die einander brauchten und in der Lage waren zu geben, wonach sie sich verzehrten.

Danach, als der erste Hunger gestillt war, rangen sie beide nach Atem. Er richtete seine Hose, half ihr von der

Arbeitsplatte. Sie beide lachten, als Olivia sich die Jeans auch vom zweiten Bein streifte.

Zärtlich trug er sie zum Bett und liebkoste jeden Zoll ihrer Haut mit seinen Lippen.

An ihrem Oberschenkel fühlte sie, dass auch er wieder bereit war, und diesmal ließen sie sich alle Zeit der Welt. Ihr Liebesspiel war ein träges Auf und Ab. Vor und zurück.

Mit allem, was sie hatte, klammerte sie sich an ihn, bis sie so nah waren, dass sie meinte, sein Herz schlüge in ihrer Brust und ihres in seiner.

»Ich liebe dich auch«, flüsterte sie, liebestrunken und heiser von den Lauten der Lust, die er ihr entlockt hatte. »Gott, Jesper, ich liebe dich auch.«

Gleichzeitig erreichten sie den Gipfel der Lust, gemeinsam genossen sie das Nachbeben. Die Ruhe, die sich um sie legte wie eine wärmende Decke.

Erst später glitt er von ihr, zog sie in den Schutz seiner Arme. Sie hielt die Augen geschlossen und wünschte sich, sie könnte die Zeit anhalten, denn dieser Moment war perfekt.

»Ich weiß nicht, wie ich dich verlassen soll«, flüsterte er so leise, dass sie glauben musste, er dachte, sie schliefe schon. »Ich will nicht gehen.«

Dann bleib, wollte sie sagen, obwohl sie wusste, dass das unmöglich war. In ihrem Kopf wägte sie die Möglichkeiten ab. Wie weit war Jütland von Berlin entfernt? Wie oft sie einander besuchen könnten, wenn sie es doch versuchten? Konnten aus Feinden wirklich Liebende werden? Könnte sie ihm je verzeihen, auf lange Sicht, wenn er ihr das Zuhause nahm, um einen verdammten Glampingplatz zu errichten?

Fragen über Fragen. Fragen, die sie am liebsten ignorieren wollte, aus Angst vor den Antworten.

Er hielt kurz die Luft an, so als ob er auf eine Reaktion auf sein geflüstertes Geständnis würde, auf ein einziges Zeichen, dass sie ihn gehört hatte und an eine Zukunft glaubte.

Ihr fehlte der Mut. Hoffnungen waren dazu da, zerstört zu werden.

Also ließ sie die Augen geschlossen und schwieg, konzentrierte sich auf den Duft seines Körpers. Salz und Seife. Wann immer sie die Nase zukünftig in den Wind ihrer Insel halten würde, würde sie an ihn denken. Das konnte ihr niemand wegnehmen. Das würde ihr für immer bleiben.

Irgendwann döste sie ein und erwachte erst wieder, sowie Jesper sich rührte und aufstand. Sie spürte sein Zögern. Neben dem Bett blieb er stehen, eine Berührung, zart wie der Kuss eines Schmetterlings, streifte ihre nackte Schulter.

Das also war ihr Lebewohl. Der Moment, der aus Liebenden wieder Feinde machen würde. Morgen schon, oder besser gesagt in ein paar Stunden, wenn sie die Augen öffnete, wäre sie wieder eine Adamsen und er der erfolgreiche Kapitalgeber, dessen Job es war, aus ihrem Zuhause ein florierendes Geschäftsmodell zu machen.

Sie regte sich ein wenig, grub ihr Gesicht in die Laken, hielt die Luft an, aus Angst aufzuschluchzen, wenn sie der Trauer eine Stimme gab.

Ihr Herz brach. Das war nicht nur ein Sprichwort, sie spürte den Schmerz in der Brust und die Enge in der Kehle.

Und als er ging, auf leisen Sohlen und ohne ein weiteres Wort, da hatte sie das Gefühl, ein Teil ihrer selbst würde mit ihm die Insel verlassen.

12

Pullover, Hosen, Socken, Boxershorts. Alles landete im Koffer. Nicht zusammengefaltet, unordentlich. So, wie es ihm gerade in die Finger kam. Zahnbürste, Laptopkabel, Computermaus. Nur die Anzüge stopfte er in die Kleidersäcke, der Computer kam in die Laptoptasche. Seine Hände fühlten sich taub an von der Arbeit. Hinter seiner Brust tobte ein Schmerz, der fürchten lassen würde, er stünde knapp vor einem Herzinfarkt, wenn er nicht ganz genau wüsste, woher er stammte.

Das war kein Infarkt, der sich da ankündigte. So fühlte sich Liebeskummer an.

Nie war ihm etwas schwerer gefallen, als Olivia in ihrem Bett zurückzulassen. Ihre Haut hatte geschimmert von den Küssen, mit denen er sie verwöhnt hatte. Ihr Haar sah aus wie mit Silberglanz bestreut. Doch das Schönste an ihr, das wirklich Allerschönste, war ihr Herz.

Er war ohne Erwartungen auf die Bühne getreten, um für Brad Sinclair einzuspringen. Bei der ganzen Aktion war es ihm in erster Linie um sich selbst gegangen. Er hatte sich etwas beweisen wollen. Ein symbolischer Akt sozusagen. Hinaustreten aus dem Schatten, den Menschen, denen er vertraut hatte, zu lange auf ihn geworfen hatten. Zuerst seine Eltern, dann Ulrich. Einmal nur, ein einziges Mal wollte er etwas *für sich* tun.

Während seiner Zeit in Jütland hatten die Adamsens ihm so viel gegeben. Jedes Familienmitglied auf eine eigene Art. Mehr als einmal hatte Theos unerschrockene Ehrlichkeit ihm die Augen geöffnet, Mads Lebensfreude war ansteckend und Jettes unbedingter Glaube an das Gute in der Welt schenkte Ruhe und Zuversicht. Selbst aus Pers Fehlern hatte Jesper etwas mitgenommen. Sie hatten ihn gelehrt, dass selbst die besten Menschen nicht perfekt sein mussten.

Sein Lied war als Dankeschön gedacht gewesen. Für wunderbare Wochen im Kreise dieser Familie. Ein Abschied an die beste Zeit seines Lebens.

In Berlin wartete seine eigene Realität auf ihn. Meetings und Präsentationen, Auseinandersetzungen mit Annkathrin und unendliche Forderungen von Ulrich. Das alles garniert mit einem Coffee-to-Go für fünf Euro, um sich einreden zu können, man hätte sich zumindest einmal am Tag etwas Gutes gegönnt.

Mit alldem hatte er gerechnet. Was er nicht erwartet hatte, war Olivia. Ihr Mut zu verzeihen, ihre Fähigkeit, ihr Herz auszuschütten, wenngleich sie wusste, dass er gar nicht anders konnte, als es zu brechen.

Er musste weg hier. Er musste das Bed and Breakfast hinter sich lassen, ehe er zusammenbrach und um Dinge bettelte, die er nicht haben konnte. Olivia hatte nie einen

Zweifel daran gelassen, dass eine Fernbeziehung für sie nicht infrage kam.

Im Dunkeln noch warf er sein Gepäck in den Porsche. Er brauchte eine gefühlte Ewigkeit, um die Scheiben von ihrer dicken Eisschicht zu befreien. Jedes Mal, wenn die Kälte ihm in die Finger fuhr, hieß er den Schmerz willkommen. Keine andere Empfindung drang durch seine Taubheit. Hatte er sich jemals erkundigt, ob die Reifen des Sportwagens auch bei Schnee und Eis genug Grip hatten? Es war ihm egal. Ohne sich noch einmal umzusehen, verließ er die Insel. Die Rechnung für seinen Aufenthalt würde in seine Spesenabrechnung einfließen. Darum kümmerte sich Caro, Ulrichs Assistentin.

Einmal wenigstens spielten die Gezeiten mit, und obwohl er sich ganz auf die Scheinwerfer des Sportwagens verlassen musste, erreichte er trocken das Festland.

Bis Billund zum Flughafen fuhr er ohne Unterbrechung durch. Für die Rückgabe des Porsches war er nicht auf Hilfe der Autovermietung angewiesen. Er musste einfach nur ein Formular ausfüllen und es gemeinsam mit dem Autoschlüssel in den dafür vorgesehenen Briefkasten werfen.

Eine Textnachricht an Ulrich, dass er keine Mitfahrgelegenheit nach Berlin brauchte, sondern einen Flieger nehmen würde. Er würde schon zurück in die Hauptstadt kommen, und sei es mit zig Zwischenstopps und auf einer verrückten Reiseroute. Alles war besser als um die sechs Stunden Autofahrt mit einem Mann, den er jahrelang für einen Mentor gehalten hatte.

Die Sonne warf ihr erstes Licht auf die Glasfenster des

Flughafengebäudes, als Jesper das Terminal betrat. Das blitzende Licht blendete ihn. Das allein konnte der Grund sein, warum ihm die Augen tränten.

Vorbei. Sein Aufenthalt in Jütland war endgültig vorbei.

Was am Ende blieb, waren halb ausgetrocknete Ciderpfützen auf den Holzdielen des Gildesals und erkaltete Asche in den Feuerschalen. Zigarettenkippen im Matsch auf dem Parkplatz. Benutzte Servietten, vom Wind in die Äste der winterkahlen Büsche getrieben.

Hanne saß in der Küche und zählte die Einnahmen. Olivia half mit Mads, Jette und Ebbe zusammen, den Müll in große graue Plastiksäcke zu entsorgen, während Theo und Per Biertische und Bänke zusammenklappten und sie in einer Ecke ordentlich aufeinanderstapelten.

Sie redeten nicht viel. Sie alle waren übernächtigt und ausgelaugt. Die letzten Gäste, so viel hatte Olivia erfahren, waren erst gegen drei Uhr am Morgen gefahren.

Im Großen und Ganzen konnte die Familie mit dem Erfolg des Konzerts zufrieden sein. Nachdem Jesper das Eis gebrochen hatte, waren viele der Anwesenden mutig genug gewesen, um auf die Bühne zu gehen. Als große Überraschung zum Finale hatte sogar Brad Sinclair noch die Bühne betreten, ungeachtet seiner Schmerzen. Spontan begleitet auf der Gitarre von einem der Gäste, hatte er ein Akustik-Cover von *Bed of Roses* zum Besten gegeben und mit dem Rockklassiker nicht nur die älteren Semester begeistert. Nicht wenige waren anschließend an einen der Adamsens herangetreten mit der Bitte, des Öfteren eine solche Veranstaltung zu organisieren.

Es war ordentlich getrunken worden, doch das Beste waren die Spenden gewesen. Keiner, soweit sie es gesehen hatten, hatte den Hof wieder verlassen, ohne ein paar Scheine in die aufgestellten Spendendosen zu stecken. Aber damit nicht genug. Vertreter von verschiedenen Heimatvereinen hatten Per und Hanne alle Unterstützung versprochen, um *Hotel Hygge* zu retten. Es war ein überwältigendes Gefühl, zu wissen, dass sie nicht allein waren.

So zahlreich die guten Neuigkeiten aber auch waren, nichts konnte Olivia trösten. Jede Bewegung schmerzte. Jeder Atemzug war ein Kraftakt.

Kurz vor Mittag verlor Jette die Geduld. Sie nahm Olivia den Besen aus der Hand, mit dem sie die Scheune fegte.

»Auszeit!«, verkündete ihre Cousine. »Zeit für eine Tasse Hagebuttentee.«

»Hagebuttentee?« Olivia war kein Fan von Früchtetee. Er verursachte ihr Sodbrennen und überhaupt, allein bei dem Gedanken, irgendetwas zu sich zu nehmen, drehte ihr sich der Magen um.

»Von mir aus auch Johanniskrauttee, wenn Mor den dahat. Wusstest du, dass Johanniskraut gespeichertes Licht in alle Körperzellen fließen lässt? Deshalb gilt er als Stimmungsaufheller. Leider ist die Wirkung oft erst nach ein paar Wochen spürbar.«

»Na, dann kann ja nichts mehr schiefgehen.«

Jette ließ sich nicht entmutigen. »In deinem Fall würde ich sowieso zu Lavendel tendieren.«

»Und warum das?«

»Weil Lavendel uns hilft, Grenzen wahrzunehmen und klar zu ihnen zu stehen.«

»Aha. Lass mich raten: Egal, ob ich will oder nicht, gleich wirst du mir sagen, warum du meinst, ich würde mich verbiegen lassen.«

»Ganz genau.«

Seite an Seite betraten sie das Haus und streiften sich die Schuhe von den Füßen. Stiefel geraderücken, Mäntel aufhängen, in Hausschlappen schlüpfen. Selbst die banalsten Routinen kosteten Olivia Kraft.

Sie vermisste Jesper. So einfach war das. Er war noch keine zwölf Stunden aus ihrem Leben verschwunden und schon glaubte sie, an dem Verlust zerbrechen zu müssen.

Zum Glück übernahm Jette die Führung. Sie schob Olivia vor sich her in die Küche und drückte sie mit sanfter Gewalt auf einen Stuhl.

»Hier, setz dich. Hast du heute überhaupt schon was gegessen?«

Olivia schüttelte den Kopf.

»Ich nehme an, das ist wegen Jespers Abreise? Wann ist er eigentlich gefahren?« Hanne war nirgendwo zu sehen. Vielleicht war sie mit den Kindern zu den Pferden gegangen. Auf dem Küchentisch stand eine verschlossene Blechkassette, wahrscheinlich mit den Einnahmen des vergangenen Abends. Darauf lag ein Zettel mit der Summe. 40.221,78 Kronen waren zusammengekommen. Das meiste davon Spenden. Olivia musste blinzeln, um die Summe überhaupt richtig zu begreifen. Natürlich reichte dieses Geld nicht, um alle ihre Probleme zu lösen, aber zumindest einige der offenstehenden Rechnungen könnten damit beglichen werden. So wurden wenigstens nicht auch noch andere Geschäftsinhaber mit ihnen in die Tiefe gerissen.

Sosehr Olivia sich über den Erfolg freute, gegen das Brummen in ihrem Schädel kam die Freude nicht an.

Jette füllte den Wasserkessel und suchte in Oberschränken nach der richtigen Teemischung.

Was genau war Jettes Frage gewesen? Ach ja, Jespers Abreise. Oder sollte sie es besser Flucht nennen? »Ich weiß nicht genau. Irgendwann heute Nacht. Vier? Vielleicht fünf?«

»Und da wunderst du dich, dass ich meine, Lavendel sei die richtige Wahl? Warum hast du ihn einfach so fahren lassen?« Sie ließ die Hand mit der Teedose sinken und musterte Olivia. Nicht der geringste Vorwurf spiegelte sich in ihrer Miene wider. Nur ehrliches Interesse. Das und eine gehörige Portion Anteilnahme. »Nach seinem Auftritt hat selbst der Letzte begriffen, wie wichtig du ihm bist.«

»Und?« Olivia musste blinzeln, um nicht loszuweinen. »Als ob das einen Unterschied machen würde. Er muss morgen zurück in Berlin sein. Sein Job ist für ihn mehr als nur ein Job. Ich will nicht, dass er meinetwegen aufgibt, was ihm bisher immer am wichtigsten war. Irgendwann …« Sie stockte kurz, befeuchtete sich die Lippen. Gott, warum tat das alles so weh? »Irgendwann würde er es mir vorwerfen und dann doch abhauen.«

»Also triffst du die Entscheidung für ihn.« Noch immer klang kein Vorwurf in Jettes Stimme. Ihre Cousine betonte schlicht eine Tatsache.

»Gar nicht. Was soll das heißen, ich …«

»Hast du ihn gefragt, was ihm wichtiger ist?« Es geschah selten, dass Jette jemand anderen unterbrach. Wenn sie es doch machte, zeigte es Wirkung. Olivia hielt inne.

Überlegte.

Jette stellte eine dampfende Tasse vor Olivia auf den Tisch.

»Ich glaube, bevor er los ist, wollte er mit mir reden. Aber meine Angst vor dem, was er sagen würde, war zu groß, also habe ich getan, als würde ich schlafen.«

Dachte ich es mir doch, schien Jettes Miene zu sagen.

»Guck nicht so selbstzufrieden! Ich denke nicht, dass er vorhatte, alles hinzuwerfen, um mit mir auf Mandø ein ruhiges, langweiliges Inselleben zu führen. Das kann ich mir einfach nicht vorstellen.« Sie wartete kurz, versuchte, die Gedanken zu sortieren, die wie aufgewirbelte Blätter in ihrem Kopf herumtanzten. »Und selbst wenn wir versuchen würden, eine Fernbeziehung zu führen. Bleibt immer noch das winzige Detail, dass er für die Firma arbeitet, die alles, was mir wichtig ist, zerstören will. Kannst du dabei zuschauen, wie hier auf Mandø Stück für Stück ein Glampingplatz entsteht und das *Klostergården* zu einem Franchise-Restaurant wird?« Zu viele ungeweinte Tränen brannten in ihren Augen. Das Brennen steigerte sich, bis es kaum noch auszuhalten war.

»Es gibt immer eine Lösung, Olivia. Kann ja sein, dass du sie momentan nicht siehst, und das ist in Ordnung. Aber es ist nicht fair, wenn du Jesper für die Fehler büßen lässt, die andere gemacht haben.« Sie stockte kurz, setzte sich neben Olivia auf den Stuhl und legte die Hände auf die von Olivia »Du bist oft verletzt worden und das macht dich vorsichtig. Angst ist ja an sich auch keine schlechte Sache.«

»Nicht?« Olivia hatte da ihre Zweifel. Sie selbst kam sich vor wie ein verstoßener Nestling. *Oh, schau mal das arme zerfledderte Ding an. Zertrete es lieber, das ist das Barmherzigste, was du tun kannst.*

Jette schüttelte den Kopf, aber Olivia blieb skeptisch. Bis eben hatte ihre Cousine geklungen, als würde sie sie am liebsten eigenhändig aus ihrem schönen, sicheren Nest werfen.

»Nein. Sie schützt uns davor, zu große Risiken einzugehen und uns in Lebensgefahr zu begeben.«

»Eben. Und wer sagt, dass es diesmal nicht wieder genauso ist, wie es bisher immer war? Was, wenn meine Angst recht hat?«

Ein Lächeln breitete sich auf Jettes Gesicht aus. Ganz so, als ob sie gewusst hätte, dass Olivia das sagte. Sie war unglaublich schön in diesem Moment, ihre Cousine. Ruhig und weise. In sich ruhend. So schön, dass es Olivia nicht gelang, den Blick von ihr abzuwenden. In Jettes Augen lagen so viel Verständnis und Gefühl. Sie drückte Olivias Hand. »Du stellst nicht die richtige Frage, Cousinchen.«

Olivia runzelte die Stirn und wartete ab.

»Die richtige Frage lautet: Was, wenn die Angst dich belügt?«

Jesper drehte den Schlüssel im Schloss um. Einmal, zweimal, dann klickte der Mechanismus. Die Tür öffnete sich.

Kurz überlegte er, ob er die Schuhe im Flur ausziehen sollte. Sicher klebten noch ein paar Körnchen Sand an seinen Sohlen, und Danilo vom Putzservice, der sechsmal im Monat kam, um Jespers Wohnung auf Vordermann zu bringen, hatte ihm erst gestern geschrieben, dass seine Leute dagewesen waren.

Scheiß drauf. Was für einen Unterschied machten ein paar Sandkörnchen auf dem perfekt gewienerten Nussbaumparkett?

»Alexa, mach Licht.« Natürlich folgte das Gerät aufs Wort. Das war der Job eines digitalen Sprachassistenten.

Alexa sorgte auch dafür, dass der Kaffeevollautomat sich einschaltete und das Spülprogramm durchlief. Fehlte nur noch, dass seine digitale Assistentin sein Gepäck ins Schlafzimmer beamte und damit anfing, die Wäsche zu sortieren. Sei's drum. Er ließ die Designermonstrosität, mit der er nach Jütland gereist war, einfach dort stehen, wo sie war. Direkt hinter der Haustür. Ihn kam ja niemand besuchen, der über das Teil stolpern könnte. Die Kleidersäcke warf er auf den Koffer. War ihm doch egal, ob die Anzüge so noch weiter verknitterten. Sie mussten ohnehin in die Reinigung.

Von der Mitte seines Appartements schaute er sich um. Hatte er sich jemals zuvor so verloren in den eigenen vier Wänden gefühlt? Alles war genau, wie er es verlassen hatte. Genau, wie er es mochte. Er hatte sich eine Alexa angeschafft, weil er es praktisch fand. Er liebte den Blick aus den deckenhohen Fenstern, die eine gesamte Seite der

Maisonette-Wohnung ausmachten. Im Obergeschoss befand sich das Badezimmer, nur von einem Paravent abgetrennt von dem Schlafzimmer und dem Ankleidebereich. In der unteren Etage teilte sich sein riesiges Sofa den Platz mit einer Luxus-Küche, einem Designer-Couch-Tisch und einer Essgarnitur, die er seit dem Einzug nicht ein einziges Mal benutzt hatte.

Die Kunst an den Wänden hatte ein Experte für ihn ausgesucht. Zu der Zeit hatte er nach einer Kapitalanlage gesucht, und Annkathrin hatte immer behauptet, sein Zuhause wirke kalt. Mit der Anschaffung der beiden Gemälde hatte er gehofft, zwei Fliegen mit einer Klappe zu schlagen. Jetzt guckte er auf die Leinwände mit den seltsam grellen Farbklecksen darauf und hatte keine Ahnung, was die ihm sagen sollten.

In seiner Ferienwohnung auf Mandø hatte ihm jedes Mal, wenn er entnervt vom Computerbildschirm aufgeschaut hatte, die Winkekatze zugewunken. Und der Blick aus dem Fenster hatte zwar nicht die Quintessenz aus mehreren Jahrhunderten Architekturgeschichte enthüllt, dafür aber die wilde Freiheit eines einzigartigen Naturschauspiels.

Auf der Insel hatte Jesper frei atmen können, jetzt wurde ihm die Kehle eng und er fühlte sich schrecklich allein.

Die LED-Anzeige des Anrufbeantworters blinkte. Er gab dem Sprachassistenten nicht den Befehl, die Nachrichten abzuhören. Die Erkenntnis, dass es schlicht niemanden in seinem Leben gab, bei dem er sich aussprechen wollen würde, traf ihn wie ein Schlag.

Stöhnend ließ er sich aufs Sofa fallen. Das Schnaufen, mit dem die Poster unter seinem Gewicht nachgaben, das einzige Geräusch in den achtundneunzig Quadratmetern, die er sein Heim nannte. Auf Mandø war er niemals allein gewesen. Wo die Adamsens lebten, war es niemals still. Manchmal war es sogar zu laut, wenn die Kinder schrien und die Erwachsenen es ihnen gleichtaten, damit sie überhaupt gehört wurden. Aber einsam war es dort nie.

Zwei Tage vor Weihnachten, zwei Tage vor dem Fest der Liebe, und Jesper hatte noch nie so sehr einen Menschen gebraucht. Wenn schon keine Umarmung, dann zumindest jemanden, dem er wichtig genug war, um sich für seinen Kummer zu interessieren.

Olivia fehlte ihm entsetzlich. Jetzt schon. Mit seinem Lied hatte er ihr sein Herz in die Hand gelegt, und sie hatte ihm gezeigt, was sie brauchte. Ein Lebewohl, kein auf Wiedersehen. Er glaubte ihr, dass sie ihn liebte, doch manchmal war Liebe nicht genug. Ein wenig Trost lag in dem Wissen, dass sie zumindest nicht allein war. Sie hatte Mads an ihrer Seite, und Theo und Jette und Hanne und Per. In ihrem Leben gab es Menschen, die mit ihr für gemeinsame Ziele kämpfen, die sie auffangen würden, wenn es ihr schlecht ging und die für sie da waren.

Aus Angst, sonst verrückt zu werden, griff Jesper doch nach dem Telefonhörer. Die Telefonnummer, die er brauchte, belegte die Kurzwahl Nummer 5.

»Seniorenresidenz Elisabethhof«, meldete sich nach dem dritten Klingeln die diensthabende Schwester der Pflegeeinrichtung.

»Jesper Høgh.« Ihn selbst wunderte, wie rau seine Stimme klang. Das letzte, was er gesagt hatte, war sein *Ich liebe dich* an Olivia gewesen. Nicht einmal ein paar Nettigkeiten gegenüber der Stewardess im Flugzeug hatte er sich abringen können. »Ich, ähm, kann ich mit meiner Mutter sprechen?«

»Herr Høgh? Och, das ist aber schade, dass sie ausgerechnet heute anrufen.«

»Ja? Ist etwas passiert?«

»Aber nein …« Weit unter ihm auf der Straße raste ein Krankenwagen vorbei. Das Martinshorn drang bis zu Jesper in seinen Glaspalast hoch. »Sie ist nur gerade in einer ganz anderen Welt. Weit weg. Ich denke nicht, dass sie sich momentan an sie erinnern kann. Ein Telefonat würde sie nur weiter durcheinanderbringen.«

Er nickte. Dann wurde ihm klar, dass die Krankenschwester ihn nicht sehen konnte, also räusperte er sich. »Ich … okay. Verstehe.«

»Gibt es sonst noch was?«

»Nein. Nein, nein.« Hatte er zu lange mit seiner Antwort gewartet? Wie lange war angebracht in so einer Situation? »Ich … Könnten Sie ihr nur sagen, dass ich ihr frohe Weihnachten wünsche? Wenn sie sich wieder an mich erinnert, meine ich.«

»Aber natürlich, Herr Høgh. Ihnen auch frohe Weihnachten.«

»Danke. Auf Wiederhören.« Er unterbrach die Leitung, starrte auf den Hörer in seiner Hand, und dann, auf einmal, half weder schlucken noch blinzeln. Die Tränen bahnten sich ihren Weg.

13

Olivia blickte den Rückleuchten von Ebbes und Jettes VW-Bus hinterher.

Per stand an ihrer Seite und legte ihr eine Hand auf die Schulter. »Und wieder einmal ist es nur noch der harte Kern. Hanne, du und ich – uns kann so schnell nichts hier vertreiben, was?«

Olivia verzog die Lippen. Sie war sich ziemlich sicher, dass das, was als Lächeln geplant gewesen war, zu einer halbherzigen Grimasse verkümmerte.

Jette, Ebbe und die Jungs planten, Weihnachten zu Hause zu verbringen. Zu Hause, das war für sie die Obstplantage auf Samsø, die sie mit so viel Liebe aufgebaut hatten. Außerdem wollten auch Ebbes Eltern am Fest der Liebe etwas von ihren Enkeln haben. Ein Weihnachten hier, eines mit den Schwiegereltern, so lautete die Abmachung, die Jette und Ebbe untereinander hatten.

Auch Theo war wieder abgereist. Ella, Nora und Viggo feierten Heiligabend mit ihren jeweiligen Müttern und deren Familien. Theo schloss sich immer abwechselnd einer der Familien an.

Und Mads? Mads hatte schon am Tag nach dem Mittwinter-Konzert die Sehnsucht nach seinem Ehemann nicht mehr ausgehalten. Zwar hatte er behauptet, Baby und Posh würden ihren Daddy vermissen, doch jeder wusste, wer in Wahrheit dem Trennungsschmerz erlegen war. Beim Aufräumen hatte Mads noch geholfen, dann war er einen Tag später, gemeinsam mit Brad Sinclair, in einen Flieger von Billund nach London Heathrow gestiegen. Drei Stunden später erreichte Olivia die erste Fotonachricht. Joshua, Mads, Baby und Posh in der vor Weihnachtsdekoration blinkenden und glitzernden Hundemodeboutique glücklich vereint. Zusammen mit Per und Hanne hatte Olivia über das Bild gelacht und versucht, so gut es ging, ihre eigene Sehnsucht zu verstecken.

Dasselbe tat sie auch jetzt wieder.

Wann war ihr Leben zu einer Farce geworden?

Zu dritt kehrten sie zurück ins Haus. Der Schnee, der die Welt während der Vorweihnachtszeit in ein Winterwunderland verwandelt hatte, war längst weggetaut und hatte kaltem Matsch und unangenehmer Feuchtigkeit Platz gemacht. Nicht einmal der Weihnachtsbeleuchtung einer ganzen Großstadt würde es gelingen, dieser trostlosen Stimmung etwas Festlichkeit abzuringen. Auf dem Weg leerte Olivia den Briefkasten. Vier verschiedene Supermärkte priesen auf den letzten Drücker ihre Schnäppchen für die Festtage an. Gänse, Enten, Puten. Edle Stücke vom Schwein und winzige Kartoffeln, um sie traditionell mit Zucker zu glasieren und zum Festmahl zu servieren.

Dazu Marzipanfigürchen, die als *Mandelgave* dem Glücklichen übergeben wurden, der eine ganze Mandel in seinem Nachtisch fand. Eine Postkarte rutschte zwischen den Reklameschriften heraus. Im letzten Moment, ehe sie im Schneematsch landete, fing Olivia sie auf.

Das Motiv zeigte die Jesusstatue von Rio de Janeiro sowie einige kleinere Bilder vom Zuckerhut und Palmen. Olivia wusste sofort, von dem die Karte stammte. Das Jesusmotiv war wahrscheinlich sein Zugeständnis an den saisonalen Anlass.

Sie drehte die Postkarte um und überflog den Text.

Liebe Olivia,
frohe Weihnachten und einen guten Rutsch ins neue Jahr von mir und Taynara. Grüß Hanne, Per und alle anderen bekannten Gesichter von uns. Wir hoffen, eure Probleme konnten sich lösen lassen und das neue Jahr wird besser für die dänischen Adamsens.
Feliz Natal!

Fader und Taynara

»Was Wichtiges?« Hannes Frage holte Olivia zurück ins Hier und jetzt.

Sie schüttelte den Kopf. »Fader schickt Weihnachtsgrüße.«

»Oh.« Den Kopf zur Seite geneigt, sah Hanne sie an. »Geht es ihm gut?«

»Ja.« Olivia lächelte. Natürlich erfüllte es sie immer noch mit Wehmut, dass ihr Vater sein Leben in Dänemark so gänzlich hinter sich gelassen hatte. Aber das war nun einmal der Lauf der Dinge. Zeiten änderten sich, Menschen kamen und gingen, und auch wenn Jon nun am anderen Ende der Welt lebte, hatte er ihr viel gegeben. Er war und blieb ihr Vater. »Ja«, wiederholte sie deshalb. »Ja, ich glaube, es geht ihm sehr gut.«

Wieder drinnen stellte Per den Fernseher an. Gleich mehrere Folgen seiner Lieblingsserie warteten auf dem Festplattenrekorder auf ihn. In der Zeit mit seinen Kindern hatte es Wichtigeres gegeben als fernzusehen.

Hanne ließ sich neben ihren Mann auf die Couch fallen und nahm ihr Strickzeug zur Hand. In einer Familie mit fünf Enkelkindern brauchte immer eines einen neuen Pullover, eine neue Mütze, Handschuhe oder eine Kuscheldecke. Über dicke Wollsocken freuten sich auch die Erwachsenen.

Ein paar Sekunden lang stand Olivia im Türrahmen und wusste nicht, wohin mit sich. Und dann, plötzlich, gab es kein Zurück mehr. Ihre Erleuchtung kam nicht laut und explosiv, wie ein Vulkanausbruch oder Donnerschlag, sondern leise, fast unbemerkt in diesem unscheinbaren Moment von Ruhe und Gemütlichkeit. Wenn ihre Erkenntnis eine Insel wäre, dann wäre sie wie Mandø. Klein, naturbelassen und doch mit der Fähigkeit, die, die sie besuchten, vollkommen zu verändern.

Olivia schöpfte tief Atem, dann sprach sie, laut und mit fester Stimme. »Ich werde mir einen anderen Job suchen.«

Zuerst passierte gar nichts. Olivia fürchtete schon, ihre Verwandten hätten sie nicht gehört. Dann starten Hanne und Per sie an, und Olivia wurde augenblicklich klar, dass sie ganz genau gehört hatten, was sie gesagt hatte. Sie wirkten wie vom Blitz getroffen, die Pupillen schreckgeweitet. Per blieb sogar der Mund offen stehen.

Sie hatte es wirklich gesagt. Ihr Körper begriff erst mit Verspätung, was geschehen war. Ihr Herz begann zu rasen, ihr Puls jagte. Bummbumm bummbumm, das Blut rauschte so laut in ihren Ohren, dass ihr schwindelig wurde.

Sie musste es noch einmal sagen. Für Hanne und Per, aber vor allem für sich. »Ich werde mir einen Job suchen. Irgendwo anders. Weg. Weg von Mandø, *Hotel Hygge* und dem *Klostergården*.« Die Worte sprudelten jetzt förmlich aus ihr heraus, und mit ihnen kamen die Tränen. Ganze Fluten von Tränen, als hätte es diesen einen unachtsamen Moment von Schwäche gebraucht, um endlich alles loszulassen.

»Ich kann nicht immer die sein, die zurückbleibt. Ich liebe Mandø, aber ich kann nicht immer die sein, der nichts bleibt als Erinnerungen. Ich muss auch mal an mich denken. Hanne …« Sie wischte sich die Tränen von den Wangen, schluchzte. Ihre Nase lief, ihre Augen brannten, sie zitterte am ganzen Körper. »Du hast es gestern doch selber gesagt. Ich … Ich muss auch einmal was für mich tun. Ihr … Ihr habt mich doch trotzdem lieb, oder? Auch wenn ich gehe. Auch wenn ich einmal diejenige bin, die den ersten Schritt macht.«

Hanne sprang nur den Bruchteil einer Sekunde schneller vom Sofa auf als Per. Beide stürmten an Olivias Seite, umarmten sie. Olivia fühlte sich eingehüllt in einer Wolke aus Liebe und Zuneigung. Das. Genau das war es, was sie gebraucht hatte.

»Natürlich haben wir dich lieb!«, bestätigte Hanne immer wieder. »Egal, was du tust. Egal, wohin du gehst. Wir werden dich immer lieben. Unsere Liebe folgt dir überallhin. Wie konntest du je daran zweifeln?«

»Wie hätte ich je nicht daran zweifeln können?« Irgendwie landeten sie zu dritt auf der Couch. Ein Durcheinander an Körpern, Armen, Beinen und Tränen. »Die letzte Geburtstagskarte von Mor kam, da war ich sechs, glaube ich. Wahrscheinlich weiß sie da auf ihrer griechischen Insel nicht einmal mehr, dass es mich gibt. Und Far?« Sie schniefte. Zum Glück lagen auf dem Sofatisch Taschentücher. Sie zog eines aus der Packung und schnäuzte sich die Nase. »Der ist Hals über Kopf mit Taynara weg und hat Mandø hinter sich gelassen. Ich habe immer gedacht .... Ich habe gedacht, ich müsste gutmachen, was Mutter und Vater verbockt haben. Ich … Es gab doch nur noch mich.«

»Oh, Liebes«, meinte Hanne sanft. »Nichts, was deine Eltern getan oder nicht getan haben, ist deine Verantwortung. Es gibt nur einen Menschen, für den du verantwortlich bist, und das bist du selbst.«

Olivia blinzelte, und als sie wieder klarer sehen konnte, erkannte sie, dass sie nicht die Einzige war, die weinte. Sogar in Peers Augen glitzerte es feucht.

Zärtlich strich er ihr die Haare aus dem Gesicht. »Wir haben nie einen Unterschied gemacht zwischen dir und Jette oder den Jungs. Ihr seid alle vier unsere Kinder.«

»Danke. Ich weiß doch, aber …«

»Und haben wir einem deiner Cousins oder deiner Cousine je Steine in den Weg gelegt?«, fragte Hanne.

Olivia schüttelte den Kopf.

»Das Einzige, was wir uns für euch wünschen, ist euer Glück.« Per sprach mit Nachdruck und doch so viel Liebe. »Du willst wissen, ob wir traurig sein werden, wenn du uns verlässt?« Fragend sah er sie an, schüttelte ein wenig den Kopf. »Natürlich werden wir traurig sein. Wir wollen nicht, dass du gehst, Olivia. Aber wir wollen, dass du fliegst. So hoch du kannst! Streck deine Flügel aus und erobere den Himmel. Er gehört ganz dir.«

»Und wenn du dann doch noch einmal ein Nest brauchst«, fügte Hanne hinzu. »Sind wir immer für dich da. Egal, wohin es dich treibt, du wirst immer einen Ort zum Nachhausekommen haben. Wir sind eine Familie, Kleines.«

»Familie heißt Zuhause, Kleines«, ergänzte Per. »Alles andere sind Details.«

Olivia schloss die Augen, lehnte sich auf der Couch zurück und nahm tief in sich auf, was diese beiden wunderbaren Menschen ihr zu geben hatten.

Ihr Herz tat immer noch weh vor Liebeskummer, die Zukunft des Familienbetriebs war ungewiss und die vergangenen Wochen hatten sie emotional und körperlich erschöpft und ausgelaugt. Dennoch verspürte sie in diesem Moment Glück.

»Meine Herren, das habe ich jetzt gebraucht.« Jespers Kumpel Philipp leerte das halbe Bierglas in einem Zug, dann setzte er es ab.

Kumpel? Traf es das? Philipp und Jesper hatten gemeinsam studiert. Seit Jahren bestand ihr einziger Kontakt über die sozialen Medien. Sie tauschten nach oben gestreckte Daumen, hysterisch lachende Smileys und manchmal schrieben sie sich kurz. Dass sie jetzt gemeinsam in der hintersten Ecke eines Irish Pubs saßen, nur ein paar Straßenecken von Jespers Wohnung entfernt, und ein Bierchen zischten, verdankten sie mehr oder weniger dem Zufall.

Jesper grinste. »Hat dich die Familie so genervt?«

»Frag lieber nicht.« Philipp wischte sich Schaum von der Oberlippe. »Es ist ein Albtraum. Ich verspreche dir, eigentlich kann keiner in dieser Familie den anderen leiden. Alles ist nur eine aufgesetzte Show. Als ob man ein anderer Mensch wird, bloß weil Weihnachten ist.« Um genau zu sein, war es der 24. Dezember, Heiligabend, und das Pub war bis auf den letzten Platz besetzt. Ebenso wie jede andere Kneipe, an der Jesper auf dem Weg zu seiner Verabredung vorbeigekommen war. Offenbar war nicht nur Philipp froh, der verordneten Harmonie in den Berliner Wohnzimmern zu entkommen.

Philipp bestätigte Jespers Vermutung mit einem Seufzen. »Ich bin so froh, dass du dich auf meinen Hilferuf gemeldet hast. So hatte ich wenigstens eine Ausrede, mich vom Acker zu machen. Ich sag dir, Familie ist das Schlimmste. Sei froh, dass du davon verschont bist.« Erst als es schon heraus war, schien Philipp aufzufallen, wie unsensibel seine Worte waren. Er strich mit der Zunge die Innenseite seiner Unterlippe entlang, dann ersäufte er sein Unbehagen in einem weiteren Schluck Gerstensaft.

Jesper tat, als ob Philipps dahergeredete Litanei nicht im

Begriff war, ihm erneut das Herz zu brechen, und griff nach der Getränkekarte.

»Und sonst so? Was läuft bei dir momentan? Ich hab gesehen, du hast deinen Beziehungsstatus wieder auf Single geändert. War doch nicht das Wahre mit dieser Rothaarigen?«

»Annkathrin und ich haben festgestellt, dass wir nicht zusammenpassen.« Schon seltsam, dass es kein bisschen schmerzte, das Scheitern einer mehrjährigen Beziehung zuzugeben. Es brauchte noch nicht einmal ein My Überwindung. Tatsächlich blieb ihm immer noch genug Aufmerksamkeit, um nebenher weiter die Karte zu lesen. Zwei ganze Seiten waren verschiedenen Biersorten gewidmet. Klar, Craft-Bier war momentan der Renner in der Szenegastronomie. Die Biersorten hatten die verrücktesten Namen und Produktbeschreibungen. Da war von sanften Karamellnoten die Rede, oder von einem Antrunk, der durch seine ausgeglichenen fruchtigen und süßen Aromen bestach. Bis zu vierzehn Euro für eine Flasche verlangten die Pubinhaber für so einen Zaubertrank, dafür zeigten die Bilder in der Karte Flaschen, die ebenso gut als Champagner oder Jahrgangswein durchgehen könnten. Ein anderes Bier, eher am unteren Ende der Preisliste, versprach einen bunten Obstkorb aus Zitrusfrüchten, Mango und Maracuja sowie eine üppige Krone aus sahnigem Schaum. Was zur Hölle hatten Früchte mit Bier zu tun? Cider wurde aus Obst gemacht. Äpfel, Birne, Quitten und verschiedene Beeren. Doch Bier? Bier war Gerstensaft. Warum gab es für ein Getränk, das nur aus vier Zutaten bestand – Wasser, Hopfen, Malz und Hefe –, eine ellenlange

Speisekarte, doch für ein Getränk wie Cider nicht? Er suchte die ganze Karte ab. Nur in einer Zeile fand Apfelwein Erwähnung, mehr nicht.

Hmmm .... als er die Kelterei kurz besucht hatte ... könnte dies die Lösung sein ... Nur noch am Rande bekam er mit, dass Philipp weiter munter vor sich hinplapperte.

Eine Idee formte sich in Jespers Hinterkopf. Noch war sie nicht mehr als ein Funken, doch er kannte sich gut genug, um zu wissen, dass sich daraus etwas Großartiges entwickeln konnte. Er musste ihm einfach Zeit geben, und Gelegenheit, sich zu entfalten.

»Jesper?«

Er blinzelte. »Entschuldige, was hast du gesagt?«

Leise lachte Philipp. »Das ist wahrscheinlich schon die Antwort auf meine Frage. Ich war neugierig, ob schon eine Kandidatin auf der Ersatzbank sitzt. Für Annkathrin, meine ich.«

Auf der Ersatzbank? Im Leben würde er dieses Wort nicht in Zusammenhang mit Olivia so verwenden. Aber immerhin hatte er sich mit seinem ehemaligen Kommilitonen getroffen, um sich weniger einsam zu fühlen. Wenn er sich gar nicht öffnete, sabotierte er sich nur selbst. »Ich habe jemanden kennengelernt«, gab er schließlich zögernd zu.

»Echt?« Wenn irgendjemand behauptete, Männer wären weniger scharf auf Gerüchte als Frauen, hatte diese Person Philipp Geisberg noch nicht kennengelernt. »Erzähl. Ist es was Ernstes? Läuten bald die Hochzeitsglocken?« Philipp wackelte mit den Augenbrauen.

Jesper grinste. »Es ist kompliziert.«

»Oh Mann, echt jetzt? Los. Es ist immer kompliziert. So einfach kommst du mir nicht davon.«

»Sie ist Teil der Familie, dessen Unternehmen ich für *Windfall* in appetitliche Einzelteile aufsplitten und an den Meistbietenden verkaufen soll. Und Ulrich hängt mir im Nacken, weil er behauptet, ich hätte meinen Biss verloren und würde für eine belanglose Affäre zum zweiten Mal meine Karriere riskieren.«

Philipp schnaubte. »Na, da redet der Richtige.«

»Wie meinst du das?« In Jespers Nacken stellten sich die feinen Härchen auf.

»Ach komm, Ulrich Berg und deine Annkathrin haben was miteinander.« Er zögerte kurz, runzelte die Stirn. »Wusstest du das nicht? Ich habe es auch erst kürzlich erfahren. Als ich es gehört habe, dachte ich, das sei der Grund für eure Trennung gewesen. Dass du es herausgefunden hast, dass dir Annkathrin Hörner aufgesetzt hat.«

Jesper schüttelte den Kopf. Ihm war zu gleichen Teilen nach Lachen und Schreien. Nein, natürlich hatte er *nichts* gewusst. Er hatte brav weiter das gemacht, was man von ihm erwartete. Hatte sich für diesen lächerlichen Wettbewerb verpflichtet und sich jeden Tag auf Jütland ein wenig mehr innerlich zerrissen. Alles nur für die Illusion, geschätzt zu werden und Eindruck zu hinterlassen. Mit ein paar Tagen Abstand erschien ihm das alles schrecklich lächerlich. Wen hatte er denn so unbedingt beeindrucken wollen? Seine Eltern? Sein Vater war seit Jahren tot und seine Mutter erinnerte sich nicht einmal mehr an seinen Namen. Den Boss, der seine Schwäche erkannt und jahrelang ausgenutzt hatte? Während Ulrich in Dänemark jovial auf dem Bett in Jespers Appartement gelegen und telefoniert hatte, hatte er da mit Annkathrin gesprochen? Hatten sie sich darüber lustig gemacht, wie leicht Jesper zu manipulieren sei mit seinem sentimentalen Herzen und dem Drang, etwas Gutes tun zu wollen?

Ihm drehte sich der Magen um. »Ich …« Er stockte, mit einem Mal benommen.

»Du hast es echt nicht gewusst, oder?« Soweit Jesper das durch den plötzlichen Nebel vor seinen Augen erkennen konnte, wirkte Philipp ehrlich betroffen. »Tut mir leid, Mann. Ich wollte dich nicht schocken oder so.«

»Schon in Ordnung.« Aus der Gesäßtasche seiner Jeans holte er die Geldbörse und warf einen Zwanziger auf den Tisch. Für ein Bier und ein paar Erdnüsse sollte das mehr als genug sein. »Ich muss gehen.«

»Bist du sicher, dass das eine gute Idee ist? Ich meine, hey, nicht umsonst ist an Weihnachten die Selbstmordrate höher als an jedem anderen Tag im Jahr.«

»Kommt es eigentlich zumindest manchmal vor, dass du nachdenkst, ehe du redest?«

Philipp grinste. »Eher nicht.«

»Ja, das dachte ich mir.« Der Nebel lichtete sich. Im Grunde hatte Philipp ihm einen Gefallen getan.

Er klopfte seinem Studienfreund auf die Schulter. »Nichts für ungut. Ich spring nicht vor einen Zug, versprochen. Doch mir ist gerade eingefallen, dass ich heute noch was sehr Wichtiges zu tun habe.«

»An Heiligabend? Was soll das denn bitte sein? Was hast du denn jetzt noch vor?«

»Zu tun, was *ich* will. Endlich einmal. Dafür wird es höchste Zeit.«

Philipp öffnete den Mund, um etwas zu erwidern, aber Jesper hörte nicht mehr hin.

Seine Schritte waren leicht, während er sich einen Weg durch das voll besetzte Pub bahnte. Winterregen malte funkelnde Sterne auf die feuchten Bürgersteige der Stadt.

Er beschleunigte sein Tempo, bis er fast lief. Im Flur seines Mietshauses kam ihm ein Mann entgegen, den Jesper noch nie gesehen hatte. Dunkler Wollmantel, glänzende Schuhe, ein funkelnder Goldring im rechten Ohrläppchen.

»Frohe Weihnachten!«, rief Jesper ihm zu.

Der Fremde musterte ihn, als hätte er den Verstand verloren.

Jesper grinste in sich hinein. Ja, es war Zeit, etwas zu ändern.

In seiner Wohnung lief er direkt zum Esstisch. Dort hatte er seinen Laptop aufgebaut. Er betätigte den An-Knopf.

Es dauerte den längsten Teil einer Ewigkeit, bis das blöde Ding startbereit war. Die Zwischenzeit nutzte Jesper, um sich den Mantel auszuziehen. Die Mühe, ihn aufzuhängen, machte er sich nicht. Dazu fehlte ihm die Geduld.

Endlich. Das Display war fertig aufgebaut.

Leichtherziger als in all den Jahren setzte sich Jesper an den Tisch, öffnete ein Textdokument und tippte das Wort, das ihn sich augenblicklich zehn Tonnen leichter fühlen ließ.

KÜNDIGUNG

Die Sonne lauerte hinter dem Horizont und malte flauschige Pastelltöne in die Meeresluft. Momentan unbehelligt vom Meer führte der *Låningsvejen* aufs Festland – und von dort auf die ganze Welt. Der letzte Tag des Jahres hätte nicht schöner beginnen können.

Die Vögel begannen zu zwitschern. Manche erhoben sich in ganzen Schwärmen aus dem Schilf. Der Morgen sirrte vor Aufbruchsstimmung.

Olivia stand am Fuß ihres Bettes und sah sich um. Ihr Blick schweifte vom Fenster zu den gepackten Koffern neben dem Bett. Nachdem sie den Entschluss gefasst hatte, sich nach einem anderen Job umzusehen, war alles ganz schnell gegangen.

Eine kurze Internetrecherche, drei Telefonate und eine halbseitige E-Mail später hatte sie eine Zusage. Ab dem nächsten Jahr würde sie in einem österreichischen Berghotel als Servicekraft anfangen. Zunächst einmal ging es nur um die Saison, solange die Skifahrer und Wintersportler das Salzburger Land heimsuchten. Aber der Inhaber des Hotels hatte ihr versichert, dass sie eigentlich immer unter Personalmangel litten. Die Erwähnung, dass Olivia selbst aus einer Hoteliersfamilie stammte, hatte genügt, um ihn von ihrer Kompetenz zu überzeugen. Bisher war er – vor allem in der Hochsaison – auf Quereinsteiger angewiesen.

Laut lachte sie los. Das hier geschah wirklich. Noch immer fühlte sich ihr Mut ein wenig unwirklich an. Olivia Adamsen würde Mandø verlassen. Zumindest bis Ostern. Was danach kam? Wer wusste das schon. Womöglich würde sie noch zur Weltenbummlerin. Oder sie fand heraus, dass es Zuhause doch am besten war, aber dann traf sie diese Entscheidung wenigstens, nachdem sie was gewagt hatte. Natürlich vermisste sie Jesper noch immer wie wahnsinnig. Es gab Momente, da meinte sie, an ihrer Sehnsucht zerbrechen zu müssen. Allerdings würde sie nie fragen müssen, ob sie auf der anderen Seite des *Låningsvejen* vielleicht doch was verpasste. Nie wieder würde sie sich mit der quälenden Frage herumschlagen müssen, ob sie nicht vielleicht einfach zu langweilig für Jesper gewesen war. Von hier aus konnte es nur noch nach vorne gehen, und jetzt warteten erst einmal die Hühner und Pferde auf ihr Frühstück.

Nach einer Tasse Kaffee. So viel Zeit musste immer sein.

In der Küche angekommen, setzte sie eine Kanne auf, ein wenig verwirrt, denn normalerweise begann stets Hanne als erste den Tag im Adamsen Haushalt. Aber nun, vielleicht füllte ihre Tante schon im Voraus ihr Schlafkonto auf. Olivia wusste zwar nichts von irgendwelchen ausschweifenden Plänen für die Silvesternacht, aber …

»Klopf, klopf.« Eine Stimme wie aus ihren Träumen ließ sie herumfahren.

Sie sog die Luft ein, der Dosierlöffel fiel ihr aus der Hand, das Herz machte Anstalten, ihr aus der Brust zu springen.

Nein, dachte sie. Nein, das kann nicht sein! Das ist eine akustische Täuschung. Eine Wahnvorstellung, geboren aus Sehnsucht und dem krampfhaften Versuch, bloß nicht an Jesper zu denken, weil allein sein Name in ihren Gedanken zu wehtat.

Aber nein! Das war keine Vision und auch keine Wahnvorstellung. Er stand wirklich da – im Türrahmen zur

Küche. Die Brillengläser beschlagen, die Haare lockig von der Feuchtigkeit in der Luft. Er trug Jeans und einen dicken Fleece-Pullover, und die rechte Socke hatte ein Loch am großen Zeh.

Sie hatte Angst, sich zu rühren, weil sie befürchtete, dann würde der Zauber zerbrechen.

»Olivia?« Er setzte sich die Brille ab, fuhr sich nervös mit der Hand durch die Haare. Das war der Mann, den sie liebte. Der Mann, den sie jede Sekunde jeder Stunde jeden Tages seit seiner Abreise vermisst hatte. »Ich …«

»Was machst du hier?«, unterbrach sie ihn. Bevor sie irgendetwas tun konnte, musste sie das wissen. Was, wenn ihn geschäftliche Gründe zurück auf die Insel führten? Was, wenn er nur zurückgekommen war, weil er etwas vergessen hatte? Was, wenn … was, wenn … was, wenn …

»Ich habe bei *Windfall* gekündigt.« Die Brille landete wieder auf seiner Nase. Die Hände, jetzt frei, ballte er an den Seiten zu Fäusten, entspannte sie wieder. »Ich konnte nicht mehr weitermachen wie bisher. Ich musste zurückkommen.«

»Du hast gekündigt?« Sie musste nachfragen, auch wenn sie klang wie Käpt'n Hook.

Jesper nickte.

»Meinetwegen?«

Noch einmal nickte er, und endlich, endlich konnte Olivia loslassen.

Sie schlug die Hand vor den Mund, trotzdem entwich ein Laut aus ihrer Kehle, halb Lachen, halb Schluchzen. »Oh Gott«, sagte sie, »Ich glaub das nicht. Das kann nicht sein!«

Er streckte die Arme nach ihr aus, sie ging zu ihm. Tränen brannten in ihren Augen, wie so oft, seit sie Jesper kannte.

Diesmal waren es Tränen des Glücks.

»Darf ich dich …« Er stockte, strich sich mit der Zunge über die Lippen. Seine Augen glänzten vor Liebe und Wärme. »Darf ich dich in den Arm nehmen?«

»Alles«, antwortete sie. »Du darfst alles.«

So oft hatte sie sich ausgemalt, wie es sein würde. Wenn einmal ein Mensch zu ihr kam, statt sie zu verlassen. Wenn es einmal jemanden gäbe, dem sie wichtiger war als alles andere.

Der Kuss, den sie nun teilten, war perfekter als jeder Traum. Jespers Lippen waren sanft und fest zugleich.

Sie hatten viel zu bereden. Morgen schon musste sie sich auf den Weg nach Österreich machen, sie hatte keine Ahnung, was er arbeiten würde, wo er arbeiten würde, wenn er nicht mehr für Ulrich Berg und *Windfall*-Investoren becircte.

Aber all das konnte warten. In diesem Moment, als ihr Atem sich mit seinem mischte, ihre Zungen sich umspielten, war alles perfekt, genau so, wie es war.

Bis ein Räuspern von der Tür sie auseinanderfahren ließ.

»Ah, Jesper, du bist also schon da.« Über Jespers Schulter hinweg sah Olivia Pers Grinsen. Sie befreite sich aus Jespers Umarmung, doch der gab sie nicht ganz frei. Ein Arm um ihre Taille hielt sie eng an seiner Seite.

»Du wusstest, dass er zurückkommt?«

»Aber klar.« Pers Grinsen wurde noch breiter. »Warte nur ab, bis er dir erklärt, was er seit Weihnachten alles auf die Beine gestellt hat. Wir haben gemeinsam jede Menge vor. Hanne und ich wollten euch aber erst einmal ein paar Minuten für euch lassen, bevor es ums Geschäftliche geht.«

»Was du natürlich nicht ausgehalten hast.« Hinter Per betrat Hanne die Küche. Sie umrundete ihren Mann und lief direkt auf Jesper und Olivia zu. Mütterlich, wie sie war, umarmte sie Jesper. »Schön, dass du wieder hier bist, Jesper. Per hat mir alles erzählt. Wenn das wirklich so klappen würde, wäre das mehr als großartig.«

»Kann mich mal jemand aufklären?« Olivia stemmte die Hände in die Hüfte, aber in ihrer Geste lag kein echter Missmut. Dazu war sie viel zu glücklich.

Jesper ergriff das Wort. Er klang ein bisschen verlegen, doch auch zufrieden. »Ich habe Per einen Vorschlag gemacht. Weil ich bei *Windfall* gekündigt habe, habe ich ja jetzt viel Zeit. Und immer noch ganz gute Kontakte zu Investoren.«

»Jesper hat eine Idee, wie wir finanziell wieder auf die Füße kommen, ohne dass irgendwelche reichen Luxus-Camper unsere schöne Insel heimsuchen.« Per hörte sich an wie ein aufgeregtes Kind. »Mit Theo haben wir auch schon gesprochen, und der ist auch der Meinung, es könnte funktionieren.«

»Okay, langsam, ja?« Olivia trat einen Schritt zurück und hob abwehrend die Hände. »Erst Kaffee, dann weltverändernde Neuigkeiten. Sonst noch wer eine Tasse? Dann koch ich gleich eine Kanne.«

»Ich helfe dir.« Ganz natürlich ging Jesper ihr zur Hand. Er reichte ihr das Kaffeepulver, sie löffelte es in den Filter.

Er füllte die Kanne, sie kippte das Wasser in den Tank der Maschine. Ihre Handgriffe so aufeinander eingespielt, als hätten sie niemals etwas anderes getan.

Wenig später saßen sie zu viert am Esstisch und Jesper breitete seine Pläne aus.

Er erzählte von seinem Geistesblitz an Heiligabend, als ihm klar geworden war, dass er bisher immer den falschen Unternehmenszweig ins Visier genommen hatte. »Bier, vor allem Craft-Bier, ist in den letzten Jahren zu einem absoluten Trendprodukt geworden. Warum soll dasselbe nicht mit Cider möglich sein? Ihr habt hier ein wirklich tolles Produkt. Ich habe das ausgiebig getestet.« Er grinste schief, und Olivia erinnerte sich daran, wie ihm der hauseigene Cider am ersten Abend ihres Kennenlernens zu Kopf gestiegen war.

»Daraus lässt sich wirklich was machen. Alles, was ihr braucht, ist eine Marke. Wir positionieren Adamsen Cider als das Getränk für Menschen, die den Mut haben, anders zu sein und für das zu kämpfen, was ihnen wichtig ist.«

»In dem Businessplan, den Jesper erstellt hat, ist vorgesehen, dass ein Zehntel aller Gewinne an soziale Projekte aus der Umgebung fließt. Renaturierung, Umweltschutz, Nachhaltigkeit. So können wir das, was Per mit seinen überspendablen Zuschüssen an Heimatprojekte vermasselt hat, doch noch in etwas Gutes verändern. Die Leute sollen begreifen, wer Adamsen Cider trinkt, erhält natürlichen Genuss, ganz ohne schlechtes Gewissen oder chemische Zusatzstoffe.« Hanne nahm den Gesprächsfaden auf. »Davon können auch Jette und Ebbe profitieren, wenn Jesper in seiner Kampagne immer wieder erwähnt, woher wir das Obst für unseren Cider beziehen.« Normalerweise interessierte sich ihre Tante eher weniger für die geschäftlichen Belange des Familienunternehmens, doch diesmal schien sie Feuer und Flamme.

»Das *Klostergården* wird dann unter deiner Regie stehen.« Per legte eine Hand auf Olivias Oberschenkel. »Du hattest ohnehin immer den besten Draht zu den Gästen dort, und Bent frisst dir sowieso aus der Hand. Hanne führt weiter das Bed and Breakfast, während ich Cider herstelle und Jesper sich um die Finanzen und die Vermarktung kümmert. So macht jeder, worin er am besten ist.«

»Und was ist mit *Windfall*?« Olivia konnte ihre Skepsis nicht abschütteln. Das Bild, das Jesper, Hanne und Per malten, war einfach zu schön.

»Das Unternehmen ist nur daran interessiert, Gewinne zu erwirtschaften. Wenn wir sie davon überzeugen können, dass wir einen soliden Plan zum finanziellen Wiederaufbau des Unternehmens haben, werden sie stillhalten.« Jesper zuckte mit den Schultern. »Vor allem, da ihnen neuerdings ein Projektleiter fehlt. Und wenn alles gut geht, wer weiß, vielleicht könnt ihr dann schon in einem Jahr bereits Firmenanteile zurückkaufen.«

»Meinst du wirklich?«

Jesper nickte. Er umfasste Olivias Gesicht und wollte sie küssen, aber sie machte sich frei. Sie konnte nicht fassen, wie unglaublich schlecht das Timing war.

»Und ausgerechnet jetzt muss ich nach Österreich. Ich habe dort einen Job angenommen, für mindestens drei Monate. Nachdem du weg warst …«

Er unterbrach sie mit einem Kuss. Erst als er merkte, dass ihr Widerstand sich legte und ihr Atem wieder ruhiger wurde, ließ er von ihr ab. »Es ist egal. Nicht, dass du unglücklich warst«, schob er schnell hinterher, »sondern, wohin es dich erst einmal treibt. Wenn du für drei Monate nach Österreich gehst, ist das in Ordnung. Wenn du danach dort bleiben willst, ist das auch kein Problem, genauso, wie wenn du wieder zurückkommen willst. Wenn wir das durchziehen mit einem kompletten Relaunch von Adamsen Cider, werde ich auch viel reisen müssen. Ich muss Vertriebspartner finden und mich mit Werbeagenturen und Markenspezialisten treffen. Aber das alles ist nicht wirklich wichtig.«

»Nicht?«

Er schüttelte den Kopf. »Wichtig ist nur, dass wir es gemeinsam tun. Du und ich. Dass wir uns ein Versprechen geben. Keine Alleingänge mehr. Keine Entscheidungen ohne den anderen. Kein Schweigen, wenn offene Worte alles so viel einfacher machen würden.«

Sie spürte einen schmerzhaften Stich im Herzen, als sie sich an den Morgen ihres Abschieds erinnerte. Wie nah dran sie gewesen waren, alles zu verlieren.

Jesper schien zu erahnen, woran sie dachte. Zärtlich strich er ihr über die Haare. »Nicht. Mach dir keine Vorwürfe. Wir beide hätten viel früher ehrlich zu uns sein sollen und damit, was wir füreinander empfinden. Jahrelang habe ich alles getan, um die falschen Menschen zu beeindrucken. Erst meine Eltern, dann Ulrich. Und dann, als der wirklich richtige Mensch in mein Leben trat, hatte ich zu große Angst, mich der Wahrheit zu stellen.« Er hauchte einen Kuss auf ihren Scheitel. »Ich muss dir danken.«

»Wofür?« Ihr war ganz warm ums Herz.

»Dafür, dass du mir die Augen geöffnet hast. Nur deinetwegen konnte ich endlich für mich einstehen. Ich liebe dich.«

»Ich liebe dich auch.« Sie flüsterten, immerhin hatten sie Zuschauer.

In der Nacht dann, während eine App auf Jespers Handy die Sekunden ins neue Jahr hinunterzählte, hielten sie sich nicht mehr zurück.

Auf dem höchsten Punkt des Deichs, Jesper in ihrem Rücken, die Arme eng um sie geschlungen, schrien sie ihre Liebe gen Himmel. Eine Sternschnuppe erleuchtete das Firmament, genau, als das neue Jahr anfing.

Olivia wusste, sie sollte sich etwas wünschen, aber ihr fiel nichts ein.

In diesem Moment, mit Jesper auf ihrer Insel, eine Zukunft voller Möglichkeiten und Liebe vor Augen, war sie wunschlos glücklich.

Epilog

Ungefähr ein Jahr später

In endlos scheinenden Reihen fuhren die Flaschen durch die Abfüllerei. Das Klappern von Glas erfüllte den großen, hellen Raum, dazu das Brummen der Maschinen. Selbst am Tag vor Heiligabend erlaubte sich niemand in der Kelterei Müßiggang. Dazu hatten sie zu viel zu tun.

Olivia atmete den Duft von angesäuertem Fruchtsaft. Noch immer konnte sie nicht glauben, was sich hier innerhalb nur eines Jahres verändert hatte. Früher hatte sie sich nie sonderlich für die Kelterei interessiert. Die war Pers Baby gewesen.

Mittlerweile gab es weniges, was sie derart mit Dankbarkeit erfüllte wie der Anblick von glänzenden Glasflaschen, in die zischend Cider gefüllt wurde. Adamsen Cider, der Nektar aus dem Wunder entstehen konnten.

Okay, das war nun vielleicht doch ein wenig übertrieben, aber manchmal fühlte es sich tatsächlich so an.

Vor einem Jahr hätte sie niemals geglaubt, dass sich

wirklich alles zum Guten wenden würde. Aber Jesper hatte sie eines Besseren belehrt. Kaum hatte er sich an die Rettung des Familienunternehmens gemacht, hatte er bewiesen, warum er in der Vergangenheit eine so steile Karriere hingelegt hatte. Während sie im schönen Österreich Skifahrern Frühstück, Käsespätzle und Pommes serviert hatte, hatte er damit begonnen, seine Strategie umzusetzen.

Was sollte sie sagen? Ein Jahr später stand die *Adamsen ApS* besser da als je zuvor. Zwar hatten sie die Firmenanteile von *Windfall* bisher nicht zurückkaufen können, aber Jesper hatte mit seiner Prognose recht behalten, dass das kein Problem darstellte, solange die Zahlen stimmten. Selbst Ulrich hatte Olivia positiv überrascht, indem er sich absolut professionell verhielt und Jesper nicht das Leben aus Prinzip schwermachte, weil dieser der Firma den Rücken gekehrt hatte.

Adamsen Cider eroberte die Welt, auf Mandø würde in absehbarer Zukunft garantiert kein Glampingplatz entstehen und das *Klostergården* blieb, was es schon seit Hunderten von Jahren war. Ein familiengeführtes Pub. Ein Ort, an dem niemand lange allein blieb und Einsamkeit keinen Platz hatte.

Sosehr Olivia ihre Zeit in Österreich genossen hatte, gegen das Gefühl von Heimat kamen die besten Berge nicht an, und nach drei Monaten war sie um eine Erfahrung reicher und mit lachendem Herzen in ihr plattes Jütland zurückgekehrt. Zweifelsfrei konnte sie nun von sich behaupten, mit Herz und Seele ein Inselkind zu sein. Ihre Heimat war Mandø, und nirgendwo anders gehörte sie hin.

Mehrere Stimmen ertönten. Dabei auch eine, die für sie auch unter Tausenden herausstechen würde.

Obwohl er mittlerweile seine Wohnung in Berlin aufgegeben hatte und auf Mandø lebte, wenn er nicht gerade im Namen des *Adamsen Cider* in der Weltgeschichte herumreiste, sprach er noch immer mit demselben süßen Akzent. In Anzug und Hemd machte er eine gute Figur, während er die beiden Journalisten aus Deutschland durch die Kelterei führte, um ihnen die Geheimnisse ihres Produktes näherzubringen.

»Das Besondere an unseren Cider-Sorten ist, dass es sich um ein hundert Prozent natürliches Produkt handelt. Wir haben den Grundstoff, die Fruchtsäfte, in denen befindet sich ordentlich Zucker. Dann kommt die Hefe hinzu und kurbelt den Vergärungsprozess an, sodass der Alkohol entsteht. Das ist das ganze Geheimnis. Früchte aus nachhaltig angebautem, regionalem Anbau und das richtige Händchen für den Gärprozess, mehr braucht es nicht für den perfekten Geschmack. So was kann man nicht in ein, zwei Jahren lernen. Das ist Wissen, das in dieser Region von Generation zu Generation weitergegeben wird, und das schmecken Sie auch.«

Die deutschen Gäste nickten eifrig. Immer wieder klickte die Kamera des Fotografen, während die Redakteurin sich eifrig Notizen machte. Ganz altmodisch mit Zettel und Papier, wodurch sie Olivia sofort sympathisch wurde. Schlagworte wie Nachhaltigkeit, regional und traditionelles Handwerk zählten viel dort draußen in der Welt, auch das hatte Olivia in den letzten Monaten gelernt.

Endlich verabschiedete Jesper seine Gäste, und Olivia trat aus dem Schatten der Maschinen, hinter denen sie sich versteckt hatte.

Sie schlich sich an Jesper an und umarmte ihn von hinten.

»Huch, du hast mich erschreckt. Woher kommst du denn?«

»Ich hab auf dich gewartet.« Sie stellte sich auf die Zehenspitzen, um ihn im Nacken zu küssen. Den Schauer, der ihm über die Haut rieselte, konnte sie mit bloßem Auge sehen. »Bist du fertig?«, fragte sie. »Ich wollte dich abholen, damit wir los können? Ich bin extra mit dem Traktor da.«

»Hmmm, eine Traktorfahrt mit dir durchs Meer. Was könnte sich ein Mann mehr wünschen?«

»Ich weiß nicht.« Unter seinem Arm schlüpfte sie an seine Seite.

Er zog sie an seine Brust, küsste ihren Scheitel. Seine Lippen fühlten sich noch genauso gut an wie am allerersten Tag.

»Sind Jette und die Crew schon angekommen?« Ihr traditionelles Familientreffen hatte auch dieses Jahr wieder im November stattgefunden, aber dieses Jahr feierten Jette und ihre Familie auch mit ihnen Heiligabend.

Olivia nickte. »Deshalb musst du jetzt endlich aufhören zu arbeiten und mit mir kommen. Oscar kann es nicht erwarten, dass du ihm endlich noch mal ein paar Griffe auf der Gitarre zeigst.«

»Oh je.« Jesper lachte. »Ebbe wird mir das nie verzeihen. Er hat letztens schon geschrieben, dass er es nur noch mit Watte in den Ohren daheim aushalten kann, weil sein Junior so ambitioniert übt.«

Olivia ließ sich von dem Lachen anstecken. »Woran das wohl liegt? Meinst du, der große Tollpatsch steht hell am Himmel?«

Jesper schüttelte den Kopf. »Nein, heute leuchtet ein ganz anderer Stern.«

»So?«

»Ja.« Er nickte ernst. »Wenn du ganz lieb bist, zeige ich ihn dir auf dem Weg nach Hause.«

Nach Hause. Diese beiden Worte zerflossen zu einem warmen Gefühl in ihrem Bauch. Niemals würde sie sich daran satthören, es aus Jespers Mund zu hören.

Sie verabschiedeten sich von Per, der im Büro angeregt mit einem Kellermeister diskutierte und versprach, sobald es ging nachzukommen, und brachen auf.

Auf dem Bock des Traktors war es kalt, doch wie schon in ihrer allerersten Nacht störte das Olivia nicht.

An der dunkelsten Stelle der Furt legte Jesper ihr eine Hand auf die Schulter. »Hier!«, sagte er, »halt an.«

Sie tat, worum er bat, trat auf die Bremse, dann blickte sie ihn erwartungsvoll an. Als er auch nach einer Weile nicht ins Firmament deutete, um ihr von seinem neuesten erfundenen Sternbild zu erzählen, schaute sie ihn an. »Was?«, fragte sie. »Ich dachte, du wolltest mir etwas zeigen?«

»Wollte ich auch.« Selbst im Dunkeln erkannte sie den Glanz in seinen Augen. »Ich wollte dir den schönsten Ort der Welt zeigen.«

»Hier? Mitten auf dem *Låningsvejen*? Das ist dein Lieblingsort?«

»Nein.« Er fasste nach ihrer rechten Hand, führte sie an seinen Mund, küsste die Fingerknöchel. »Der beste Ort der Welt ist an der Seite von einem Menschen, der einen erkennt, selbst dann, wenn man sich selbst nicht sieht.«

»Du meinst …«

»Mhm.« Er nickte. »Du, Olivia. Du bist mein Zuhause. Du bist mein liebster Ort auf der Welt. Es ist leicht, jemanden in seinen hellsten Stunden zu mögen, aber du hast mich gesehen, als es in mir drin ziemlich düster war. Du bist mein Licht und du bist meine Zukunft. Ich liebe dich.«

»Ich liebe dich auch.«

Sie küssten sich, dann startete Olivia wieder den Trecker und gab Gas. Gleichmäßig ruckelnd trug Onkel Pers alter Traktor sie den Rest des Weges nach Mandø. Das Erste, was sie von der Insel erblickte, war das warme Licht aus den Fenstern des ersten Hauses nach dem Deich.

Im *Hotel Hygge* wurden sie erwartet.

Informationen zu unserem Verlagsprogramm, Anmeldung zum Newsletter und vieles mehr finden Sie unter:

www.harpercollins.de

Tania Schlie
Die Spur des Medaillons
€ 10,00, Taschenbuch
ISBN 978-3-7457-0047-3

Als in Ninas Geschäft der attraktive Amerikaner Benjamin auftaucht und sie bittet, ein antikes Medaillon zu restaurieren, traut die junge Goldschmiedin ihren Augen kaum: Das Gegenstück gehört ihrer russischen Großmutter Natascha. In ihrem Schmuckstück befindet sich das Bild eines unbekannten Mannes, in Benjamins Medaillon entdeckt Nina nun tatsächlich ein Foto der blutjungen Natascha. Sowohl das Medaillon als auch Benjamins charmant blitzende Augen lassen Nina nicht mehr los. Sie fragt ihre Großmutter, und diese enthüllt schließlich eine unglaubliche Liebesgeschichte, die in den Wirren der Russischen Revolution ihren Anfang und im Paris der dreißiger Jahre eine dramatische Wendung nahm. Je mehr Nina über die Vergangenheit herausfindet, desto stärker wird in ihr der Wunsch, die Liebe festzuhalten, sobald sie ihr begegnet. Komme, was wolle.

www.mira-taschenbuch.de

Tammy Robinson
Für immer ist ein Augenblick
€ 14,00, Klappenbroschur
ISBN 978-3-7457-0046-6

An ihrem 28. Geburtstag erfährt Ava, dass es ihr letzter sein wird. Der Krebs, den sie besiegt zu haben glaubte, ist zurück. Diesmal gibt es keine Hoffnung auf Heilung. Doch Ava hat einen sehnlichsten Wunsch: mit all ihren Lieben ein großes Fest zu Ehren ihres Lebens zu feiern und einmal ein Brautkleid zu tragen. Ihre Freunde und ihre Familie setzen alles daran, ihr diesen Wunsch zu erfüllen. Wie ein Lauffeuer verbreitet sich ihre Geschichte, und so lernt Ava den Fotografen James kennen, der sich langsam in ihr Herz schleicht. Ist sie mutig genug, die Liebe zuzulassen, und stark genug, schon bald Lebewohl zu sagen?

www.mira-taschenbuch.de

KIM HENRY
EINE
TÜTE BUNTES
Glück
ROMAN
mtb